神印王座

典·藏·版 ②

唐家三少 著

湖南少年儿童出版社·长沙

版权所有 侵权必究

图书在版编目（CIP）数据

神印王座：典藏版. 2 / 唐家三少著. -- 长沙：湖南少年儿童出版社，2017.9（2025.6重印）

ISBN 978-7-5562-3252-9

Ⅰ. ①神… Ⅱ. ①唐… Ⅲ. ①长篇小说－中国－当代 Ⅳ. ①I247.5

中国版本图书馆CIP数据核字(2017)第111479号

SHENYIN WANGZUO DIANCANG BAN 2
神印王座 典藏版 2
唐家三少 著

责任编辑：阳　梅　　梁　洁　　黄香春
特约编辑：张淑媛　　朱碧倩　　尚　姝
装帧设计：杨　洁　　张　鼎　　田星宇

出版人：刘星保
出版发行：湖南少年儿童出版社
社址：湖南省长沙市晚报大道89号　　　邮编：410016
电话：0731-82196330（办公室）
常年法律顾问：湖南崇民律师事务所　　　柳成柱律师

经销：新华书店　印刷：北京盛通印刷股份有限公司
印张：18　　　　　字数：264千字
开本：710 mm×1000 mm　1/16
版次：2017年9月第1版
印次：2025年6月第10次印刷
定价：32.80元

质量服务承诺：若发现缺页、错页、倒装等印装质量问题，可直接向天使文化调换。
读者服务电话：0731-82230623
盗版举报电话：0731-82230623

目录
CONTENTS

第23章　惊天一剑/001

第24章　灵炉进化的可能/016

第25章　惩戒骑士龙皓晨/031

第26章　其实我很丑/046

第27章　惩戒之战/061

第28章　采儿之怒/076

第29章　轮回圣女/083

第30章　光明气息/097

第31章　决赛开始/111

第32章　奇葩之战/126

第33章　皓月进化/141

第34章　三头皓月/155

第35章　皓月出战/169

第36章　好厉害的采儿/176

第37章　巨灵神之盾/191

第38章　天赋压制共享/205

第39章　蓝雨/219

第40章　十六强战/234

第41章　冷厉无双/249

第42章　为了采儿而战/264

第43章　为了骑士的荣耀/271

第23章
惊天一剑

看到那个年轻人,夜华脸上也是一副凝重之色,道:"我不认识,但他肯定是五阶大地骑士。按照选拔赛的规则,能够坐在第一排的只有五阶参赛者。这次咱们骑士圣殿一共有四位五阶参赛者,他应该是其中之一。他们这些五阶的参赛者前两轮轮空,其他三个都没来,他却来观战了。这个人很可怕,你最好祈祷在比赛中不要遇到他。"

听着老师的话,龙皓晨的眼神渐渐变得锋利如刀。只有在握住武器的时候,他的眼神才会有这样的变化,不像平日里那样温和。此时,他心中的执着被激发了出来。

"老师,我想挑战他。"龙皓晨沉声说道。

夜华一愣。正当夜华想说什么的时候,那端坐着的黑衣青年似乎感受到了龙皓晨的目光,缓缓回过头来。当他看到龙皓晨时,眼中明显流露出几分惊讶,不知道是因为龙皓晨的年轻还是因为那俊美的相貌。他的头微微扬起,深邃的眼神中骤然迸发出一股强烈的战意。

龙皓晨站在那里没动,但他的眼神中没有半分怯懦,两人的目光在空中碰撞,仿佛要激起火花一般。

黑衣青年的嘴角渐渐弯成了一道弧线,他面朝龙皓晨,嘴唇动了动,然后又回过头去。

"他在说什么？"李馨疑惑地问道。

龙皓晨沉声道："他说，他等着我的挑战。"

龙皓晨深吸一口气，缓缓坐下。这一刻，他只觉得心中仿佛有一团火在熊熊燃烧，这是战意。在来到圣城之后，他第一次被激发出如此强烈的战意。他的先天精神力异于常人，感知能力极强，他能清晰地感觉到，那个黑衣青年非常强，甚至比夜华还要强大。可越是有这种压力，龙皓晨内心的战意就越强烈。

这时，主席台上传来和昨天一样的雄浑的声音。

"经过一天的比赛，现在只剩一半的选手。昨天的比赛中，有一些选手并不是输在实力上，而是输给了自己。在战斗中，如果大意、马虎，除了会输，还很有可能会将自己的性命永远留在那里。所以，我希望你们能记住那些失败者的教训。这个世界的现实之处是：很少有人会可怜失败者，更多的人只会为成功者欢呼。第二天的比赛继续，依旧是淘汰赛制，开始吧。"

巨大的金色光球再次缓缓出现在穹顶处，所有人的目光瞬间凝固，光球上的数字飞快地变化着，所有参赛者的心情也随之波动。

很快，两个数字出现在空中。两位骑士随即出现在战场上，新的比拼开始了。

今天龙皓晨就没有昨天那么幸运了，接连三场，都没有出现他和李馨的号码。

龙皓晨端坐在那里一动不动，身上散发着若隐若现的金光。

坐在他不远处的鬼武不屑地撇了撇嘴，道："临阵磨枪有什么用，竟然在这里冥想，他就不怕内灵力溃散，走火入魔吗？"

鬼影冷冷地瞥了儿子一眼，道："我现在已经在为你祈祷了，你最好不要碰上他。"

鬼武愣了一下，道："爸，你怎能长他人志气，灭自己威风？他虽然实力不错，但毕竟没有坐骑，我可不是昨天那个笨蛋。"

鬼影脸上的神色变得越发难看了，道："你的天赋虽然不错，但心思太浮躁了。都怪我，一直太宠你。你要知道，没几个人的成功是因为幸运。在如此纷乱的环境下，就算我让你冥想，你能入定吗？"

鬼武一愣。

是啊，这比赛场地的气氛如此热烈，每个参赛选手更是压力巨大，怎么可能静得下心来？可是，那小子做到了。

鬼影的目光落在龙皓晨的手上——传承指环，这年轻人一定另有来历。昨日一战，他清楚地看到龙皓晨用出了蓄势和神御格挡这两大秘技。以夜华的修为，根本就不可能拥有传承指环。神御格挡这样的技能，恐怕连夜华自己都不会吧。

事实上，龙皓晨小小年纪就能够拥有这样的修为，除了天赋异禀之外，依靠的就是他远超常人的努力和毅力。

一个人有天赋并不稀奇，稀奇的是在拥有天赋的同时，还很执着，懂得坚持。

简单来说，龙皓晨跟随父亲正式修炼已经有五年时间了。这些日子里，他几乎没有真正睡过觉，全都以冥想代替。无论是父亲的要求还是夜华这位修罗老师的要求，他全都能够完成。地狱式的训练造就了他坚韧的意志力，他自身的天赋也渐渐被挖掘出来。

"九十八号，四十六号，出场。"

伴随着金色光幕的变化，新的一场比赛即将展开。

李馨精神一振，站起身，深吸一口气，大踏步地走向场地。今天她出场的时间可要比龙皓晨早一些。

一直在那里默默修炼的龙皓晨听到九十八这个数字时，缓缓睁开了双眼，结束了自己短时间的冥想。

李馨的对手是一位身材壮硕的骑士。

初赛进入第二天，已经没有人会因对手貌不惊人而大意。尽管对手是女骑士，那位壮硕的四十六号青年骑士还是一脸谨慎。

伴随着裁判的一声"比赛开始"，双方同时召唤出自己的坐骑。

玫瑰独角兽，无论出现在什么地方都能成为视线的焦点，不止是因为它的强大，也因为它亮丽的外表。

在红色玫瑰独角兽的映衬之下，李馨本就漂亮的脸蛋更显动人。她一个纵身，骑上玫瑰独角兽，双剑置于身体两侧，做出斜指地面的动作。浓郁的淡金色光明内灵力与玫瑰独角兽身上散发出的火红色光芒迅速融为一体。

"嗯？"看到骑上玫瑰独角兽的李馨，龙皓晨口中轻轻发出一声。

夜华疑惑地看向龙皓晨，道："怎么了？"

他知道龙皓晨的天赋，尤其是那惊人的感知力，在实战中总能让他观察到普通人观察不到的地方。

龙皓晨低声道："姐姐的玫瑰独角兽好像进化了。"

夜华心中一惊，道："你是说，六级？"

龙皓晨轻轻地点了点头，流露出兴奋的神采。玫瑰独角兽进化到六级初阶，这就意味着，李馨冲入前十的可能性大增。

夜华眼中同样流露出一丝惊喜。昨天龙皓晨走得早，不过夜华看完了所有比赛。在比赛期间，虽然也出现过一些强大的魔兽坐骑，但都处于幼生期，还没有哪只魔兽坐骑突破到六级以上。六级魔兽，相当于人类的五阶强者啊！

李馨的对手四十六号青年骑士看到红光闪耀的玫瑰独角兽时，脸色也是一变。他的魔兽伙伴是一只巨熊——冰霜之熊。这只冰熊的身高不过一米五，看上去十分袖珍、可爱。虽然它成年后就能成为六级魔兽，但距离它成年还有一段时间，它现在最多到达四级中阶的程度。

"冲！"

李馨大喝一声，手中双剑横起，胯下的玫瑰独角兽如一道红色闪电朝着四十六号青年骑士发起了冲锋。

四十六号青年骑士低喝一声，快速向前跨出一步，左手的盾牌上白光闪耀，圣光沁盾释放而出。他那只冰霜之熊乖巧地隐藏在他背后，随着一道蓝光闪耀，小型冰墙术已经在他身前爆发。

狂奔而来的李馨将双剑高高举起，剑身喷吐出淡金色光芒，看那样子，大有毕其功于一役的气势。

四十六号青年骑士的神色顿时紧张起来，凭借着守护骑士的各种技能为自己增幅，一道道金色光芒不断从他的身上涌出。他很清楚，面对玫瑰独角兽，他在速度上根本没有半分胜算，如果不能挡住李馨的第一次攻击的话，那么，他就会彻底失去进攻的机会。

三根粗壮的冰刺从地下钻出，试图阻挡玫瑰独角兽冲锋的步伐。但是，在这个时候，两只魔兽之间的差距就显现出来了。

玫瑰独角兽脚踏红云，面对地下凸起的冰刺，四蹄翻飞，竟是没有半分停留。那些冰刺刚一钻出地面，就在玫瑰独角兽身上散发出的炽热的火元素之下融化了，根本起不到半分作用。

就在四十六号青年骑士集中全力准备抵挡李馨这势不可挡的一击时，突然间，玫瑰独角兽身形一偏，从他的侧面飞快地掠过。

"这……"

四十六号青年骑士大吃一惊，他完全不明白李馨这是要做什么。

他那只冰霜之熊却很灵巧，身形一闪，躲到另一边去了，不给李馨攻击它的机会。

玫瑰独角兽远远地奔了出去，身上的红芒却在持续增强，让李馨散发出的灵力也渐渐变成了红色。

休息区的龙皓晨脸上露出一丝淡淡的笑意，心中暗想："姐姐，你也变得狡猾了啊！"这场比赛他已经不需要再看了，所以他重新闭上双眼，开始冥想。

这是联法。

就在这一冲一绕的过程中，李馨完成了她自身与玫瑰独角兽的联法。当初，她正是凭借这种技能，给了碧绿双刀魔致命一击。

毫无疑问，这种状态下的她才是最强的，尤其是在玫瑰独角兽进化之后，联法的威力也大幅度增强。

夜华脸上也难得地露出一丝微笑，心想："馨儿这丫头什么时候变得这么狡猾了？不但给自己争取了时间完成联法，还压制得对手耗费灵力全力以赴地进行防御。"到了这时候，比赛已经没有了悬念。

当玫瑰独角兽再次风驰电掣地冲回来的时候，四十六号青年骑士欲哭无泪地发现，自己第一轮使用的所有防御技能都已经结束了，之前的灵力都白白消耗掉了。

冰霜之熊向戏耍它和主人的李馨愤怒地挥舞着熊掌，数十枚冰锥随之飞速射出。

可惜，这些冰锥根本起不到任何作用，它们才一进入李馨和玫瑰独角兽散发出的红色光芒范围内，就自行消失了。

突刺、十字斩、闪电刺、光斩剑……

惩戒骑士强大的攻击力瞬间爆发，一套连续攻击杀得四十六号青年骑士节节败退。联法状态下的李馨，修为已经超越五阶，而且是光、火双属性，攻击力何等强大！虽然这名四十六号青年骑士本身的修为要比李馨高一些，但此刻他也毫无办法。

惩戒骑士在比赛中本就是有优势的，联法下的李馨更是给人一种纵横无敌的感觉，所以连破对手防御。当她手中双剑的剑尖分别刺到四十六号青年骑士和冰霜之熊面前的时候，玫瑰独角兽的冲势猛然停止。

四十六号青年骑士有些羡慕地看着近在咫尺的玫瑰独角兽，很是无奈，道："我输了，不过却是输给了你的坐骑。"

李馨向他点了点头，收回双剑，行了个骑士礼后，转身而去。

这是一场经典的坐骑压制战，无论是速度还是攻击和防御的技能，玫瑰独角兽都远超冰霜之熊。李馨完全是利用玫瑰独角兽的优势完胜对手。

"九十七号，九十九号，出场。"

李馨刚刚走出试炼场地，就听到了这两个号码。她心头一震，惊讶地向休息区中的龙皓晨看去。

夜华嘴角处露出一丝不太好看的微笑，冷冷的目光瞬间扫向侧面的鬼影。鬼武是紧跟龙皓晨和李馨来报到的，毫无疑问，这九十九号正是他啊！

鬼影看向夜华，眼中闪过一道凌厉的光芒，向鬼武说道："无论如何，你都不能输，记得用我给你的东西。"

"我一定会赢的。"

鬼武看着不远处的龙皓晨，神色有些狰狞。此时，龙皓晨睁开双眼，缓缓站起身来，却根本没看他一眼。

　　龙皓晨看向夜华，夜华朝他点了下头。他没有向老师保证什么，却让夜华看到了他充满战意的双眸。

　　龙皓晨从勿忘我戒指中召唤出自己的光耀之盾和光剑，便大踏步地走入试炼场，在一侧站定。

　　鬼武的速度比龙皓晨还要快上几分，率先进入了试炼场。他抿紧嘴唇，瞪着龙皓晨。

　　"比赛开始。"

　　伴随着裁判的一声令下，龙皓晨依旧和上一场一样，身体周围闪耀起一片光芒，正是他的蓄势技能。

　　鬼武冷笑一声，迅速召唤出了自己的赤甲地龙。他左手持一面有着暗红色纹路的金色圆盾，右手持着的，正是那天对付司马仙的长矛。

　　想要破蓄势这个技能，最好的办法就是在第一时间发起攻击，令对方无法完成蓄势。但鬼武做了另一种选择，骑着他的赤甲地龙朝着场地边缘奔去，现在，他在距离龙皓晨最远的地方。

　　蓄势其实是一个压缩灵力的过程，压缩后的灵力能够迸发出强大的攻击力，当然，对自身灵力的消耗也不容小觑，是使用普通技能的数倍。这个技能也有它的不足之处——因为压缩后的灵力很不稳定，一旦结束蓄势，三秒内必须将灵力释放。否则，不但没有攻击效果，还会将之前蓄势压缩的灵力全都消耗掉。

　　整个试炼场宽达两百米，鬼武退到边缘处，与龙皓晨的直线距离已经拉开到一百三十米左右。鬼武心想，只是三秒的时间，龙皓晨能横跨一百三十米？蓄势只是白白浪费灵力而已。

　　鬼武嘴角带着一抹冷笑，左手圆盾盾面按在赤甲地龙背上，右手长矛缓缓抬起，一抹凌厉的金光聚集在长矛尖端，他身上的甲胄也散发出淡金色的光泽。鬼武没有动，只是站在那里静静地等着。

　　这样的情况，对龙皓晨来说，最好的选择似乎是立刻结束蓄势发起进攻。

可是，他没有。

他依旧站在那里，静静地蓄势。他的气息平缓且稳定，同时，双眼紧紧锁定对手。

从初赛开始到现在，这是骑士试炼场中显得最为平和的一场比赛。双方谁也不先出手，就这样静静地对峙着，但场中的紧张气氛并没有因此而稍减。

裁判也没有干涉，因为蓄势不可能一直持续下去。一旦灵力耗尽，龙皓晨就必须发起攻击。

但是，随着时间的推移，鬼武的脸色越来越凝重。

龙皓晨依旧在蓄势，而且已经过去了整整两分钟！众所周知，蓄势时间越长，威力就越大，但消耗的灵力也就越多。

针对龙皓晨昨天使用的这个技能，鬼影特意给儿子讲解了蓄势的特点。五阶以下，要完成蓄势技能，每分钟要消耗高达五百点的灵力进行压缩，现在已经过去两分钟了，也就是说，现在的龙皓晨至少已经压缩了一千点灵力。

他疯了吗？难道他打算只发出一击？可是距离如此之远，他怎么可能做得到？

鬼武虽然不解，但他内心的不安也更加强烈起来。不过，这时他也骑虎难下。他已经失去了破掉龙皓晨的蓄势的机会。一千点灵力的蓄势啊！那能发挥出多么强大的攻击力，他哪里敢冒险！

现在，他只能继续等待，绝对不敢轻易接近龙皓晨。

时间一分一秒地过去，对鬼武来说，无异于酷刑。

三分钟！已经过去三分钟了！不只是鬼武，就连休息区的参赛者们，一个个也都屏住了呼吸。

一千五百点灵力？

这已经是七级大骑士的水准！

这位看上去不到十八岁的青年竟然拥有如此实力？

更为重要的是，龙皓晨的蓄势还在继续。

当时间达到四分钟的时候，休息区那边已经一片哗然。

鬼武忍不住将目光投向裁判，高声叫道："这不可能，绝对不可能！他不可能有五阶的修为！"

两千点灵力，意味着已经到了大地骑士的层面，也意味着拥有灵力液化的能力。可龙皓晨释放的灵力分明没有液化迹象，但他的蓄势已经足足持续了四分钟啊！这已经超出了鬼武理解的范围。他又怎么会知道，同样的技能，凭借光明之子的体质，龙皓晨的消耗要比普通骑士的低得多。

就在鬼武看向裁判，高呼不可能的这一瞬间，龙皓晨突然动了。

他右脚重重地踏在地面上，全力一蹬，已经完全呈金色的身躯就像一支金色箭矢般冲向鬼武，蓄势的三秒倒计时也在这一时刻开始。

鬼武因为刚刚发出质疑，反应顿时慢了一拍。但他知道自己无论如何都要挡住龙皓晨这一击，只要能挡住，他就赢了，因为龙皓晨灵力的消耗已经到了极限。

一抹猩红色的光芒从他手上的盾牌上亮起，红光直接没入赤甲地龙体内。刹那间，赤甲地龙仰天发出一声狂吼，双眼绽放出狂躁的血红色光芒，全身的气息也一下子变得霸道起来。

鬼武手中的盾牌是一件灵魔级装备，附带嗜血技能。在嗜血的作用下，赤甲地龙的攻击、防御能力和速度都会瞬间提升百分之十，并且可以持续一分钟。

与此同时，他手中的长矛也爆发出一道夺目的寒光，这长矛同样是灵魔级武器，附带穿刺技能。

鬼武没有在原地停留，而是控制着赤甲地龙以最快的速度向侧面狂奔，他要尽可能拉开与龙皓晨之间的距离，以达到拖延时间的目的。只要让龙皓晨的蓄势技能落空，这场比赛的胜利必将属于他。

一秒，仅仅只是一秒的时间，龙皓晨的身体就贴地冲出三十米远。此时的他距离鬼武不到一百米。龙皓晨的右脚再次用力在地上一蹬，借助刚才那一刻的冲势，略微改变了一下方向，以更加迅疾的速度朝着鬼武冲去。

第二秒他竟冲出了三十五米！他和鬼武之间的距离已经拉近到六十五米！

还有六十五米，鬼武脸上露出一丝微笑，似乎在提前庆祝即将到来的胜利。

五阶以下骑士,攻击的极限距离是十五米。最后一秒,龙皓晨无论如何也不可能跨越五十米的距离向自己发起攻击,更何况鬼武自己还在横向狂奔,借此来拉开一些距离。

"砰!"

龙皓晨这一次是左脚落地,在地面上硬生生踏出一个浅坑,速度再增,四十米距离转瞬划过。

三步,三秒,横越了超过一百多米的距离,在四阶骑士中,这已经是绝对极限的冲刺了。

但是,此时他距离正在横向狂奔的鬼武还有二十五米。

三秒已到,蓄势的灵力应该消散了。

"愚蠢"这个词几乎出现在所有普通观战者的心中,哪怕是远处主席台上那些骑士圣殿的大人物,也有一部分人是这样认为的。

在他们眼中,龙皓晨必败无疑,选择如此攻击方式,难道还不愚蠢吗?

休息区第一排,那位之前和龙皓晨对视的黑衣青年眼中流露出一丝疑惑,刚毅的脸上眉头微皱。他口中喃喃地说道:"他是在干什么?"

"砰!"

就在这时,龙皓晨用行动回答了所有人心中的疑问。他跨出了第四步,而且速度没有减慢半分。

可是,这有用吗?

每个观战者心中都出现了同样的想法——蓄势的灵力已经消散,就算冲过去又如何?只能成为对手的沙包而已。

这一次,鬼武不跑了,赤甲地龙也停下狂奔的步伐,猛然转过头来,它强壮的身体迎着龙皓晨撞了上去。两圈金色光环在鬼武身上绽放,这是守护骑士的增幅技能。他手中的长矛也如一道金色闪电般朝龙皓晨刺去,圆盾挡于胸前。此时的他,脸上已经露出了胜利的笑容,同时,他对龙皓晨有着深深的不屑。

也就在同一时刻,前冲的龙皓晨悍然使出另一个技能——光剑。他那柄闪耀着炽烈金光的光剑悍然前斩。

无与伦比的璀璨金光将场地边缘染成了浓烈的金色，一道金色光刃透剑而出，在鬼武不可置信的眼神中，与他的长矛撞在一起。

这是光斩剑，骑士的第一个远程攻击技能。可此时龙皓晨所施展的光斩剑分明已经远远超越了寻常光斩剑的范畴。

金色光刃甚至充满了金属般的质感，那凌厉的攻势令它掠过之处的大地也为之开裂。

"轰！"

鬼武就像是撞上了一只迎面狂奔而来的巨兽一般，连带着他的赤甲地龙倒飞而出，狠狠地砸在试炼场周围升起的保护光罩上，然后又反弹回地面。

长矛折断，圆盾破碎，鬼武和赤甲地龙也伤得不轻。

包括裁判在内，观战者中只有很少一部分人看清了，光斩剑在与鬼武的长矛碰撞的一瞬间，出现了略微的偏转。龙皓晨以光刃的侧面平拍鬼武的长矛，而不是以锋刃劈斩。

"噗！"

龙皓晨双脚稳稳落地，身上那璀璨的金光也随之缓缓散去。表面上看来，此时的他和比赛开始之前根本没有什么区别。

休息区。

早已紧张得站起来的李馨狠狠地挥舞了一下拳头，道："赢了！皓晨赢了！好强大的一击啊！"

夜华沉声道："坐下。"

李馨吐了吐舌头，这才赶忙坐下，低声问夜华："老师，以皓晨的修为，似乎不用如此冒险吧。正面对敌，难道那个家伙还能有机会取胜不成？"

夜华看了她一眼。

李馨从夜华眼中也捕捉到了惊悸。

"如果我没猜错的话，他这是在隐藏自身实力，这是战术。"夜华说完这句话，缓缓站起身，朝鬼影的方向走去。

试炼场中，鬼武连续喷出几口鲜血。看着自己身上残破的甲胄，他呆呆地说

道:"不可能,这绝对不可能。蓄势压缩的灵力怎么会没有消散?他是五阶,他一定是五阶,他违反了比赛规则。"

裁判看看鬼武,再看看龙皓晨,道:"五阶?真的是五阶吗?这孩子才多大?"

正在这时,主席台上那雄浑的声音再次响起,道:"这场比赛暂定九十七号获胜。带他去检测灵力,如达到五阶,判负。"

"是。"裁判朝着主席台方向恭敬行礼。

之后,他向龙皓晨做了个手势。龙皓晨点了点头,跟随裁判从一边的通道走出去。鬼武和他的赤甲地龙也被工作人员抬出场地。

休息区,鬼影坐在那里,脸色一阵青一阵白地看着走向自己的夜华,此时此刻,他的心情只能用五内俱焚来形容。夜华每跨出一步,都仿佛是狠狠地践踏在他的心脏上。

这里有那么多优秀的年轻骑士,远处主席台上的人也同样能够清晰地看到这边。可是,自己的儿子输了!

赌约,赌约……

夜华缓缓走到鬼影面前站定,目光冰冷地看着他,道:"赌约,你输了。"

鬼影猛一咬牙,昂然站起,道:"来吧。"

作为一名骑士,他可以输掉赌约,但是绝不能输掉诚信。

看着他那难看到极点的脸色,夜华深吸一口气,再徐徐吐出几句话:"一日为师,终身为父,回去以后告诉他,我向他致以我的问候。你走吧。"

"你……"

鬼影呆滞地看着夜华,他竟然没有履行赌约,抽自己一巴掌?

夜华淡淡地说道:"你应该感谢皓晨,是他那颗善良的心影响了我。你儿子的伤势不轻,快去看看吧。"

鬼影咬紧牙关深深地看了夜华一眼,在这一刻,他心中五味杂陈。他重重地一跺脚,转身而去。

在他转过身,走向受伤的鬼武时,他心中突然冒出一个念头:老师,当年您错了……

没过多久，后面一场比赛结束后，主席台上雄浑的声音响起："九十七号与九十九号一战，获胜者为九十七号。"

没有任何解释，只给出了结果。

这是为龙皓晨的修为保密，同时也告诉所有参赛者，龙皓晨的灵力不到两千点，并不是五阶强者。

一名老者端坐在主席台中央，苍老的脸上露出一丝玩味的笑容，道："来自皓月城，拥有传承指环，灵力高达一千八百零三点，只有十四岁的九级大骑士。看来，我们骑士圣殿又要出一位惊世之才了。传我谕令，封锁一切关于九十七号参赛者的消息，不得有任何消息外泄，尤其是他的年龄。哦，不，将他的参赛年龄修改成十八岁，把我的命令也传达给皓月分殿带队的人。"

"是。"

后面自然有人去执行了。

这名老者继续说道："只要这孩子能顺利地成长起来，那么我们骑士圣殿在未来百年之内，六大圣殿之首的位置都不会动摇。我好奇的是，这孩子的先天内灵力是多少，他的传承指环又是谁传下来的。"

坐在他身边的另一名老者微笑着道："难得圣骑士长动了爱才之心，你要不要亲自调教这孩子？"

被称作圣骑士长的老者微笑着摇头，道："相比之下，猎魔团的调教更锻炼人。希望他这次能够挺进前十，早些踏上猎魔团的征程。"

龙皓晨回到休息区，在夜华身边默默地坐下。

他再次成了休息区的焦点，但他没有回应任何人的目光，只是低头沉思。

看上去，他和鬼武的一战十分惊险。可只有龙皓晨自己才知道，这其中并没有任何幸运成分存在，完全在他的计算之内。

鬼武输就输在他太相信父亲对于蓄势这个技能的判断了。龙皓晨拥有光明之子体质，任何技能在他手中都会出现一些细微的差异，其中就包括技能的威力、灵力的消耗和一些时间上的变化。

龙皓晨在完成蓄势之后，灵力消散的时间并不是三秒，而是四秒。

一秒之差，注定了鬼武会以失败收场。那一击光斩剑，是龙皓晨压缩了一千五百点灵力产生的。而他所压缩的一千五百点灵力，更是拥有普通骑士压缩两千点灵力的攻击力。

别说鬼武凭借的是两件灵魔级装备，就算是一名真正的大地骑士，也未必能抵挡得住龙皓晨的那一击。

蓄势这个技能一旦有充足的积蓄时间，那么，爆发出的威力就会极其恐怖。

龙皓晨刚才那一击，已经能够媲美辉耀骑士级别的攻击了，不同的只是灵力的形态，他的是气态的，而辉耀骑士发出的是液态的。

如果不是龙皓晨在最后时刻手下留情，那么，鬼武恐怕会尸骨无存。

这还是龙皓晨第一次将蓄势这个技能使用得如此彻底，因此，他此时陷入沉思，就是在思考之前自己在整个过程中的得失。当灵力压缩到一定程度的时候，他分明感觉到自己的灵力已经产生了质变，尤其是位于圣引灵炉周围核心区域的灵力，虽然旋转速度骤然降低，但那份凝滞感让龙皓晨仿佛看到了一层水雾般的金色光泽。

灵力液化。

龙皓晨知道，自己已经摸到了这方面的门径了。

无论是哪个级别的强者，在进行突破时，瞬间的明悟都是极为重要的。因此，龙皓晨抓住眼前这个契机，足足在那里端坐不动半个时辰后，才渐渐从思考中回过神来。

夜华坐在龙皓晨身边，始终没有问他什么，甚至阻止了李馨开口。对于自己这个弟子，夜华发自内心地羡慕。他一定是在刚才一战中有所收获，才会这样一直沉浸在思考当中。

"老师，我回去继续修炼了。"龙皓晨在夜华耳边低声地说道。

夜华向他点了点头，欣慰地拍了拍他的肩膀。

龙皓晨此时还处于刚才明悟的美妙感觉中，甚至忘记跟李馨打招呼，就匆匆走出了试炼场。

"呼!"

龙皓晨长长地出了口气,他的双手略微动了一下,模拟着体内灵力的变化。

摸到门径了,自己一定是摸到门径了。

他的心中一阵狂喜,他知道,这份领悟甚至比自己将内灵力修炼到两千点以上更加重要。

第24章
灵炉进化的可能

"嗯?"

龙皓晨准备尽快赶回住处尝试一下自己刚才所明悟的修炼方式时,突然听到"嗒嗒嗒"的声音在前方不远处有节奏地响起。

这是一根青竹杖轻点地面时发出的声音。

是她。

龙皓晨心头一震,他只觉得自己心中由明悟所带来的喜悦淡化了许多,而另一种有些奇异又挥之不去的情绪在心中滋生。

龙皓晨快速上前几步,轻唤道:"采儿。"

正向前走着的采儿略微停顿了一下脚步,道:"龙皓晨,是你吗?"

龙皓晨此时已经走到她身边,道:"是我。"

采儿微微一笑,虽然她依旧戴着面纱,看不到她的容颜,但龙皓晨完全可以肯定,现在的她在微笑。

"送我回去,好吗?"她再次主动抬起自己的手。

"好。"龙皓晨突然发现,自己前一刻还温暖的手,在这一刻,却因为紧张而有些发凉。

他小心翼翼地握住采儿的手,生怕亵渎了她似的。

她的手依旧那么柔软,而且比昨天多了一分温热,甚至连她身上散发出的冷意都淡了许多。

龙皓晨就这么牵着她的手,缓缓向前走去。

他走得比昨天还要慢。

此时此刻,他的大脑中一片空白,没有再思考有关修炼的事。他只觉得自己的心很静,仿佛内心中的急切、喜悦之情,都在这一刻被洗涤得干干净净,唯有眼前这种触感带给他无法形容的享受。

无论走得多慢,路终究是有尽头的,更何况,他们相遇的地方距离采儿的住处很近。

龙皓晨甚至在心中想,她为什么不住得远一些?

"到了。"

龙皓晨停下脚步,面上却有些不舍。

采儿轻轻地抽回自己的手,道:"谢谢你。"

龙皓晨赶忙摇头,但他摇头之后,才突然想起,采儿是看不见的。

就在这时,采儿轻声道:"我明天还要出来办事,不过可能会久一点,你愿意送我回来吗?"

"好。"龙皓晨几乎是脱口而出。

明天,比赛将进入第三轮,骑士圣殿的参赛者只剩余三十几人,比赛结束的时间肯定不会太晚。

采儿向他挥了挥手,青竹杖点地,转身走进了酒店。

这一次,龙皓晨一直目送着她,直到她的身影完全消失才回过神来。他真的喜欢上了这种牵着她的感觉。

五年来,他一心修炼,并不太懂男女之情。他不知道自己应该做什么,但他能够感觉得到,只要一想起明天还能见到她,自己心中就有了期待。

回到住处,龙皓晨盘膝坐在床上。

这一次,他没有像昨天那样半天无法入定,反而第一时间就进入了冥想状态。

龙皓晨的心很静,在那种美好的感觉中,他觉得修炼已经成了一种享受。

他也不知道为什么会这样，只是觉得自己应该是受到了采儿身上某种特质的影响。

下一刻，淡金色的光芒在龙皓晨身体周围亮起，他竟然在自己房间中施展出了蓄势技能。

这一次，因为不需要观察对手，也不需要战斗，他的精神完全集中在蓄势技能之上。

龙皓晨清楚地看到，自己体内的内灵力伴随着胸口漏斗旋涡的盘旋飞快地凝聚起来。漏斗旋涡本身似乎凝固了，不再缓慢地旋转，只是静静地停顿在那里，就像一个金色的尖锥。

如丝如缕的灵力不断向这个尖锥中涌入，柔和而强大的内灵力以一种奇异的节奏轻轻地律动着。

无论外界涌入的灵力有多么强大，尖锥状的漏斗旋涡体积始终不变，只有颜色变得更加浓烈。

对，就是颜色。

淡金色，是龙皓晨内灵力原本的颜色，而金色，是内灵力压缩后产生的质变。自己身体表面所出现的颜色变化，全是体内的这种质变导致的。

在这一瞬间，明悟的感觉竟然再次出现。灵力的气态和液态，其实对应着灵力压缩力的不同。

没错，就是这样。液态灵力，实际上就是灵力压缩到一定程度后所产生的，而自己要做的就是维持这种液态的稳定。

蓄势还在继续，漏斗旋涡的金色也变得越来越浓烈，圣引灵炉周围那一层金色水雾再次出现。只是，龙皓晨这一次没有在压缩一千五百点灵力之后就停下来，而是全力以赴，将自身所有的内灵力压缩，全部用于蓄势技能。

之前四分钟的压缩，都不如最后这一点灵力压缩时所产生的效果显著。要知道，他的总灵力虽然达到了一千八百多点，可其中还包括二百多点的外灵力，当他完成了一千五百点的压缩后，他的灵力已经所剩无几了。

龙皓晨清楚地看到，最初只是薄薄的一层水雾，紧贴在自己的圣引灵炉周围，伴随着内灵力的持续压缩，这层水雾渐渐变得浓厚起来，一滴一滴的金色液体开始出现在圣引灵炉周围。与此同时，原本乳白色的圣引灵炉竟然散发出淡淡的白色光芒。

龙皓晨在拥有了这个灵炉之后，还是第一次发现这种情况。因为蓄势而出现的一滴滴金色液体，随着这白色光芒的出现，竟然紧贴在圣引灵炉上，缓慢地旋转起来。

"这……这是……"

就在这一刻，龙皓晨的身体突然一震，金色漏斗剧烈颤动起来，他体内的灵力全部被压缩完毕。

这份压缩来自精神层面。

也正是因为龙皓晨有着过人的精神力，当初龙星宇在给他传承指环的时候，才敢将蓄势这个技能留给四阶修为的他。

龙皓晨长长舒出一口气，结束了蓄势，任由自己压缩的庞大灵力慢慢消散。

但他的观察并没有结束，他依旧静静地看着灵力和圣引灵炉的变化。

龙皓晨体内空荡荡的，可越是这样，他的思维就越敏捷。这种感觉是十分美妙的。

灵力消散的速度很快，首先是漏斗旋涡的金色渐渐变淡，之前压缩的强大灵力随之消散，紧接着，圣引灵炉上那一层细密水珠也停止旋转，渐渐消散。

但龙皓晨发现，圣引灵炉周围这层金色水珠的消散速度比起漏斗旋涡上灵力的消散速度要慢了许多。

这就是液态灵力的好处吗？

龙皓晨心中一动，很明显，相比于气态灵力，液态灵力要精纯得多。

那些细密水珠逐渐消失，龙皓晨体内没有一点残留的灵力。

但是，就在他体内灵力彻底消散的一瞬间，龙皓晨只觉得全身微微一颤，空气中的光元素以一种令他惊讶的速度向他体内涌入，化为丝丝缕缕的内灵力，迅速朝他胸内的圣引灵炉汇聚而来。

一个漏斗旋涡几乎是瞬间就形成了，这一刻，他至少恢复了十点内灵力。

漏斗旋涡开始缓慢地旋转起来，内灵力也开始自行恢复。在这个过程中，龙皓晨什么都没有做，这一切都是自行运转的。

难道说，将自己的内灵力用尽之后就会有这种变化吗？此时，他内灵力恢复的速度比平时至少快了一倍。

不过，龙皓晨很快就发现，这种恢复速度伴随着他体内内灵力的增加而渐渐降低了下来。当他的内灵力恢复超过一半以后，恢复速度已经回到了原本状态——不，准确地说，比之前还快了那么一点。

龙皓晨缓缓睁开双眼，似乎发现了一种崭新的修炼方式。

一般来说，任何职业者都不会让自己的内灵力耗尽，因为这实在太危险了。所以，很少有人能体会到龙皓晨刚才的感觉。更何况，他对光元素的亲和力近乎完美，感受也要比普通人深刻得多。

龙皓晨不知道的是，蓄势这个技能，就是当初一位修为极其高深者在修炼过程中以自己的修炼方式转化而成的技能。而他今天的明悟，就是将蓄势技能逆推，将其还原成了修炼方式，而这种修炼方式，在圣殿联盟也没有任何记载。

或许，这不是最好的修炼方式，但它毫无疑问是让灵力从气态突破到液态的最好方式。

接下来，龙皓晨所做的，就是将自己的内灵力恢复到巅峰状态，再通过蓄势技能将其耗尽，不断地体会圣引灵炉周围的内灵力由气态转化为液态的过程。

而且，龙皓晨也发现，当他每一次这样尝试时，液态内灵力出现的那一刻，自己的圣引灵炉似乎都有所响应。

"难道，这就是爸爸所说的进化？我的圣引灵炉要进化了？"

龙皓晨还清楚地记得，爸爸曾经对他说过，圣引灵炉一共能够进化五次。至于如何进化，爸爸似乎也不清楚。

其实，龙星宇没有告诉他的是，迄今为止，还从未有一名拥有圣引灵炉的人能让它进化到第五次。

李馨和龙皓晨都顺利地通过了第二轮比试，林佳璐却遭遇了滑铁卢，她在第二轮中输给了一名七级的大魔法师。

林佳璐没打算继续留在圣城，当晚，李馨为她送别，她跟陈思、陈晨两兄弟一起离开了。

因为龙皓晨在修炼，所以李馨并没有去打扰他。

清晨再次来临，或许是因为初赛进入了关键时刻，当龙皓晨和李馨跟随夜华走出酒店的时候，他甚至觉得整个圣城的气氛都有些紧张。

初赛进入第三天，已经进入中期。骑士圣殿参赛人数一共是一百三十八人，前两轮四名五阶强者未参赛，实际参赛人数是一百三十四人。

第二天的比赛有一名幸运者轮空，所以两轮比拼之后一共有三十四人出线，再加上四名五阶职业者，就是三十八人。

今天，这三十八人将决出前十九名。而明日，就是最后的淘汰赛。

这两天的初赛，夜华都是从最开始看到结束。他给龙皓晨带来一个消息，一个令今天的比赛更加紧张的消息。

由于今天决出的将是前十九名，也就意味着，明天前十的争夺赛中必然会有一人轮空。而这个轮空的名额，将在今天的比赛中产生。今天谁能在比赛中展现出令人信服的实力，得到主席台评委团的认可，就可以率先进入前十，拿到这个轮空名额。

更为重要的是，昨天评委团宣布，因为五阶强者在前两轮轮空，所以，这个轮空名额不会属于那四名五阶强者。

毫无疑问，这样的决定将令今天的比赛变得更加激烈。

谁不想拿到那个轮空名额？

拿到这个名额，就意味着直接进入骑士圣殿初赛前十，也意味着将获得成为猎魔团成员的资格。

这既是一种荣耀，也开启了一扇通天之门。

在猎魔团选拔赛过往的历史中，从未有一名猎魔团成员最后的成就低于六阶。而且，他们的实际战斗力要比非猎魔团的同等级强者强大得多，也是圣殿联盟最核心的力量。

可想而知，身为猎魔团的一员，必定会得到圣殿联盟的悉心培养，成为一代强者的概率将大增。

目前为止，绝大多数六大圣殿高层，甚至包括那些九阶的传奇强者，全都是从猎魔团中走出来的。

在执行任务十年之后，任何猎魔团成员都可以选择退出猎魔团，在圣殿中任职。他们就是平民口中的英雄！

夜华一行人走进试炼场，龙皓晨的目光下意识地朝前排看去。今天他们来得不算早，此时，通过了前两轮的参赛者们已经来了许多。

龙皓晨一眼就看到第一排端坐的四个人。

那名黑衣青年依旧端坐在他昨天的位置，连装束都没有改变，他似乎并不认为自己需要提前穿上甲胄。

而另外三个人，龙皓晨虽然只能看到背影，但是也看得出他们应该都是男性。

准确地说，像骑士、战士这样的职业，出色的女性强者数量很少。目前骑士圣殿这边，进入前三十八名的，只有李馨这一位女骑士。

今天，龙皓晨没有再进行冥想，因为参赛人数少了许多，他很可能会在前几轮出战。

包括李馨在内，在场所有人的情绪都有些紧张，大多数人都在默默地祈祷着，祈祷不要在今天的比赛中碰上第一排那四个家伙。那可是五阶强者啊！碰上他们，几乎相当于失去了进入前十的机会。

只有龙皓晨例外。

坐下后，他脑海中出现的第一个想法竟然是：今天比赛结束后，就能见到采儿了，还能送她回去。

龙皓晨一想到这里，他淡金色的眼眸中就流露出一丝淡淡的温柔。

李馨看着龙皓晨一副淡定的样子，心中暗道："他才十四岁啊！心态竟然如此沉稳。我都二十多岁了，难道还比不上皓晨？"于是，她闭上双眼，让自己沉静下来，她心中的紧张也少了几分。

魔法圣殿试炼场。

当穹顶光幕上出现了两个参赛者号码时，整个魔法圣殿试炼场休息区一片寂静。

那两个号码中，第一个显示的是六十一，并没有什么出奇的，但第二个号码是一。

这意思是，一号要出场了。

六大圣殿选拔赛初赛中，前十个号码都是留给五阶以上参赛者的，不够十人的话，个位数号码也会空缺。一号出现，意味着第三天比赛的第一场就将有一名五阶的魔导士出场。

一名少女从休息区站起身，有些木然地向场地内走去，她就是那个运气十分不好的六十一号参赛者了。

第一排，一身火红色魔法袍的林鑫缓缓起身。

没错，那个一号就是他。

林鑫的长相本就帅气，尤其是他那一头披散至腰间的墨绿色长发，特点极为鲜明。

他身上那件火红色的魔法袍上有着无比浓郁的火元素，它们仿佛在上面欢快地跳跃着。

一枚枚金色符文密布在魔法袍上，伴随着林鑫的动作，这些金色纹路光华流转，就像是有生命一般。

林鑫转过身，双手梳理了一下自己的长发，朝着后面的参赛者们露出一个优雅淡定的微笑，那份自信、从容，使得一些女魔法师的心跳明显加速。

林鑫梳理完一头墨绿色的长发后，这才缓步走出，在他向比赛场地走去的过程中，浓郁的火元素开始在他身体周围升腾，那并不是因为他使用了什么魔法，而是他身上那魔法袍似乎被激发出了什么效果。

林鑫右手抬起，在空中一挥，空气中浓郁的火元素瞬间聚集在他手上，一滴滴火红色的液体向下滴落，在空中逐渐组成一柄奇异的赤金色法杖。

法杖不大，但当它出现的那一瞬间，整个魔法圣殿试炼场上似乎都弥漫着一股浓浓的火属性气息。

太强了，难道这就是魔导士的实力？

参赛者们不禁都屏住呼吸，看着傲然走入场中的林鑫，羡慕者有之，嫉妒者有之，但更多的人是恐惧。

毫无疑问，这位一号参赛者是一名火系魔法师，看他那样子，分明已经真正掌握了火的规则。

六十一号少女的脸色显得有些惨白，她觉得自己的运气实在是太差了，不但遇到了一名五阶强者，而且，眼前这位五阶参赛者很可能还是这次魔法圣殿参赛选手中最强的一位。那扑面而来的火属性气息将她的心神震慑得很不稳定。

裁判是一名老者，根据猎魔团选拔赛规则，有五阶参赛者进行比赛时，裁判必须是七阶强者才行。

他看了林鑫一眼，道："不要卖弄了，在我宣布比赛开始前，不得使用任何技能，包括装备的增幅能力。"

"是，如您所愿。"

林鑫微微一笑，手中红色光芒收敛，轻叹一声，自言自语道："本来我不想用法杖的，既然如此，那我还是用吧。"

听到他这句话时，对面少女的脸色顿时变得更加难看了，甚至在诅咒那名裁判多管闲事。他都已经这么强了，再使用法杖，那要强大到什么程度啊！

只见红光一闪，一柄法杖悄然出现在林鑫手上。准确地说，这根本不能算是一柄法杖，只是一根奇形怪状的火红色晶体。

这晶体长约半丈，最粗的地方直径大约有一拳，整体形状略微有些扭曲，根本没有一点法杖的样子，也没有镶嵌任何东西。

刚才还训斥了林鑫的裁判此刻却瞪大了眼睛，失声道："这么大的火云晶，你要用这个做法杖？"

林鑫微微一笑，似乎是拿着一件很平常的东西，道："我前些天刚买的，还未来得及找一位大师雕琢，就暂时凑合用吧。火云晶虽然不是什么顶级材料，但凝聚火元素的效果还可以吧。"

裁判脸色都变了，心中暗骂一声，太嘚瑟了，这小子实在是太嘚瑟了！

火云晶并不是魔晶，而是一种天然的矿物质晶体，蕴含着极为精纯的火元素，只有在千年以上的岩浆深处才能寻到。

哪怕是鸡蛋大小的一块火云晶，镶嵌在任何一柄法杖上，都可以轻松成为灵魔级的火属性装备。

林鑫手中拿着这么长一根，就算是没有雕琢过，没有镌刻任何魔法阵，也能令他的灵力威力增加一倍，这已经是辉煌级装备了。如果能找一位强大的魔法师为其镌刻法阵，那么，这块火云晶甚至有成为传奇级法杖的可能。

整根法杖都用火云晶打造，那是什么概念啊？这玩意儿就算是有钱都买不到，市值至少也有五十万金币。

林鑫对面的六十一号少女，此时目光已经呆滞了。她是一名双系魔法师，精修风系和火系魔法。她手中的法杖上也有火云晶，但只有指甲盖大小，另一边则镶嵌着一块指甲盖大小的风灵晶。

看看人家手上的，再看看自己手上的，六十一号少女真想把自己的法杖藏起来。

"比赛开始！"

裁判强忍着心中对那块火云晶的渴望，沉声喝道。

林鑫向对面的少女微微一笑，道："美女，你看我们商量一下怎么样。魔法无眼，我对一些五、六阶的魔法控制还不太行，万一伤到你就不好了。咱们都是魔法圣殿的人，作为男性，我总要有点绅士风度。这样吧，看你应该也会火系魔法，我做一个简单的控火示范，如果你能做到接近的程度，就算你赢，也省得我们打打杀杀的，伤了彼此的和气，你看如何？"

听他这么一说，对面的少女明显松了口气。谁都看得出，她和林鑫之间的差距实在是太大了。

林鑫淡定而从容，淡淡的魔法光晕围绕在他身体周围，很有几分大家风范。

少女赶忙点点头，略带感激，道："请师兄指点。"

林鑫看了一眼对面的少女，嘴角处漾出一丝淡淡的微笑，手中火云晶抬起，在身前徐徐画出一个火红色的光圈。

这光圈虽然是火红色的，却没有半点火焰冒出，就像是烙印在空中一般，火红色光线所过之处，绝无丝毫消散。

液态灵力，唯有以液态灵力才能展现如此奇观。而且看他那样子，分明对液态灵力的控制已经到了炉火纯青的程度，绝非刚刚进入五阶的新手。

火云晶回到起点，火红色光圈完全成形，就那么静静地悬浮在林鑫身前，突然间，所有的火属性气息竟然全部收敛了，没有半点溢出，那火红色光圈的颜色却依旧不变。

对面少女的脸色一片苍白，眼前这一幕她绝对完成不了。

自身气息是那么容易收敛的吗？更何况还要控制自己释放出的灵力不消散！要知道，林鑫现在可没有任何地方与那光圈接触。

"看清楚，我要开始了哦。"林鑫向对面的少女温柔一笑。

什么？

他还没开始？

少女的身体已经开始摇摇晃晃了。

火云晶再次抬起，在那光圈上轻轻一敲，这一下就像是敲击在一个金属环上一般，发出"当"的一声轻响。火红色光环瞬间崩溃，化为无数火红色光点悬浮在半空之中。

此时，所有参赛者的目光都集中在林鑫身上，谁也不知道他要干什么。

"变！"林鑫轻喝一声，众人能够清楚地看到，他手中的火云晶开始颤抖，与此同时，林鑫口中喃喃自语，似乎在念咒语，但他的语速实在是太快了，无论是对手还是裁判，都听不清楚。

那一个个悬浮在空中的火红色光点突然变大，最神奇的是，在变大的过程中，它们竟然像是一个个花骨朵在缓缓绽开。

一朵朵火红色的玫瑰花就那么出现在半空之中，围绕着林鑫的身体缓缓旋转起来。

这一幕实在是太过震撼了！

本就英俊帅气的林鑫，在那一朵朵纯粹由火元素凝结而成的玫瑰的衬托之下，宛如火之精灵。

参赛者们几乎都是屏住呼吸看着这一幕，他们简直不敢相信自己的眼睛。

那火焰玫瑰应该有数百朵之多，这要何等的控制力才能将火元素操控得如此细腻啊！

林鑫的对手，那位好不容易过了前两天初赛的少女，此时脸色已经不再苍白了，反而多出了一抹红晕。

她距离近，看得也最为清楚。女孩子都是爱美的，更何况这是由如此精妙的火属性魔力控制的。

此时，她眼中已经没有失败的痛苦，反而升起了一丝倾慕之情。

但是，林鑫的表演还没有结束，手中的火云晶向身前一指，道："凝。"

顿时，所有火红色玫瑰就像是找到了领路者一般，在他身前飞速地凝结，然后集中在一起，凝聚成了一个火红色的心形图案，绚丽的火红色将玫瑰花的美完美呈现。

林鑫轻轻地指了指自己左胸的位置，顿时，空中传来一阵怦怦的心跳声，而那由火焰玫瑰组成的心形图案，就伴随着这声音而起伏着，就像是一颗真的心脏。

火云晶再次向前点，在所有人的惊呼声中，那硕大的"心"竟直奔对面的少女魔法师飞去。

正处于震惊中的少女哪来得及有什么反应，眼看着那么大的一团火焰飞向自己，顿时脸色大变，可她再想闪躲已经来不及了。她看着那火焰玫瑰组成的"心"，大脑中一片空白。

但也就在这个时候，所有的玫瑰花就像是凋零了一般悄然瓦解，心形火焰化为一个更大的心形光圈，将那名少女圈在其中。心形火焰根本没有任何攻击效果，只是在她身体周围悄然散去，火红色的光芒将少女魔法师的脸映照得一片通红。

少女站在那里发呆，完全不知该如何是好，而那些观战的参赛者中，几乎所有的女性魔法师都眼中放光。

太绚丽了，太浪漫了！原来魔法还可以如此美丽。

"我的示范结束了，请。"林鑫彬彬有礼地朝对面的少女说道。

"啊！"六十一号少女魔法师惊呼一声，脚下一软，险些摔倒，也因为自己的失态，羞得面颊通红。

"我……我不行，我认输了。"说完这句话，她只觉得自己心跳一阵加速，甚至不敢再去看林鑫，逃也似的跑了。

别说这少女被震撼了，就算是这场比赛的裁判——一名七阶修为的大魔导师，此时也同样是目瞪口呆。这种精妙的控制自己虽然也能做到，但绝对无法像林鑫这样完成得这么快，这么从容。这种对魔法的控制力已经不能用天才来形容了，简直就是绝世之才啊！

主席台上，端坐在第一排中央位置的一名老魔法师却是重重一哼，道："哗众取宠，华而不实。"

对于他的评价，两旁的其他魔法师无不惊讶，坐在他左侧的一名老魔法师，道："林老，这可不能用'华而不实'来形容吧？如此瑰丽的景象隐藏着何等的创造力和操控力。这孩子对魔法的感悟简直是技压群雄，将来必定成为我魔法圣殿的领军人物。"

林老又哼了一声，道："葛老头，你眼睛有问题啊。他能算领军人物？就是个哗众取宠的小丑而已。"

葛老脸色一沉，道："老林，话可不能这么说。我们都这把年纪了，难道你还要嫉贤妒能不成？虽然你是魔导团团长，但是，如果你想打压这样的人才，我绝不答应。"

林老猛然站起身，道："行了，这比赛我不看了，气都气死了。我会打压那小家伙？他有几斤几两，我能不知道？"

葛老大怒，道："你怎么……你还有没有点圣魔导师的风范了？"

林老哼了一声，道："我骂自己的孙子，你管得着吗？"

说完这句话，他一脸悻悻地走了。

临走之前，他还恶狠狠地瞪了林鑫一眼。

而这时，林鑫就在下面的场地中，面带微笑地向所有参赛者们招手呢！

突然，林鑫只觉得背上一冷，不敢再继续待下去，赶忙回休息区去了。

林老走了，葛老也恍然大悟，道："原来这小子就是老林的第二个孙子，那个传说中的怪胎，难怪这老家伙鼻子不是鼻子，脸不是脸的。"

刺客圣殿试炼场。

在圣盟大试炼场中，刺客圣殿试炼场最为怪异。这里显得有些昏暗，远不像其他五座试炼场那样亮堂堂的，甚至可以说有点阴森。

今天刺客圣殿试炼场的比赛比其他圣殿的开始得晚了一些，因为这里进行了一些布置。此时，试炼场刚刚布置完毕。

宽阔的试炼场内耸立着一根根高大的石柱，每一根都有两个人合抱那么粗。这些石柱的分布毫无规律。

低沉森冷的声音从主席台上飘下："本届参赛者一共四十八人，经过前两日比赛，还剩十二名选手，今天将决出前十名。你们将同时进入场地进行比拼，你们可以使用任何手段，凡是失去战斗能力者即被淘汰。最先被淘汰的四名选手将通过抽签进行加赛，决定最终被淘汰的两名选手。现在入场，我倒计时十个数后，比赛开始。"

"十……"

"嗖、嗖、嗖、嗖、嗖……"

一连串的声音响起，原本在休息区的一个个参赛者已经如同箭矢般蹿了出去。

相比其他圣殿的人，这些刺客圣殿的刺客显得神秘得多。

他们每个人脸上都戴着能够遮盖容貌的面纱，一些人甚至连整个头部都包住了，只露出眼睛。

刺客们动作迅疾、灵巧，那阴冷声音数了不到三下，刚才蹿出的这些人就像是凭空消失了一般，全都不见了。

"嗒、嗒、嗒、嗒、嗒……"

越是安静的环境，突然出现的声音就越容易引人注意。

此时就是如此。

并不是所有参赛者都在第一时间展开了行动,也有一个是例外。

此人的紫色长发静静地披散在身后,无神的双眸给人一种寂静中带着毁灭气息的感觉,青竹杖在地面上轻点,就那么一步一步地,缓慢地走向试炼场地中央。

第25章
惩戒骑士龙皓晨

这人是谁?

几乎所有已经隐藏在暗处的刺客心中都出现了这样的疑问。

她是参赛者?

可是,一名刺客怎么可能是瞎子?

此时此刻,所有刺客突然想起,在之前两天的比赛中,出现在这里的参赛者总数只有四十七人,而不是那森冷声音所说的四十八人。

前两轮轮空,难道是……五阶?

可是,就算有五阶的修为又如何?一名盲人女刺客,她又能将刺客的能力发挥出几分呢?

"嗒、嗒、嗒……"

采儿默默地向试炼场内走去。

她的动作比正常人走路还要慢一些,她的气息之中出现了那种没有任何生气的冰冷,看上去就像是行尸走肉一般。

主席台上森冷的声音完全无视采儿的行动,倒计时在继续:"五、四、三、二、一,开始!"

当那一声"开始"喊出的时候,采儿正好走到了试炼场中央的位置。这里是一片不小的开阔地,也几乎处在那些柱子的中央,这样一来,她整个人完全暴露在那些暗处的刺客面前。

寂静，整个试炼场出现了短暂的寂静，没有任何一名刺客抢先出手。

十二个人，最先淘汰的四人要进入附加赛。也就是说，没被这一场淘汰的八人将直接进入前十，在这种情况下，谁也不会贸然行动当出头鸟。

但是，别人不动，并不意味着采儿不动。

她静静地站在那里，只是停留了三秒之后，青竹杖点地，再次发出嗒嗒声。她朝着一个方向缓慢行去，那里正好有一根柱子，柱子后面也刚好隐藏着一名刺客。

采儿的样子，根本就是不设防的，全身上下，没有哪一处不是破绽。她的步速又是那么缓慢，完全依靠着青竹杖探路前行。

"噗！"

终于，她手中的青竹杖碰到了那根柱子，采儿脚下一顿，就在这个时候，隐藏在柱子后的刺客动了。

刺客是从柱子中段扑出的，他一身劲装干净利落，令他在扑出的过程中没有发出任何声音，只见他瞬间从采儿头顶上方掠过，同时，手中一柄毫无光泽的漆黑匕首直指采儿肩膀。

比赛不能杀人，否则，他攻击的目标将会是采儿的脖子。

其他隐藏在暗处的刺客都没有动，他们都在静静地观察着，有刺客出手对付采儿这个异类，显然是所有人都愿意看到的。

刺中了！

所有刺客都清楚地看到，那黑衣刺客的匕首刺入了采儿的肩膀。但是，也就在同一时间，所有人的瞳孔全都急剧收缩。

因为，他们看到了两个采儿。

被刺中的采儿停顿在那里一动不动，那柄漆黑的匕首也未能带起任何一点血光，而另一个采儿则出现在两米外。

采儿的柔软小手握在青竹杖上端四分之一的位置，手掌上方露出的一段仅有半尺多长，她将青竹杖轻柔地向前点去，看似一点也不快。

刺客一击刺空,就已经发现了不妙之处,但他的身体还是要下降的,毕竟不可能违背自然规律。这名刺客的后颈一麻,下一刻,他已经失去了知觉。

其他刺客只是眼前一花,两个采儿就已经重新变回了一个,而且正处在柱子前,也就是刚刚被刺中的位置。

青竹杖下端横扫,看似轻柔地抽击在那正缓缓瘫软的黑衣刺客腰部,顿时,那黑衣刺客的身体就像是一团破布般横飞而出,直接落在了场边。

"十八号,淘汰。"

主席台上森冷的声音响起。

影分身!

所有刺客的心跳都有加快的趋势,他们握住匕首的手也几乎同时渗出了冷汗。

影分身是刺客五阶秘技,据说是所有五阶秘技中花费功勋值最多的一个。这位看上去无法视物的少女将影分身用得极其完美,甚至给人一种错觉——当她一变二的时候,没有人知道究竟哪个才是真正的她。

五阶,真的是五阶,而且是如此强大的五阶。

"嗒、嗒、嗒……"

青竹杖点地的声音再次响起。

采儿转换了一个方向,徐徐向前走去。看着她手中的青竹杖,每一名参赛刺客都仿佛看到了催命符一般,青竹杖点地所发出的声音似乎控制住了他们的心跳。再没有刺客敢小看这名身材纤弱的盲女。

"嗖、嗖、嗖、嗖……"

刺客们都在飞快地转移着,来回跳跃,发出细微的声响。没有哪个人想成为采儿的下一个目标。

但是,场地就那么大,柱子就那么多,来回转移也自然会出现冲突。

一连串匕首碰撞产生的当当声迅速出现,原本的沉寂被采儿破坏殆尽。

听到匕首的碰撞声,采儿停下了脚步,她就那么默默地站在那里,一动不动,完全暴露在所有刺客的视线中。可是,没有哪一名刺客敢靠近她。谁都看得出，虽然她看不见，但是她的其他感知能力必定是无比恐怖的。

"早些结束，我就可以去等他了。不知他今天的比赛是否顺利。"

采儿身上的冰冷气息悄悄地消失了。

骑士圣殿试炼场。

"九十七号、四号，入场比试。"

骑士圣殿进行到了第六场比赛，终于轮到了龙皓晨。但在这一刻，无论是李馨还是夜华，脸色都变得异常难看。

四名五阶骑士，已经有一名出过场了，那一场比赛的过程，用"摧枯拉朽"四个字形容就已足够。面对那名五阶骑士，对手根本没有半分机会，五阶骑士的一个冲锋，就逼得他投降认输。

四号，这是今天即将出场的第二名五阶强者，而他的对手，正是九十七号龙皓晨。

进入第三轮，一共剩余三十八名选手，其中有四名五阶强者。也就是说，全部十九场比赛中只有四场比赛的选手会面对五阶强者，毫无疑问，龙皓晨就是那四个倒霉蛋之一。

龙皓晨站起身，他的脸上露出一丝阳光的微笑，向身边的夜华说道："老师，您教导过我，无论面对怎样强大的对手，都不能失去信心。"

夜华一愣，向龙皓晨用力地点了点头，道："去吧。你是我夜华的徒弟。"

在这一刻，有夜修罗之称的他，眼中竟多了一抹狂热。

龙皓晨迈开大步，走入试炼场之中，休息区的骑士们都安静下来，全神贯注地看着即将开始的比赛。

这其中，也包括那名至今未曾出场的黑衣青年。就在昨天，他受到过龙皓晨的挑衅。现在，他平静而冷峻地注视着龙皓晨，似乎在说"只有过了眼前这一关，你才有资格成为我的对手"。

龙皓晨的对手是一名身材高大的骑士。

他身高一米九左右，肩宽背阔，一头浓密的棕色短发有些自然卷曲，右手握着一柄比一般重剑还要宽几分的阔剑，左手持的并非一般骑士所用的圆盾，而是上方为方形，下方为尖锥状的厚重盾牌。

令人惊讶的是，这位四号骑士身上没有穿戴任何甲胄，脸上带着明显的傲慢，他正用一种审视的眼神看着对面的龙皓晨。

"听说你前两天一直是凭借蓄势技能取胜的？我劝你不要在我面前使用这种垃圾技能，否则你必定会输得很难看。"四号骑士轻蔑地说道。

龙皓晨淡淡地说道："没有垃圾的技能，只有垃圾的人。"

四号骑士眼睛微眯，声音铿锵有力，道："很好。"

因为有五阶骑士出场，裁判也换成了一位七阶圣殿骑士，这位裁判是中年人的模样，身材壮硕得像一座小山，他冷哼一声，道："都给我少说废话，这里不是你们耍嘴皮子的地方。比赛开始。"

和前两场比赛没有任何区别，伴随着裁判的一声"比赛开始"，龙皓晨身体周围瞬间升腾起了金色光芒，依旧是蓄势。

四号骑士眼底冷光一闪，明显流露出一分怒意。他没有像其他骑士那样一上来就召唤坐骑，而是将手中的阔剑在盾牌上轰然一敲，发出"咣"的一声巨响，整个人就像是贴地滑行一般，第一时间朝着龙皓晨冲了过来。

这是突击，五阶骑士技能，凭借强大的灵力支持，能够爆发出比冲锋更快的速度，而且也更稳定。

在突击的同时，一道炽烈的金光也从四号骑士身上绽放出来。这些金光并不像龙皓晨身上的金光那样璀璨夺目，而是完全内收，就像是在他身上覆盖了一层薄薄的甲胄，这正是灵力液化后所产生的效果。

这种变化也同时出现在他手中的武器上。

三十米距离几乎是转瞬即至，那闪耀着强烈金光的阔剑直奔龙皓晨当头斩下。他是在用行动告诉龙皓晨，蓄势对他没用，他甚至不屑于召唤出自己的坐骑。

"砰！"

光耀之盾准确地挡住了阔剑，巨响之中，龙皓晨向后退出一步，但身上也闪耀起了光之复仇的光芒，手中的光剑瞬间斩出。

虽然蓄势时间不长，但加上光之复仇，龙皓晨这一剑也同样威力十足，只是此时，他没有使用任何技能。

一抹不屑的冷笑出现在四号骑士脸上，他的阔剑确实被神御格挡挡住了，但是，就在龙皓晨挥剑斩来的同时，他已经又发动了一个技能：盾挡冲锋。

重盾在前，悍然撞击在龙皓晨斩下的重剑之上。

"轰！"

一股强大的爆发力瞬间炸开，龙皓晨看上去就像被一头大象撞到了一般，随着一声闷哼，他直接被撞得双脚离地，向后飞出。

这就是四阶与五阶之间的差距。尽管龙皓晨已经是九级大骑士，可是，面对拥有液态灵力的五阶骑士，在灵力的比拼上，他根本没有任何机会。

四号骑士傲气十足，确实是因为他有骄傲的资本。技能以完美的节奏衔接，在龙皓晨被撞飞的同时，他再次发起了突击，手中的阔剑上金光闪耀，一记光斩剑就朝着龙皓晨劈了过去。

以液化灵力施展出的光斩剑，简直就像是剑刃的延伸，根本看不出是灵力幻化而成的，直接轰击在龙皓晨匆忙挡在身前的光耀之盾上。

龙皓晨身形不稳，甚至还没有落地，根本不可能用出神御格挡，只来得及用出一个圣光沁盾来辅助防御。

"轰！"

圣光沁盾破碎，龙皓晨喷出一口鲜血，整个人狠狠地砸在地面上，连光耀之盾都飞了出去。

四号骑士没有急于追击，而是冷冷地扫视了休息区那边一眼，似乎在说，看到了吧，这就是五阶的实力。

龙皓晨猛然一翻身，从地上站起，他的胸脯不断起伏，嘴角有血渗出，显然受创不轻。他没敢去捡自己的光耀之盾，而是一脸警惕地盯着四号骑士。

四号骑士嘴角露出一丝不屑，道："我刚才说过了，蓄势这种垃圾技能不要在我的面前使用。在绝对的实力面前，你的这一切都是徒劳。认输吧，自己滚出去。"

因为受伤，龙皓晨的脸色明显有些苍白，他仍旧毫不犹豫地摇了摇头。可他的身体竟微微一晃，他赶忙将光剑插在地面上稳住身形，同时释放出一道白色的治愈之光笼罩在自己身上。

四号骑士眼睛一瞪，道："不见棺材不落泪？我成全你。"

这一次，他甚至没有用突击，直接将阔剑扛在肩膀上，就么一步步地朝龙皓晨走去。炽烈的金光在他身上再次亮起，他每一步落地，都在地上留下一个明显的脚印。

龙皓晨双手紧握住光剑的剑柄，支撑着身体，眼睛一眨不眨地盯着四号骑士，他眼中的坚定与执着，并没有因为自己受伤而产生半分变化。

壮硕的裁判紧紧地盯着两人，一旦四号骑士威胁到龙皓晨的生命，他就会立刻出手。

休息区，李馨紧张地抓住夜华的手臂，道："老师，快阻止他，那个混蛋会杀了皓晨的。皓晨已经受伤了。"

夜华的双手早已紧握成拳，道："相信他，他会赢的。"

此时，四号骑士已经走到了龙皓晨面前三米处，他手中的阔剑徐徐扬起。他是故意放慢动作的，他最喜欢看的，就是对手在自己强大的实力面前流露出的那无助的眼神。

可惜，在龙皓晨身上，他没有看到这样的神色变化。

自始至终，龙皓晨的眼眸中都只有坚定。

"结束了。"

对于龙皓晨的执着，四号骑士明显很不爽，阔剑横拍而下，直奔龙皓晨砸去。碍于大赛的规则，他终究不敢下杀手。但这一剑拍下去，他有绝对的把握可以令龙皓晨失去战斗力。

就在这一瞬间，龙皓晨澄澈的淡金色眼眸中骤然迸发出一抹锋利如刀的冷厉光芒。

这份冷厉，在他昨天与黑衣青年对视时出现过，而在选拔赛上，还是第一次出现。

"嗡！"

一团灿烂的金光骤然从龙皓晨身体周围的地面向上冲出。

这正是惩戒骑士技能：升天阵。

平拍而下的阔剑被升天阵骤然一冲，落下的速度顿时慢了一拍，紧接着，又是一个光罩从龙皓晨身上迸发而出——圣光罩。

这两个技能，他酝酿很久了。从站起来的那一刻起，他就在准备了。面对一名拥有坐骑的五阶骑士，龙皓晨知道自己的胜算很小，所以，他只能隐忍，等待时机。而此时，运气站在了他这一方，骄傲的四号骑士根本没有召唤出他的坐骑。

龙皓晨在皓月城时，每天与夜华这位天空骑士对练，怎么可能连五阶骑士的第一轮攻击都挡不住呢？他确实是受伤了，但那是因为他根本就没有用出全力，正是隐忍加示弱的方式，才换来了眼前这个宝贵的机会。

以龙皓晨目前的实力，想要战胜一名拥有坐骑的五阶骑士极难，甚至不可能。就算他天赋再高，可对手毕竟比他多修炼了五年以上，因此，他只有用计才能给自己争取到机会。

实力永远是胜利的关键，却不是唯一因素。只要谋略得当，一切皆有可能。更何况，龙皓晨和四号的差距并没有大到绝对不能战胜的程度。

圣光罩虽然是守护骑士的四阶技能，但依旧挡不住五阶的液态灵力。但毫无疑问，升天阵加圣光罩的组合，已经给龙皓晨争取到了足够的时间。

插在地面上的光剑骤然扬起，带起一道炽烈的金色光芒，与此同时，龙皓晨左手横挥，另一道火红色光芒宛如匹练一般横扫而出，与光剑的金色光芒形成了一道交叉十字斩。

此时，四号骑士和龙皓晨近在咫尺，他万万没想到，看上去已经毫无反抗能力的龙皓晨，竟然能够反击，而且攻势如此凌厉。

在这个时候，他已经来不及使用任何技能了，只能勉强将盾牌一横，挡在身前。

"轰！"

一光一火组成的交叉十字斩狠狠地斩在盾牌上。四号骑士确实了得，不愧为五阶强者，在如此不利的局面下，他也只是被龙皓晨震退两步而已，这就是液态灵力的强大之处。

但是，这才只是个开始。一记交叉十字斩令四号骑士劈斩的重剑随着身形后退，失去了攻击效果。此时，龙皓晨手中的双剑斩出后没有半分停顿，立刻又是一个回斩，但是，这一次，他那双剑上爆发出了璀璨的光芒。

一团夺目的金光和一团夺目的红光出现了，竟是双剑同时发出了曜日斩，这是惩戒骑士的四阶最强攻击技能。

刚刚挡住一击，四号骑士还处于吃惊和愤怒之中，龙皓晨的双剑就带着夺目的光芒回斩而至。

"轰！"

这一次，四号骑士抵挡得可就没那么轻松了，在强大的曜日斩的轰击下，他手中的盾牌被砸得金光飞散，同时向斜下方沉去，四号骑士露出了近半身体，接连跌退，险些摔倒。

龙皓晨并不手软，左手火剑前指，发出闪电刺，带起十余道金色的光芒，直指四号骑士胸前。右手光剑却没有跟着攻击，反而是高举在头顶，白色光芒瞬间大放，但和曜日斩不同的是，他这光剑上的光芒完全收敛于剑上。看上去，光剑就像变得通透了一般，浓郁的神圣气息从光剑上升腾而起。

龙皓晨口中低声念着咒语，他那光剑的变化，猛一看去有些像是纯白之刃，可是，与纯白之刃相比，此时的光剑，无论是灵力的精纯程度、神圣气息的浓度，还是自身所产生的压迫感，都要强大太多太多。

主席台上那位端坐在中央的圣骑士长惊讶不已，道："好小子，竟然还有这样的底牌，原来他根本就不是守护骑士，而是惩戒骑士，难怪之前只使用了蓄势和神御格挡。好家伙，这是惩戒的高级技巧心分二用，而且连五阶的圣剑都学会了。"

四号骑士此时特别郁闷，龙皓晨的反击出乎他的意料，更为关键的是，龙皓晨爆发后的攻击太猛烈，根本不给他喘息的机会。

升天阵、圣光罩、双曜日斩再加上闪电刺,这一套组合攻击令四号骑士甚至没有调动自己全部内灵力的时间,更不用说使用技能和召唤坐骑了,一时的大意令他完全陷入被动。

他必须完全抵挡住龙皓晨的攻击,等到一个缓冲的机会后,才有可能再发动反击。

四号骑士将阔剑回挡,尽可能地护住自己正面,一连串的当当声在试炼场中响起。

龙皓晨的闪电刺速度极快,再加上之前曜日斩取得的先机,四号骑士终究没能完全防守住,一道金色光芒从他左臂侧面掠过,顿时留下一道焦黑的痕迹。

真正的强者,永远不会让自己在战斗中出现骄傲的情绪,而四号骑士显然违背了这一点。

没有甲胄护身的他,虽然只是被火剑擦过,但那火辣辣的疼痛感也令他的左臂顿时变得不太灵活了。

不过,直到此刻,四号骑士也没想过自己会输。就算龙皓晨是惩戒骑士,也已经使用了这么多技能,总要有所停顿吧?只要给他反击的机会,他依旧有信心凭借修为上的绝对优势战胜龙皓晨。

可就在这个时候,龙皓晨完成了闪电刺后,火剑上又一团夺目的金色光芒骤然绽放。

依旧是曜日斩。

只不过这一次不是用斩,而是用刺。

没有了闪电刺的速度,却有了曜日斩的威力。轰鸣声中,四号骑士只得再次架起盾牌抵挡,随后,又被震退五步。无论是盾牌还是阔剑上的金光,都已暗淡下来。

四号骑士用力地深吸一口气,在后退的过程中,他的眼中已经充满了怒火,体内的液态内灵力完全调动起来。

对他来说,此时虽然身形不稳,但也是个契机。他只是略微调动了一点内灵力,一个金黄色的圣光罩就释放了出来,治疗着他左臂上的伤,同时形成一道坚强的防御。

龙皓晨身随剑走，发起了冲锋。刹那间，试炼场内只能看到一道白光迸射而出，却看不到他的身影。

身剑合一，这柄剑是光剑而不是火剑。

晶莹剔透的纯白色光剑瞬间即至，使得空气扭曲荡漾。

"噗！"

五阶守护骑士布下的圣光罩竟然抵挡不住这光剑的一刺，在刺耳的摩擦声中，光剑硬生生刺入了圣光罩之中。

这是圣剑，惩戒骑士强大的五阶攻击技能，除了具有强大的攻击力，对一切黑暗属性生物还有特殊加成效果，能产生双倍的攻击力。

四号骑士大骇，赶忙举盾抵挡，龙皓晨的攻击衔接得太快了，所以他用出圣光罩之后，只来得及再给自己的盾牌施加一个圣光沁盾来辅助防御。

也就在这个时候，光剑之上，一道白色剑光透剑而出，狠狠地轰击在四号骑士的盾牌上，然后光剑的本体向前刺去，击中四号骑士。

"轰！"

在观战者们震撼的目光中，四号骑士手中的盾牌瞬间四分五裂，此时，他也终于将光剑震开。但是，在巨大的冲击力下，他再也无法稳住身形，一屁股跌倒在地。

火红色的光芒悄然而至，静静地落在四号骑士的肩膀上，灼热的温度刺激得他的颈部一阵发麻。

龙皓晨以光剑撑地，他大口大口地喘息着，鲜血顺着嘴角流下，但他眼中的坚定依旧丝毫未变。

在受伤的情况下，以如此密度施展技能，他的身体负荷可想而知，但也正是这一连串狂风暴雨般的攻击为他带来了最终的胜利。

从四阶巅峰到五阶，这修为提升程度形同质变啊！

哪怕龙皓晨使用了如此多的强大技能，又有着卓绝的天赋、敏锐的感知力，还拥有远超于同阶骑士施展技能的速度，可在击败四号骑士之前，他依旧没能让对手受伤。

"我输了,我竟然输了?"四号骑士呆呆地瘫在地上,面如死灰。

身为一名五阶大地骑士,在这次猎魔团选拔赛上竟然连前十名都没进,无法成为猎魔团的一员。他的年龄已经达到上限,不可能再参加下一届选拔赛了。这一败,令他这天之骄子瞬间被阻挡在骑士圣殿核心的门外。

听他说到"我输了"三个字的时候,龙皓晨已经将自己的双剑收起,默默地走到一旁拣起了光耀之盾。这一战他虽然赢了,但赢得绝不轻松,四号骑士带给了他极大的压力。

"不!我不服!不服!"四号骑士猛地从地上跳起来,双眼通红地看着龙皓晨,"我还没有召唤出坐骑,也没有穿上灵魔级的铠甲。你怎么可能是我的对手?怎么可能?裁判,我不服,我要和他重新比赛。"

裁判冷冷地看着他,已经站在他和龙皓晨的中间,淡淡地道:"你输了。"

四号骑士激动地说:"我没输!我怎么会输给一个四阶的小子?"

苍老的声音从主席台方向传来,声音中带着几分怒意:"我问你,骑士的十大守则是什么?"

四号骑士一愣,这是每一名骑士自幼就要学习的东西。此时,他几乎是下意识地开口说道:"谦卑、诚实、怜悯、英勇、公正、牺牲、荣誉、执着、仁爱、正义。"

苍老的声音沉声道:"那你的谦卑和诚实何在?与其说你输给了九十七号,不如说你输给了你自己。不穿戴铠甲,不召唤坐骑,是你自己的选择。你连最基本的两项守则都无法好好遵守,你的心性已经不适合成为一名骑士。来人,将他轰出去,从圣殿除名。"

四号骑士全身剧震,刹那间脸色一片苍白。

圣殿除名意味着什么?

意味着他再也不是骑士圣殿的一员了。

同时他也知道了这说话的人是谁,哪怕是骑士圣殿巅峰的那三位强者,面对这位老人,也要礼让三分。

"扑通"一声,四号骑士跪倒在地,他朝着主席台的方向颤声道:"圣骑士长大人,我错了,我知道错了,请您再给我一次机会吧。我再也不敢了。"

圣骑士长的声音徐徐传来:"你能在二十五岁之前突破到五阶,可见你的天赋极佳。但是,你也应该知道,我们骑士圣殿最为看重的不是修为而是心性。作为六大圣殿之首,任何一个猎魔团的核心,如果不能遵守骑士守则,只能让骑士荣耀蒙羞。告诉我,荣耀是什么?"

在场所有骑士全体起立,齐声大喊道:"荣耀即生命。"

圣骑士长淡淡地道:"四号,你听到了吗?荣耀即生命,你还配拥有骑士圣殿的荣耀吗?"

四号骑士的身体在剧烈地颤抖着,他跪在那里,一个字也说不出来。他听得出,圣骑士长已经动了真怒。

"圣骑士长大人。"

正在这时,一个清朗的声音响起,在场众人的视线也不禁随之转移。

开口的人正是龙皓晨。他右手握拳,放在左胸处,向主席台方向恭敬地行了一个骑士礼。

"你说。"

圣骑士长的声音明显温和了几分,丝毫没有掩饰他对龙皓晨的喜爱之情。

龙皓晨看了一眼跪在自己身边的四号骑士,恭敬地说道:"圣骑士长大人,我还很小的时候,母亲就告诉过我,人无完人。四号骑士只是因为输了,一时间内心失衡而已。自大确实是错误的,但是,只是因为这一件事情,就让他的生命发生转折,我认为这对他是不公平的。性格和成长的环境有关,所以也不能完全怪他,请您再给他一次机会吧。有了这次的教训,我相信他会改正的。"

听了龙皓晨这番话,四号骑士有些惊愕地抬起头看向他,目光中甚至带着几分异样的情绪。

主席台方向突然变得沉默了,所有人也都关注着主席台的动向。毕竟,像四号骑士这样在二十五岁之前就突破到五阶的天才骑士,在骑士圣殿也是凤毛麟角。

半响，主席台方向才传来圣骑士长的幽幽一叹，道："好吧。既然你为他求情，我就给他一个机会。四号，你听着，如果你还想继续留在骑士圣殿，那么，从现在开始，你就是九十七号的扈从骑士。如果你一直都能尽到扈从骑士的职责，那么，下一届猎魔团选拔赛开赛时，我准许你重归骑士圣殿。"

四号骑士先是愣了一下，转而大喜过望，道："多谢圣骑士长大人给我机会。"

说完这句话，他站起身，转向龙皓晨，眼中闪过一丝挣扎之后，"扑通"一声，单膝跪倒在龙皓晨面前，道："主人，韩羽听从您的差遣。还不知道您的名讳。"

龙皓晨有些哭笑不得，道："这、这个……"

"他叫龙皓晨。"

一个冷冷的声音从休息区方向传来。龙皓晨扭头看去，说话的正是夜华老师。

韩羽恭敬地说道："光明神在上，韩羽愿在未来五年内奉龙皓晨为主，主人荣耀即我荣耀，如违此誓，神罚之。"

战斗中的龙皓晨永远是那么冷静，可他毕竟只是一个十四岁的少年，面对这种情况顿时有些慌张，赶忙说道："你快起来。"

他一边说着，一边将韩羽搀扶起来。

韩羽恭敬地说道："主人，我家里还有些事情需要处理，现在就回去处理好，明日我会来这里寻主人，今后五年，我愿誓死跟随。"

经过了刚才的打击，他脸上的傲气已经荡然无存，虽然眼底依旧带着几分不甘，但想到被开除出圣殿的可怕后果，终究还是强忍着内心的不适，再次向龙皓晨行礼，之后才转身离去。他虽然骄傲，但心中有远大志向，一旦脱离骑士圣殿，他还怎么实现自己的梦想呢？

龙皓晨现在虽然有些摸不着头脑，但夜华既然让他答应，总是有道理的。他给自己施加了一个圣光罩后，这才走回了休息区。

"弟弟，你太棒了！"

李馨冲上来就给了他一个大大的拥抱,而骑士圣殿的其他参赛者再看龙皓晨时,脸上都露出几分戒惧之色。

　　在这种一对一的比赛中,惩戒骑士显然要比守护骑士占据优势。尽管韩羽是因为自身的骄傲自大才导致最终失败,但是,千万不要忘记,龙皓晨最后那一连串的进攻竟能做到不给他半分机会,这又岂是普通的惩戒骑士所能做到的?那瞬间的爆发力,尤其是最后心分二用加圣剑的组合,才是真正制胜的原因,这是连五阶骑士都挡不住的攻击啊!

第26章
其实我很丑

夜华看着龙皓晨,哼了一声,道:"臭小子,这才是你的底牌吧。"

龙皓晨低着头,道:"老师,我……"

夜华挥了挥手,道:"不用说了,其实,当初纳兰胖子让我教你的时候,我就已经知道你还有另外的传承,否则,你小小年纪,岂能拥有那样的修为?你的传承是来自你父亲?"

龙皓晨点了点头。

夜华拍拍他的肩膀,道:"不用想得太多,我没有怪你的意思。不过,你的运气实在不太好,这一轮就遇到了五阶的对手,虽然赢了,但底牌也暴露了。"

龙皓晨看着夜华眼底露出的担忧,心头顿时一热,凑到他耳边,用极低的声音说了些话。

夜华双眼顿时瞪大,一脸惊讶地看着他。

龙皓晨向他点了点头。

夜华脸上露出一丝比哭还难看的笑容,向他比了比大拇指。

"老师,扈从骑士是怎么回事?"龙皓晨疑惑地问道。

夜华说道:"这次你算是捡了个便宜,扈从骑士就像是魔法师的扈从战士一样。但区别在于扈从骑士可以说是你的仆人,而不是伙伴。他发下誓言,那么，当你遇到危险的时候，他永远都会第一时间挡在你面前，相当于是活着的盾牌。在猎魔团的规则中，原本是不允许扈从存在的，但扈从骑士是个例外。如果骑士本身是守护骑士的话，允许拥有一名扈从骑士跟随守护。因为对于猎魔团来说，守护骑士的作用太重要了。

"只不过，几乎没有骑士愿意做别人的扈从。所以，你这次算是捡到宝了。你这扈从还是一名五阶骑士，这对于将来你在猎魔团的地位还有生存能力都有着巨大的好处，而且，能够在二十五岁之前就修炼到五阶，恐怕他的来历也不简单。"

龙皓晨挠了挠头，道："可是，他修为比我高，未必会服气吧。"

夜华神秘地一笑，道："你也太小看扈从骑士的誓言了，无论他有多么骄傲，在誓言之下，你就是他的天，是他的主人。他就算心中再不服气，一切也只能为你着想，为你服务。不过，成为你的扈从骑士，对他来说也是有好处的，至少他能够跟随你一起进入猎魔团。否则，他就只能被淘汰出局，终身没有再进入猎魔团的可能。至于五年后，恐怕，那时他也只能仰望你的成就了。"

"老师，那我先回去了，疗完伤好准备明天的比赛。"

龙皓晨可没忘记与采儿的约定，此时比赛已经结束，他顿时有种归心似箭的感觉。

夜华点了点头，道："去吧，不过你也不用操之过急，明天的比赛不用参加了。"

"嗯？"龙皓晨惊讶地看向他。

旁边的李馨笑道："傻弟弟，忘了那个轮空名额了吗？除非今天再有人能够击败五阶骑士，否则，这轮空名额还能跑出你的手掌心？"

龙皓晨这才恍然大悟，是啊，以自己击败韩羽的表现，应该能够获得这个轮空名额了吧。

如果只是比赛，他对这个轮空名额并不怎么感兴趣，因为他更希望通过不断的实战来激发潜能和提升自己的实战经验。

但最近这几天情况很不同。

他已经摸到了液化灵力的门槛，而且想参透以蓄势技能为主的修炼方式，在这种情况下，他需要的反而是静修了。

龙皓晨出了骑士试炼场便迫不及待地朝着自己与采儿约定的地方跑去。

远远的，他就看到已经站在那里的采儿了。

她的装扮没有任何变化，手中青竹杖点在身前的地面上，只是静静地站着，就像是伫立在街边的一座雕像。

阳光洒落在她身上，令她那一头紫发多了几分光泽，似乎也令她多出了几分暖意。

"采儿！"龙皓晨喊了一声，飞快地跑了过去。

听到他的声音，采儿的身体略微偏转。但是，就在龙皓晨即将接近她时，他明显感觉到一股强烈的寒意从她身上散发出来。

"采儿，你怎么了？"龙皓晨吓了一跳，赶忙止步。

采儿的声音中多了几分龙皓晨从未听过的森冷之意："你受伤了？是谁伤了你？"她一边说着，一边抬起另一只手，很自然地抓住龙皓晨的手。

龙皓晨一脸好奇地问道："你怎么知道我受伤了？"

采儿道："听出来的。虽然我目不能视，但听力要比普通人好一些，你中气不足，分明是受了伤。"

此时，她身上的寒意略微散去了几分，也松开了握住龙皓晨的手。

龙皓晨呵呵笑道："没什么，我在参加联盟的猎魔团选拔赛，今天遇到的对手很强，所以才受了点轻伤，已经不要紧了。不过，我赢了。对了，我还没告诉过你，我可是一名骑士哦。今天我表现得好，明天比赛应该会轮空，这样一来，初赛我算进入前十了。"

"嗯。"采儿轻轻地点了点头，身上的寒意已经彻底散去。

"走吧，我送你回去。"这次换成龙皓晨主动牵起采儿的小手，拉着她向她的住处缓缓走去。

两人慢慢地走着，又进入了那种宁谧的气氛，龙皓晨走得很慢，那速度，和刚学会走路的孩子差不多。

阳光洒在他们身上，那种暖洋洋的感觉与心中异样的情愫交织在一起，他们的心都有些不平静。

但是，无论走得多慢，路终究还是有尽头的。

停下脚步的那一刻，龙皓晨内心的异样顿时变成了不舍，握着那已经变得温热的柔软小手，他真有些不舍得就这样放开。

"回去早些休息吧。明天我还等你来。"采儿轻声说道。

"好。我一定早点来，我明天比赛轮空，就能先来等你了。"龙皓晨赶忙答应着，他最怕听到的就是采儿说不用再送她了。

龙皓晨依依不舍地松开手，道："你进去吧。等你进去了我再走。"

采儿却摇摇头，道："我想听你离开的脚步声，好吗？"

不知道为什么，每当龙皓晨看着她那无神的双眸时，他就说不出一句拒绝她的话，只好说道："好吧，那你回去时也要当心一些。"

"以后比赛不要那么拼命了。"采儿突然说道。

龙皓晨呵呵笑道："不是拼命，是努力。我不努力变得强大些，怎么保护你呢？"

他说完这句话，明显感觉到自己心跳加速。他不敢再留下来，告别采儿之后，他快步离去。

采儿静静地听着他离去的脚步声，她的脸上顿时笼罩了一层寒霜，道："他受伤了，幸好伤得不重。"

一抹杀意从她的身上一闪而逝。

猎魔团选拔赛初赛第三天渐渐过去，因为比赛场次减少，六大圣殿的比赛下午已经全部结束。

李馨的运气不像龙皓晨那么差，面对一名实力不弱但坐骑不如她的对手，她再次发挥出玫瑰独角兽强大的实力与自身惩戒骑士的优势，成功冲过了第三轮，这是夜华都没想到的。

正像他们猜测的那样，其他三名五阶骑士全部晋级，而龙皓晨也毫无疑问地成为下一轮轮空的人选。

圣殿联盟骑士总长办公室。

一名老者坐在办公桌后，静静地看着手中的一沓资料。

老者一头银发，肩膀格外宽阔，虽然是坐在那里，但也能看出他身材高大，年龄丝毫未影响到他身上散发出的威严气势。

这位老者正是骑士圣殿驻圣殿联盟圣城总部的最高决策者。在整个骑士圣殿中，地位仅次于三大神印骑士的圣骑士长。他也就是之前在骑士试炼场主席台端坐中央主位之人。

"砰、砰、砰。"敲门声响起。

"进来。"圣骑士长缓缓抬起头，淡淡地说道。

门开了，从外面走进来的正是韩羽。

棕色短发的他身材健硕，此时他的脸上早已没有了骄傲的神情，能看出来的，只有忐忑、痛苦与郁闷等。

看到是他，圣骑士长的脸色猛然一沉，他随手将那一沓已经晋级的前十九名参赛者的资料扔在桌子上。

"砰！"

韩羽的拳头捶击在自己胸膛上，向圣骑士长恭敬地行了一个骑士礼。

圣骑士长只是冷冷地看着他，一言不发。

韩羽额头上直冒汗，低着头，也一言不发。

"跪下！"

圣骑士长猛地一拍桌子，强大的压迫力瞬间令整个房间内的空气都产生了细微的扭曲。

"砰"的一声，韩羽双膝一软，就已跪倒在地，脸色更是一片苍白。

在圣骑士长如同山岳般的恐怖压力面前，他就像一根随时都有可能折断的稻草。

圣骑士长缓缓站起身，从桌子后走了出来，抬手指着韩羽，道："好啊！你真的很好啊！你不是一向骄傲得很吗？你不是总觉得自己是年轻一代第一人吗？这下你满意了吧？初赛都没过关，被一名四阶对手打得毫无还手之力。你多英雄啊！"

韩羽低着头，哭丧着脸，道："爷爷，我错了。都怪我，给您丢脸了。"

"别叫我爷爷，我没你这么不长进的孙子！"

圣骑士长抬起脚，一脚就将韩羽踹了个跟头，道："到现在你还不知道自己错在什么地方。你以为我是因为你今天输了比赛给我丢脸而发怒吗？你错了！我告诉你，我是因为我韩芡竟然教出一个根本不配做骑士的孙子而感到耻辱，这份耻辱是我自己给自己的。"

韩芡怒发冲冠，道："你以为我在试炼场要将你开除出骑士圣殿，是因为愤怒吗？不！是因为你确实没有成为一名骑士的资格，我才要将你开除出去。骑士十大守则第一条就是谦卑，你的谦卑在哪里？你心中只有骄傲。你是不是觉得，二十二岁就能突破到五阶，你已经很了不起了？你知道吗？今天击败你的那个孩子，才不过十四岁。十四岁啊！你和人家比，你什么都算不上。"

听到"十四岁"这三个字，韩羽顿时呆滞了，道："不，这不可能！"

韩芡冷冷地看着孙子，道："不可能？骨龄评测会有错？是我亲自下令封锁了关于他年龄的消息。你的心愿不是要成为一名神印骑士吗？就你现在这样子，就算有一天你拥有了那样的修为，也只会是一名堕落骑士而已。骄傲自满，目中无人，输了比赛还要耍赖。你不是丢了我的脸，你是将骑士圣殿的脸都丢尽了！如果不是我那几个老兄弟拉着我，我真想一巴掌把你拍死！"

韩羽的身体开始微微地颤抖。

从小到大，他虽然在修炼中也付出了极大的努力，但身为天之骄子的他，从未遇到过任何挫折，今天这一战，对他的打击实在是太大了。龙皓晨那一套连击，将他心中所有的骄傲击得粉碎。他突然觉得，原来自己并不像自己想象中那么强大。

韩芡冷声道："你现在只有两个选择：第一，让我废掉你一身灵力，从此逐出骑士圣殿。不过，你毕竟是我孙子，我会给你一笔钱，让你过上普通人的富裕生活。如果你选择了这一条路，我可以亲自出面，请龙皓晨解除你的誓约。至于第二条路，你知道的。"

韩羽颤抖着缓缓抬起头,道:"爷爷,他……他真的只有十四岁吗?"

韩芡脸上的怒气似乎已经消退了几分,他用力地点了一下头,道:"从这三天的比赛来看,龙皓晨这孩子坚忍、善良、执着、英勇。从他身上,我仿佛看到了骑士的荣耀。你跟着他,要学习的是他身为骑士的态度,不要以为做扈从骑士很丢人。他只要还活着,将来必定会是震惊整个联盟,甚至是震惊魔族的一代强者。跟着他,在他的鞭策下,对你的提升会大有好处。否则的话,五年之后,你将难以望其项背。"

韩羽重新跪好,朝着韩芡砰砰砰地磕了三个响头,道:"爷爷,五年后,我一定会让您刮目相看的。"

说完这句话,他站起身,再次向韩芡行了一个骑士礼,而后转身,大步离去。

看着他离去的背影,韩芡脸上的怒意突然消失了,反而变成了一丝微笑。

"龙皓晨,我真该谢谢你呢。韩羽这小子的问题其实我早就发现了,只是一直没找到好时机给他沉重的一击。羽儿这孩子虽然容易骄傲,但他有不服输的脾性,只会越挫越勇。和你在一起,对他的未来只有好处。或许,你们真的能够一同成为神印骑士呢。只是不知道,你的传承究竟是来自于谁。惩戒骑士技能,连五阶圣剑都能越阶学到。你姓龙,难道说你是……"

想到这里,韩芡脸上顿时露出一丝惊讶。

他让韩羽跟随龙皓晨是有深意的。

首先,韩羽输掉比赛,已经失去了进入猎魔团的资格,对他未来的成长可以说是最为沉重的打击,而成为龙皓晨的扈从骑士后,虽然名声不好听,但好歹能够进入猎魔团。

其次,韩芡极为看好龙皓晨,由韩羽去保护他,会大大增加龙皓晨执行猎魔团任务时的生存概率。

此外,韩羽和龙皓晨相处五年,建立友情并不困难。如果将来龙皓晨成为神印骑士,对自己这个孙子也是大有好处的。

韩芡老谋深算,他的这个心思可不是夜华能够猜到的。当然,如果不是因为韩羽这骄傲自大的毛病实在严重，韩芡怎么也不会舍得让自己这天资聪颖的孙子去给别人当扈从的。

猎魔团选拔赛初赛阶段进行到第三天，已经进入了尾声阶段。

其中刺客圣殿、灵魂圣殿、牧师圣殿都已经决出了前十名。

接下来，更重要的就是名次之争了。

因为第四天比赛轮空，龙皓晨根本就没有去试炼场。太阳才探头，他就来到每天与采儿相见的地方默默等待了。

刺客试炼场。

休息区只剩下最后十人，其中九人的目光却都落在同一人身上。

采儿静静地坐在那里，她那无神的双眸、手中那根毫不起眼的青竹杖带给其他九位参赛者极大的压力。几乎所有参赛者都在暗暗祈祷，不要在初赛中再遇到她。

五阶刺客，拥有秘技影分身，而且是本届参赛者中刺客圣殿唯一的五阶选手。

就在大家都观察着她的时候，散发着冰冷气息的采儿却从第一排缓缓地站了起来，她朝着主席台的方向略微躬身，用她那特有的清冷声音说道："初赛剩余的比赛我弃权。"

说完这句话，在其他九名参赛者目瞪口呆的注视下，她用青竹杖点地，在"嗒嗒嗒"的声音中走出了刺客圣殿。

龙皓晨站在街道上等待着采儿，他第一次有时间静下心来欣赏联盟这座最大的城市。

街道两侧的建筑多为高层，绝大多数建筑都是用浮雕来装饰，浓浓的古典气息彰显着这座城市古风古韵的一面。

龙皓晨的伤本来就不算太重，再加上守护骑士有自我治疗的技能，所以已经痊愈了。

通过与五阶骑士的一战，他对自身能力有了更深刻的体悟。他修炼了一天一夜之后，灵力又提升了不少。尤其是借助蓄势技能进行修炼后，他对液态灵力的感悟又深了几分。

如果龙皓晨继续这样修炼下去,他有信心,自己在十天之内一定有机会冲击五阶。

"爸爸说过,等我拥有七阶圣殿骑士的修为后,就有资格去找他和妈妈了呢。"龙皓晨在心中自言自语。

"嗒、嗒、嗒。"

独特而熟悉的声音将龙皓晨从思绪中拉回。

"采儿。"

看着不远处正缓缓走来的采儿,一股发自内心的喜悦顿时涌上心头,龙皓晨三步并作两步跑了过去,拉住她的小手。

采儿微微一笑,道:"等好久了吗?"

龙皓晨摇摇头,道:"没有,我也刚来一会儿。你每天都这么早就来等我吗?"

采儿摇头道:"也不是,我每天回来的时间也不确定,不过未来几天应该会早一点。"

龙皓晨握着她柔嫩的小手,他的心中一片温馨。这种感觉与他跟父母在一起时是不一样的。然而,他并不知道采儿为了不让他等太久放弃了什么。

两人手拉着手,带着那份朦胧的但又最为纯粹的情感缓步向前,他们的身影在阳光下渐渐远去。

"采儿,你还能在圣城住多久?"在即将分手的时候,龙皓晨终于鼓足勇气问道。

采儿沉默片刻,道:"你问这个干什么?"

龙皓晨顿时心头一紧,有些窘迫,道:"我……我只是想知道还有几天能送你回来。"

采儿又陷入了沉默,两人就这样面对面地站着,龙皓晨的手不争气地出汗了。

感受着他手心的濡湿,采儿轻声道:"我只是个盲女,送我回来,真的就那

么重要吗？"

龙皓晨愣了一下，老老实实地说道："我……我不知道。"

采儿也愣了，虽说女孩子在感情方面比男孩子开窍得要早一些，可她的成长经历甚至比龙皓晨还要单纯！

"你不嫌弃我吗？"采儿低下头说道。

龙皓晨心中顿时充满一阵怜意，他拉起采儿的手放在自己身前，道："怎么会嫌弃你呢。"

不知道为什么，此时的他非常忐忑，只觉得一个回答不好，自己可能就再也见不到眼前的少女了。

"采儿，其实，其实我长得很丑的。我自己都这么丑，有什么资格嫌弃你。"龙皓晨有些急不择言地说道。

采儿一呆，道："很丑？"

"嗯，很丑。"龙皓晨赶忙肯定地说道。

采儿笑了，隔着面纱，虽然看不到她的面庞，但龙皓晨下意识地觉得她的笑容很美很美。

"那如果，让你永远都牵着我走，你愿意吗？"采儿的声音很轻，近乎呢喃。说出这句话的时候，她那修长白皙的颈部羞得通红。

"我愿意。"龙皓晨此时正处于一种奇异的情绪中，毫不犹豫地脱口而出。

这一次轮到采儿有些慌张了，她将自己的手从龙皓晨手中抽出，道："我、我先回去了。"

龙皓晨急忙说道："那……那明天，我还送你回来。"

"嗯。"采儿轻轻地点了下头，青竹杖点地的频率至少比平时高了一倍，然后，逃也似的回酒店去了。

她心中不断回荡着他的话，他竟然说他很丑？他那漂亮得像女孩子一样的容貌还丑吗？

从未感受过的暖意在她心中静静流淌着，他是为了安慰她，她又怎么会不明白。

"呵呵。"龙皓晨忍不住笑了出来，虽然他还小，不懂太多的男女之情，但是他的感知要比常人敏锐得多。

他能清楚地感觉到，采儿对他的态度似乎发生了一些变化。

龙皓晨带着愉悦的心情回到酒店，还没等他平复心情开始修炼，急切的敲门声已经响起。

"皓晨、皓晨！"李馨兴奋的呼唤声传来。

龙皓晨吓了一跳，赶忙走过去打开门。

李馨的样子看上去着实狼狈，身上甲胄至少有三处破损，头发散乱，嘴角还带着一抹血迹，她的情绪却明显处于亢奋状态。她一看到龙皓晨，立刻就一把抱住他，兴奋得大叫："我赢了，我赢了！皓晨，我也进前十了。咱们姐弟俩都可以参加猎魔团了呢。"

"啊？"

龙皓晨顿时反应过来，也是大喜过望，道："姐，你赢了？你真是太棒了。恭喜你。"

李馨得意扬扬，道："是啊！运气太好了。今天依旧没遇到五阶的对手，哈哈，姐姐我好厉害吧。虽然是险胜，但终究还是赢了。爸爸会以我为荣的。"

在这次参赛的骑士中，按李馨的修为来讲，排名甚至在倒数几位。但是她是惩戒骑士，加上玫瑰独角兽的适时进阶和不错的运气，竟然突出重围和龙皓晨一同通过了初赛。

李馨笑道："可惜，我们都是骑士，姐姐没可能跟你一个猎魔团，不然就更完美了。"

龙皓晨呵呵笑道："那有什么关系，你永远都是我姐姐。"

"今晚确实值得庆祝。我请你们吃顿好的。"夜华温和的声音在门口响起。他的心情实在是太好了，龙皓晨进入前十，这是他的目标，没想到连李馨也能进入前十。对于皓月城骑士分殿来说，这是巨大的荣耀啊！

还有许多人同样兴奋，除了战士圣殿以外，其余五大圣殿全部决出了前十名。

林鑫在自己住的豪华酒店客房中美滋滋地喝着红酒，感受着馥郁果香和那柔和的酸涩感，大有几分飘飘欲仙的感觉。

昨天，他那神奇的魔力控制震慑住了所有参赛魔法师。

进入今天第四轮比赛的魔法师一共有十六人，因此今天进行了正赛和附加赛，来决定前十的名次。

第一轮对阵决出的是前六名，抽到林鑫的对手毫不犹豫地认输了。毕竟还有附加赛，那也是进入前十名的机会，没人愿意跟这个魔法控制力如此强大的家伙硬拼。于是林鑫兵不血刃地进入前六名，获得了参加决赛的资格，同时，成了一名猎魔团预备成员。

同样兴奋的还有某个光头男。虽然因为他的出现，此次牧师圣殿的初赛变得有些混乱，牧师圣殿不得不急忙制订新规则。可这一届比赛已经开始，还得按老规则来。

光头男凭借着他强横霸道的表现突围而出，同时因为牧师圣殿的参赛人数不多，他已经进入前三，而且，从目前情况来看，牧师第一这个名次是没人能跟他争夺了。

初赛进入第五天，圣盟大试炼场的气氛反而变得缓和了许多。

在决出前十名后，接下来试炼场中要进行的只是排位赛。

对于参赛者来说，各大圣殿的初赛排名更多只是荣誉，虽然排名高也会获得一些奖励，但更多的是金钱层面的奖励，排名前三也只能获得一件灵魔级装备而已。

这只是圣殿联盟为了鼓励猎魔团去完成任务的一种奖赏方法，要是比赛奖励就很丰厚的话，以后他们去完成任务的时候，岂不是会有所懈怠吗？

骑士试炼场休息区显得有些冷清，参赛者只剩下最后十人，就算加上他们带队的师长也不过二十人。

这一届猎魔团选拔赛收获最大的不是那些主城，而是名不见经传的皓月城。小小的皓月分殿竟然有两名优秀的青年骑士进入前十，这是以往从未出现过的情况，也是皓月城骑士分殿巨大的荣耀。因此，哪怕是夜华性格那么冷漠的人，今天的脸色也比往日好看得多。

"接下来的排位赛，你们两个都不用太过在意，之后的决赛实际意义才更大，保存实力更为重要。"

听着夜华的话，李馨连连点头，此时，她那英气勃勃的脸上还不时露出几分笑意。

能够闯入前十名成为猎魔团成员之一，已经是她最大的收获了。这意味着她未来有可能成为骑士圣殿的高层，也意味着她能触摸到骑士世界更高的境界，她已经很满足了，所以根本就没想过在名次上更进一步。

龙皓晨却沉默了，看着老师，思索半晌后，道："老师，如果能遇到那个人，我希望能与他放手一战。"

夜华疑惑地问道："真的有这个必要吗？"

龙皓晨毫不犹豫地点了点头，道："老师，与强者战斗才能更好地激发我的潜能。那天与韩羽一战，对我有不少的帮助。"

夜华沉吟片刻，道："好吧，既然你决定了，老师也不阻拦，但要量力而行。后面的决赛你还有更多面对其他职业强者的机会。"

"嗯。"龙皓晨答应了一声。

他并没有告诉夜华，自己的修为正在逐渐接近五阶，在这种时候，他最需要通过战斗来激发自身潜能，也需要通过不断地战斗刺激自己的灵感，从而冲破瓶颈，达到五阶的层次。

龙星宇是当世最强的惩戒骑士，虽然他只教了龙皓晨两年多的时间，但是他几乎将自己一生修炼的经验都传授给了龙皓晨。其中最重要的一点，就是告诉龙皓晨，每当遇到瓶颈的时候，挑战比自己更强的对手是突破瓶颈最有效的方式。

父亲这句话被龙皓晨牢牢记在心中，并且在实战中得到了检验。每当他力克强敌之后，灵力修炼的速度都有明显的增加，对于技能的应用和掌握也随之进化，而且，不断地挑战强者也能让他的心志更加坚毅。

此时，抽签已经开始。

龙皓晨的目光直接落在第一排的三名五阶骑士身上。

他缓缓地深吸一口气，目光坚定，心如磐石，静静地坐在那里。别人都在祈祷着不要碰到五阶对手，他却无比希望能够与这样的强者相遇。

"一号，九十七号。"

空中两个硕大的数字渐渐清晰。就在这数字出现的一瞬间，龙皓晨眼中精光大放，"唰"的一下站起身，他原本温和的目光瞬间变得冷厉起来。

个位数的号码！

毫无疑问，他将面对的，又是一名五阶强者。

还能够留在这里的，无一不是心志坚毅之辈。但此时，那几名四阶骑士看着龙皓晨的目光都有一些怪异。

连续两场遭遇五阶对手，他这运气也实在是太……

第一排的一名青年徐徐站起，他缓缓转过身，看向龙皓晨。

这位一号参赛者，可不正是那天被龙皓晨用目光挑衅过的黑衣青年吗？他也是所有参赛者中，让龙皓晨感觉最有威胁的那一位。

两个人的目光在空中碰撞，眼神都变得专注起来。

一号骑士向龙皓晨做出了一个请的手势后，就率先迈开大步走入试炼场地之中，剧烈的灵力波动就在他一步步迈入试炼场的过程中弥散开来。

在这个时候，夜华没有叮嘱龙皓晨要注意什么，他绝不会让自己的情绪影响到龙皓晨。

在龙皓晨身上，他第一次看到了冲天战意，哪怕是之前面对韩羽时都未曾出现过的强大战意。

试炼场角落中，韩羽站在那里静静地观战。他一大早就来了，无论有多么不甘心，他未来五年的路已经无法改变。他此时反而希望龙皓晨能战胜所有对手，同时他也要看看爷爷所说的这位十四岁天才骑士究竟天才到什么程度。

龙皓晨缓步走入试炼场。

他虽然不算健壮，但是脚步极为稳重，每踏出一步，他自身的气势都会上升几分。

他目光如刀地盯着黑衣青年。

黑衣青年已经站定在场地中央,也正目光灼灼地看着他。

"你可有坐骑?"黑衣青年淡淡地问道。

龙皓晨摇了摇头,并没有掩饰什么,实话实说:"暂时没有。"

黑衣青年点了点头,道:"好,那我也不召唤坐骑,与你公平一战。"

同样的话从这黑衣青年口中说出,龙皓晨感受到的不是骄傲,而是自信。

第27章
惩戒之战

第一次见到黑衣青年的时候，龙皓晨就感觉到了他的强大。虽然之后又有三名五阶参赛骑士出现，其中就有实力强大的韩羽，但也没有改变龙皓晨心中的判断，这是一种对于危险的直觉。

黑衣青年向龙皓晨说出他也不召唤坐骑的时候，那份由内而外散发出的强大自信，绝非骄傲者所能拥有。他深邃的双眸牢牢地盯着龙皓晨，从他眼中，龙皓晨看不出任何情绪。

彼此相对，龙皓晨眼底的战意如烈火般熊熊燃烧。他只有十四岁，虽然身材和明显超过二十岁的黑衣青年无法相比，但是在气势上丝毫不落下风。

此时，龙皓晨就像是无比锋利的剑，锋芒毕露，不断升腾的战意令他宛如一座随时有可能喷发的火山。黑衣青年则沉稳如磐石，深邃得就像是一个无底深渊，吞噬着龙皓晨的战意。

两个人呈现出的气质有着天壤之别。

但有些凑巧的是，今天的裁判是那天负责评判龙皓晨与韩羽一战的胜负的那位。他沉声喝道："比赛开始！"

"我叫杨文昭。不久的将来，或许你会成为我很不错的对手。"黑衣青年脸上露出一丝微笑。紧接着，他身上的气质陡然一变，刚刚还深邃沉稳，此时却好像飘忽得令龙皓晨无法捕捉。

"我叫龙皓晨，现在我也一样是你的对手。"龙皓晨沉声说道，"在你将我击倒之前，胜负尚未可知。你也完全可以召唤出你的坐骑，这是你的权利。"

杨文昭淡然摇头，道："开始吧。"

他说话的时候，双手在身体两侧骤然一分，两道金色光芒就像是从他手中喷吐而出一般，化为两柄一模一样的金色大剑。毫无疑问，他身上也拥有储物类的魔法器具。

惩戒骑士！龙皓晨瞳孔略微收缩，眼里光芒闪烁，同样是双手一分的动作，光剑与火剑瞬间入手。

是的，这是一场惩戒骑士之间的对决！在那浓郁的灵力骤然爆发之际，龙皓晨与杨文昭同时动了。

龙皓晨朝着杨文昭发起了冲锋，速度极快，就像一支箭。

参加猎魔团选拔赛以来，这还是他第一次主动出击。

信念光环、守护恩赐、强击光环三个守护骑士增幅技能瞬间出现。以惩戒骑士之姿出战的龙皓晨，率先用出了守护骑士技能。

之所以极少有人选择双修守护与惩戒，原因就在于两者相加后的技能过多。施展任何技能都是需要灵力支持的，修为越强，技能越强，灵力消耗也就越大。守护与惩戒两者同时修炼，在不断施展各种技能时往往会灵力消耗过度，而且，很可能出现两边的技能都无法修炼到位的情况。

龙皓晨却是个例外，他的先天内灵力是史无前例的九十七点，这恐怖的先天内灵力使得他在使用技能时消耗的灵力要比其他骑士少得多。此外，他在领悟一切光属性技能时，也要比别人容易得多。

五年来，龙皓晨先后师从龙星宇和夜华，在出众的天赋背后，他同样付出了巨大的努力。在整个皓月分殿，绝对找不出一个比龙皓晨更加勤奋的骑士。

成功需要百分之九十九的努力加百分之一的天分，而龙皓晨二者兼具。

光剑与火剑已经完全变成了白色，这是纯白之刃。

按照比赛规则，双方在战斗开始之时的距离为三十米。也就是说，龙皓晨在发起这三十米冲锋的过程中，连续使用了四个技能。虽然这四个技能对灵力的消耗都不算很大，但按正常情况来推算，加起来也超过一百五十点了。最关键的是，他将惩戒骑士和守护骑士的技能交互使用时，无论是速度还是衔接，竟没有半分涩滞。

不仅是其余八名参赛者聚精会神地看着场中的比赛，就连主席台上那些骑士圣殿的大人物们也都眼睛一眨不眨地盯着场地之中。

就在龙皓晨距离杨文昭还有一丈左右的时候，他动了。他的左脚向前迈出了一大步，整个人也随着这一步瞬间向前滑行，左手大剑依旧在身侧，右手大剑则做出一个向斜上方撩起的动作。

杨文昭一出手就展现出了他强大的实力。他还没有使用任何技能，但剑刃上就喷吐出足有两尺长的金色剑芒，就像是那大剑的长度骤然增加了一般。因为动作是上挑的，所以，那剑芒有一个从地面掠过的过程，划出了一道长长的沟壑。

此时，正处于冲锋过程中的龙皓晨突然身体一顿，整个人就像撞击在墙壁上，右脚重重踏地，人向侧面倒去，如同失去了平衡。而他左手火剑狠狠在地面上抽击了一下，带动着他的身体在空中完成了一个横滚的动作，正好避开了杨文昭的那一撩。光剑顺势向前刺，突刺技能带着一往无前的气势直奔杨文昭胸前点去。

是的，面对灵力远胜自己的对手，龙皓晨没有硬拼，而是选择了巧取。

"好！"杨文昭大喝一声。

他也没想到龙皓晨居然能用出这样高难度的技巧向自己发动攻击。他左手剑同样一撩，同时左脚在自己右脚上踢了一下，竟然提前结束了滑行，整个人的动作比龙皓晨更加突兀。

"叮！"龙皓晨的光剑与杨文昭左手的大剑在空中碰撞。

杨文昭惊讶地发现，龙皓晨这一剑竟然没有多少力道。龙皓晨被他左手大剑一撩，整个人正好借力让身体以更快的速度旋转起来。他的双剑同时抡起，朝杨文昭斩来。

杨文昭没有试图闪躲，双手大剑在空中做出了一个连续撞击的动作。

"叮叮当当！"一连串的碰撞声在空中炸响。

其实不过是短短一次呼吸的时间，但龙皓晨在攻击的过程中和杨文昭碰撞了许多次。龙皓晨的双剑就像是一个巨大的绞肉机，更为关键的是，他竟然在碰撞中不断借力、借势，用杨文昭的防御力量来增加自身旋转的速度，从而让自己的攻击频率变得更快起来。

渐渐地，只能看到一团金色光芒从旋转着的龙皓晨身上弥散开来，观赛者已经根本看不清他的身形了。

杨文昭脸上也露出一丝惊讶之色，双剑舞动的频率也只能随着龙皓晨的进攻而不断增加。

但是，龙皓晨的攻击变得越发凌厉起来，仿佛无穷无尽。就在这短暂的时间中，杨文昭不知道抵挡了多少剑。

上当了，这是杨文昭的第一反应。他立刻就明白了，龙皓晨一上来就全力以赴地发动攻击，根本没有任何试探，而自己为了稳妥起见，竟被他占了先机。

主席台上，圣骑士长喃喃地说道："这是斗杀旋圆剑，果然是……果然是那个人的传承。可惜，龙皓晨的斗杀旋圆剑还远远没有练到家，没有足够的灵力是无法将这自创惩戒必杀技的威力完全发挥出来的。"

"噗！"

杨文昭左手大剑突然插入地面，右手手腕瞬间震动，一层金色剑光从右手大剑上迸出，硬生生抵挡住龙皓晨的攻击，同时，一圈强烈的金光从地面上爆发，狠狠地冲击在龙皓晨的斗杀旋圆剑之上，正是升天阵。

然而，升天阵并不能震开龙皓晨。伴随着斗杀旋圆剑的施展，龙皓晨本已提升到很强的战意持续爆发，整个人已经达到了巅峰状态。急速旋转之下，双剑带着浓郁的灵力在龙皓晨的身体周围形成了一个恐怖的旋涡。就算杨文昭拥有液态灵力，仅用一个升天阵还无法真正令龙皓晨停下来。

但液态灵力毕竟是液态灵力，龙皓晨急速旋转的身形难免一滞。紧接着，杨文超插入地面的左手大剑瞬间上挑，他身体周围的液态灵力以一种奇异的频率急速扩散开来，竟然爆发出一声宛如龙吟般的长啸。

紧接着,在观战者眼中,杨文昭竟然瞬间化为一条冲天而起的金黄色巨龙,与龙皓晨的斗杀旋圆剑狠狠地撞击在一起。

这是升龙击,在惩戒骑士五阶技能中攻击力最强。在斗杀旋圆剑带来的压力面前,杨文昭不得不用出强大技能来扭转局面。

"轰!"

金色巨龙化为一团金光横飞而出,正是杨文昭。他双脚落地,接连后退三步才站稳。

另一边,龙皓晨急速旋转的身体也骤然停顿下来,在空中翻转数周,落地时更是踉跄了七八步才勉强站稳。

从两个人气息的变化来看,龙皓晨的消耗明显更大一些。他的斗杀旋圆剑虽强,但对自身的消耗也是极大的,而且,杨文昭又拥有十分强大的液态灵力。

但是,令杨文昭诧异的是,他双脚刚刚站稳,龙皓晨双剑就在身体两侧一摆,金色光芒瞬间绽放,正是蓄势!

好强的战斗意志!

就连杨文昭都觉得体内一阵气血翻腾。

他自然明白龙皓晨的情况绝不会比自己好,可就在这样的情况下,龙皓晨依旧选择立刻施展技能。

几日以来,龙皓晨一直凭借蓄势来提升自己的修为,感悟液态灵力的奥妙。他不断进行深入感悟,对这个技能的理解比以前更加深刻了,蓄势的速度也明显有所提升。

杨文昭的选择和那天韩羽的不一样,看到蓄势,他毫不犹豫地发起了突击。他的动作果决迅疾,双剑拖于身体两侧,整个人带着一道夺目的金光直奔龙皓晨扑去。他的身体在前冲的过程中,金光也变得越来越强,浓郁的液态灵力令他身体周围的金光都多了几分黏稠感。

龙皓晨一动不动,静静地站在那里,看着冲势如此猛烈的杨文昭,他的脸上却没有任何神色变化。

杨文昭选择了一个简单技能:突刺。他的目的是打断龙皓晨的蓄势。从之前的斗杀旋圆剑，他就意识到了，龙皓晨必定有不少秘技在身。

斗杀旋圆剑这样的技能，杨文昭看着都眼红，这可不是圣殿联盟有记载的能力，必定是一位强大骑士的自创技能。

"当！"

龙皓晨在那突刺距离自己只有半尺的时候才展开行动，在左手剑挡住对手攻击的同时，右手光剑顺势斩了出去，正是神御格挡。

所有观战者都清楚地看到，当龙皓晨右手光剑抡起的时候，在短短一秒内，一抹金光骤然增强，最终化为一个夺目的金色光团，正是曜日斩。

蓄势绝不会毫无作用，哪怕蓄势时间很短，也会提升一定的灵力。龙皓晨这一记曜日斩，竟然给人一种中正平和的感觉，那刺目的阳光也似乎柔和了许多，曜日斩最核心位置的金光甚至已经有几分要凝固的趋势。

"砰！"

杨文昭左手剑撩起，以一个简单的纯白之刃硬碰硬地挡住了龙皓晨曜日斩的攻击。但是，他心中充满了震撼。因为，从这一记曜日斩中，他分明看出，龙皓晨已经摸到了液态灵力的门槛。

其实，从战斗一开始，杨文昭就没有全力出手，他很想看看这看上去年纪比自己小得多却战胜了韩羽的少年究竟有怎样的修为。尤其是龙皓晨由守护骑士转为惩戒骑士，更是引起了他极大的兴趣。他有绝对的把握能够战胜龙皓晨，所以先前他的攻击一直都不猛烈，全都是以试探为主，可越是试探，他心中的震撼也就越强。

但是，刚才这一剑，他已经用出了全力。否则，当普通纯白之刃对上曜日斩，就算以他的修为，也占不了什么便宜。

"噗！"

龙皓晨后退一步，杨文昭却纹丝不动。但是，第二团炽烈的光芒已再次亮起，依旧是曜日斩。

身材略显纤弱的龙皓晨此时脸上竟流露出几分豪迈之色，紧随光剑之后，发动神御格挡后的火剑，又是一记曜日斩劈出。

好快的衔接，要知道，曜日斩可是四阶技能中最为强大的一个了。

"轰！"

这一次杨文昭不敢大意，双手大剑同时架起，再次挡住了龙皓晨的攻击。只是，这一次攻击之时，龙皓晨却没有后退。

龙皓晨脚下踩着一种有着特殊节奏的步伐，看似步子缓慢，同时，光剑与火剑交相挥舞，在周围观战者们充满震惊的注视下，他的身形竟然不断变幻，接连向杨文昭劈出了十八记曜日斩。

每一击都是那么势大力沉，更为重要的是，每多一击，龙皓晨的气势就会提升几分，那充满必胜信念的强大气势，竟然压迫得杨文昭都有种发挥不出全力的感觉。

但杨文昭也确实强大，他就那么站在原地，双手大剑翻飞，一步不退地接连挡住了龙皓晨这十八记曜日斩。

"痛快！"龙皓晨大喝一声。

大喝声中，他的身体迅速跌退。因为，杨文昭挡住他最后一击的时候用了神御格挡。光之复仇的金色光芒已经传递到他双手大剑之上，他朝着后退的龙皓晨使出一记交叉十字斩。

后退中的龙皓晨突然停顿，双剑同样交叉，也使出了神御格挡。

轰鸣声中，龙皓晨的双脚向后平移三尺，才完全化解掉对手的攻势。刹那间，他右手高举光剑，浓郁的神圣气息伴随着白光升腾而出。

这是圣剑。

圣剑这个技能本身就是需要蓄势的，至少以龙皓晨目前的修为，要准备数秒才有可能施展出这个技能的可能。

而这一次，他正是利用了神御格挡抵挡住对手攻击后的间隙，将光之复仇直接转化为圣剑技能。

这种技巧同样是骑士圣殿内没有记载的。

单是这瞬间的转化，就能看出他的传承是多么惊人了。

"好。"

杨文昭突然笑了，他没有利用龙皓晨暂时只能用一柄剑抵挡他的机会趁势进攻，反而是将两臂平伸，也释放出神圣气息。不同的是，他的一双大剑全都闪耀起了夺目的圣光。

很明显，他是要以双剑对龙皓晨的单剑。

"哼！"

龙皓晨冷哼一声，根本不理会杨文昭。他缓缓地抬头，看向自己单臂高举的光剑，光剑上圣光闪耀，一个异样的眼神在他眼底闪过。

以他的感知，又怎会感受不到杨文昭没有用全力与他战斗呢？对于龙皓晨来说，这甚至比失败更令他无法接受。

"嗯？"

主席台上，第一个看出不对之处的就是圣骑士长韩芡。他猛然站起，一脸吃惊，道："这小家伙还真的是什么都敢用。他居然连七阶圣殿骑士技能牺牲都会。星宇疯了吗，难道就不怕拔苗助长？"

从龙皓晨这几天的表现，韩芡已经猜到了他的传承从何而来。

牺牲，七阶圣殿骑士秘技，是守护、惩戒骑士皆可学习的技能。

韩芡不知道的是，龙皓晨的先天内灵力是九十七点，龙星宇又怎么会害儿子呢？他是经过深思熟虑之后，才在传承指环上铸下一道道封印的。

杨文昭是真正的五阶骑士，在使用圣剑的时候自然要比龙皓晨容易得多。他距离龙皓晨最近，在主席台那边韩芡惊呼出声的同时，他也发现了此时的龙皓晨有些不对。

他在干什么？

杨文昭心中一惊，却不敢再等。他隐隐感觉到了危机。

突击！杨文昭瞬间爆发，速度相比之前更是提升了三成。在感受到危险的时刻，他毫不犹豫，毫无保留地用出了全力，绝对称得上当机立断。

在突击的过程中，杨文昭一双大剑同时挥出，双剑合璧，使出圣耀十字斩。

以圣剑发出的十字斩，就是圣耀十字斩，这可以算是一个组合技能。龙皓晨曾经凭借圣剑破开五阶骑士韩羽的防御，以双圣剑发出的圣耀十字斩威力如何可想而知。

一道乳白色的十字光刃，充满了无与伦比的神圣气息，直奔龙皓晨而去。所过之处，空气中都传出淡淡的清香，这已经是摸到六阶边缘的技能的威力了。

也就在这个时候，璀璨且炽烈的金色光芒从龙皓晨身上轰然迸出，那中间，仿佛充满了悲伤、绝望等各种情绪。

这金红色光芒绝不是光与火的融合，此时，龙皓晨就像是一名面对无数强敌，身边友军尽数阵亡，孤立无援的骑士。

他那必死的信念燃烧起最纯粹的战意和一身血气，火剑横档，又是一记神御格挡。

灿烂的金色光芒瞬间绽放，就像是在龙皓晨身上蒙上了一层金色光罩。

要知道，神御格挡更擅长抵挡物理攻击，对能量攻击很难做到全面抵御，此时的他却做到了。

"轰！"

金色光芒更加炽烈闪耀，龙皓晨挡住这一记圣耀十字斩后，竟是一步不退，只是口中有血喷出。

他一步踏出，像一个巨大的金色光团直奔杨文昭冲去，右手光剑横空下劈，正是血色圣剑。

杨文昭没想到自己的圣耀十字斩竟然就这样被化解了，与此同时，他也认出了龙皓晨此时所使用的技能。

牺牲技能？

他竟然敢使用牺牲技能？

他竟然能使用牺牲技能？

他难道不怕精血枯竭而亡吗？

牺牲这个技能对于骑士来说，是一种拼命技能。牺牲自己，保护战友。牺牲自己，与敌同亡。

要领悟骑士十大守则中的牺牲方可学习这一条，而想要使用这个技能，就要有必死之心，一旦使用，会将自身精血与灵力瞬间融为一体，爆发出的实力远超自己原本的修为，但持续时间很短，一个不好就会精血枯竭而亡，即便不死，至少也会元气大伤。

在杨文昭看来，这不过是一场比试而已，可龙皓晨竟然用出了牺牲这样的技能。

为什么？

为了骑士的荣耀。

当龙皓晨感受到杨文昭未出全力的时候，他内心之中的倔强，对胜利的渴望以及被人轻视所产生的屈辱感，令他用出了自己以前从未领悟过的技能。

"铿！"

杨文昭也用出了神御格挡，挡住了那血色圣剑，但是，他的身体接连后退了五步。

他能清楚地感受到，在那血色圣剑之中，分明蕴含着一种他所无法体会到的恐怖意志。论灵力强度，哪怕是在使用了牺牲之后，龙皓晨最多和他持平，但是，此时，这股恐怖意志令杨文昭有种自身修为被压制的感觉。

就在这时，龙皓晨胸口处亮起一团乳白色光芒，紧接着，他眼中红光一闪，同样的红色光芒瞬间出现在杨文昭身上。

这是骑士通用技能，锁定，六阶技能。

"圣引灵炉。"

主席台上的韩芡倒吸一口凉气，他一眼就看出来了，龙皓晨是在牺牲状态下凭借着圣引灵炉发动了锁定这个技能。

与蓄势相比，同样是辅助技能，但锁定是一个极为实用的能力。任何骑士修炼到辉耀骑士境界都可以学习。一旦对手被锁定，那么，骑士的所有攻击技能都会自行追逐并锁定目标。哪怕是冲锋、突击这种沿直线进攻的技能，都会因为锁定而产生追踪效果。

闪耀着金色光芒的龙皓晨在用出锁定的同时，腾身跃到空中，身体盘旋，双剑挥舞，朝杨文昭攻去。

这是圣剑版斗杀旋圆剑，而且是在牺牲技能的作用下使用的。

以龙皓晨目前的修为，使用牺牲只能坚持十秒，因此他直接用出了自己最强的攻击，一点时间都不浪费。

龙吟声几乎在同时响起，面对牺牲技能，杨文昭又怎敢大意，他再次使出升龙击。他看得出，相比较之下，斗杀旋圆剑在刚开始使用的时候攻击力最弱，而随着时间的推移，斗杀旋圆剑的威力会不断增强。

由神御格挡转升龙击，杨文昭的技能转换速度也同样无与伦比。

"轰！"

同样的技能却产生了截然不同的结果。

升龙击的龙吟声在与牺牲版斗杀旋圆剑碰撞的瞬间被硬生生砸回了地面，而且，在锁定状态下，斗杀旋圆剑是在第一时间追着他落下来的。

"好强！"杨文昭大吃一惊，面对修为不及自己或者和自己等同的对手，他还从未被逼到这种程度过。

牺牲状态下的龙皓晨已经进入了一种视死如归的奇异境界，他自身潜能被极大程度地开发出来。

其实，他身上带着林鑫赠送的药物，他完全可以凭借药物令自己的修为提升。可是，对手为了比赛的公平起见，连坐骑都没有召唤，龙皓晨又怎能让自己凭借药物和对手抗衡呢？所以，他选择在杨文昭带给他的巨大压力下，领悟牺牲，瞬间爆发。在这一刻，五年来修炼的种种惩戒骑士技能也似乎完全融会贯通了。

杨文昭在心中暗叹一声，点点蓝光从他胸口处飘荡而出，每一点蓝光看上去都晶莹剔透，就像是一颗颗蓝色宝石。随即，蓝光与从天而降的龙皓晨碰撞在一起。

灵炉！

观战的众人心中一凛。

他有信心接下龙皓晨的攻击，但是，如果硬碰硬地接下，那么，他也必定会受伤。而杨文昭的目标可不只是通过眼前这一轮，他想要成为骑士第一和猎魔团选拔赛决赛第一。在这个时候，他又怎么会允许自己受伤呢？

"轰、轰、轰、轰、轰、轰……"

一连串的轰鸣声不断出现在龙皓晨盘旋着的身体之上。每一点蓝光与他的身体碰撞在一起,都会产生强烈的爆炸,而每一次爆炸,也会令龙皓晨身上的金色光芒暗淡半分,龙皓晨的旋转速度也会随之降低。

当龙皓晨能够近身攻击到杨文昭时,他甚至已经无法保持斗杀旋圆剑的攻击态势了。

"轰!"

两个人同时后退,杨文昭连退三丈,张口喷出一片淡淡的金色雾气,胸口起伏,略微有些喘息。

远处,龙皓晨双剑撑地,站在那里,眼中的红色渐渐退去,所有的灵力也随之消散。但是,他依旧站着,腰背挺得笔直,注视着杨文昭,面如白纸,鲜血从他口鼻处不断地溢出。

"逼我用出星海灵炉来抵挡你的攻击,佩服!如果你我同龄,我未必能胜你。"杨文昭向龙皓晨伸出大拇指,接着道,"期待你拥有坐骑之后,我们再次一战。"

"比赛结束,一号胜。"

裁判略显急切的声音响起。紧接着,从主席台方向,一道白光从天而降,瞬间照耀在龙皓晨身上。

这是圣愈术,守护骑士七阶治疗技能。

点点银星在圣光普照下渗入龙皓晨体内,稳定着他体内气血,治疗着他五脏六腑的伤势。

"皓晨!"

裁判宣布比赛结束的同时,试炼场周围的护罩也随之散去,夜华第一时间冲入场中,一把抱住勉强站在那里的龙皓晨。

龙皓晨喷出一口鲜血。

尽管沐浴在圣愈术之下,他还是缓缓瘫倒在夜华怀中,陷入了昏迷。但是,并没有人注意到,在他胸口位置,隐约有一团淡淡的白光在柔和地闪烁着。

角落中，韩羽站在那里，已经半晌没有移动过了。龙皓晨终究还是输了，输给了杨文昭。可是，就算他输掉了这场比赛，同样虽败犹荣啊！

灵炉，他们两个竟然都有灵炉！仅仅是这一点就让韩羽呼吸困难，心中如同被大锤压着。

龙皓晨使用的技能是什么？牺牲这一技能他倒是认识，可是，另一种技能他并不清楚。试问，如果换了自己，在不借助坐骑能力的情况下，能否挡得住龙皓晨牺牲状态下施展的技能？

韩羽不愿意去想答案，因为他已经很清楚答案是什么。输给龙皓晨，他并不冤枉。更加关键的是，龙皓晨只有十四岁，十四岁啊！

很多时候，性格能够决定一些事情。换一个人，或许会因为眼前的打击而消沉，但韩羽那越挫越勇的天性反而令他在这个时候明悟了几分，他突然明白了爷爷的一片苦心。

是啊，一个年仅十四岁就已经能够与五阶骑士抗衡的少年，他未来的成就极限会在哪里？

自己比他大了近八岁，年龄已经是不可逾越的鸿沟，想要赶上他何等困难。而他拥有这样巨大的潜能，未来的提升幅度可想而知。跟在他身边，不但能让自己成为猎魔团的一分子，同时，也能陪伴他经历许多事情，或许，这真的是自己最好的选择。

韩羽眼神中原本的不甘和痛苦渐渐消失，取而代之的是坚定。他已认准目标，那就绝不会再让自己偏离轨道。有龙皓晨这个超级天才存在，本身就是对他的鞭策。

采儿静静地站在街道上。

她一大早就来到了这里，感受着照耀在身上的越来越暖的阳光，她的眼角眉梢之间尽显柔和。

每当她想起昨天和龙皓晨交谈的情形，她就忍不住会有心跳加速的感觉。她是一名刺客，本来这样的情绪是最不应该出现在她身上的，可是，她仍然不可抑制地想念关于他的一切。

他的手修长、有力，手掌宽厚，每一次握她的手时，都是很温柔地将她的手掌包裹于其中，暖暖的。

她很喜欢那种被保护的感觉，从小到大，她还是第一次拥有这样的经历。

她也永远忘不了的是，两人初次见面时，只有九岁大的龙皓晨用他那纤瘦的身体遮挡在自己身上时的样子。

那时的他是那么弱小，但是，一个人的勇气与善良与实力强弱无关，与年龄无关，因为就算是换成一名成年人，当时肯那样保护她吗？

将那枚对她无比重要的勿忘我戒指送出时，小采儿是冲动的，但她不后悔，她相信自己的直觉。

其实，她并未想过有一天自己会和龙皓晨再次相遇，可她依旧义无反顾地送出了戒指。

勿忘我。她也不知这是对自己说的话还是想让他体会到的意思。

从小到大，她都生活在冰冷的世界里，对她来说，温暖是一种奢望，而这种奢望也只有龙皓晨帮她实现过。

每天被他牵着手，走上这一段并不长的路，是采儿有生以来最幸福的经历。她心中的期待甚至比他更加强烈。与这份幸福相比，猎魔团选拔赛似乎都不算什么了。

想到选拔赛，采儿隐藏在面纱下的脸上不禁露出一丝笑容。

"他说过的，要一直那样牵着我，保护我。决赛上，我会帮他做到这一点。"

失去视觉是令人痛苦的事，但这类人的内心世界往往比正常人丰富得多，他们的想象力更是正常人无法比拟的。

采儿就这么静静地回忆着她与龙皓晨之间的点点滴滴，沉浸在这份幸福之中等待着。

等待他的到来，将她唤醒，然后再牵着她的手，走上那一段沐浴着温暖与温馨的路。

时间渐渐流逝，她就像雕塑般静静地等在那里，朝阳的温暖渐渐变成了正午的温热,她丝毫没有焦躁,还在静静地等待着。

他没有来,他依旧没有来。

直到温暖不再,一阵略带清凉的风吹拂在采儿的面庞上,让她忍不住打了个寒战。

多久了?

这应该是傍晚才有的清风。

来到圣城已经有一段时间,她在这方面的判断绝不会错。

他没来?

他为什么没有来?

难道,他后悔了吗?

一层令人心疼的水雾,渐渐在采儿的眼眸中弥漫。

第28章
采儿之怒

他会来的，他一定会来的。

采儿握着青竹杖的手渐渐收紧，骨节处渐渐变白。

夕阳的余晖渐渐消散，夜色悄无声息地弥漫在圣城的大街小巷，夜里的温度虽然更加低了，但比不上采儿心中的寒意。她那娇小的身躯看上去是那么孤单、寂寥，仿佛整个人都被阴影笼罩了。

为什么？

为什么你不来？

一滴泪水顺着采儿的面庞悄然滑落。他不会来了，夜色已经深了。

采儿缓缓转过身，朝着自己所住的酒店方向，有些踟蹰地走着。

突然间，她的脚步停顿下来，眼眸略微睁大，心中暗自想着，他今天是会去参加比赛的。难道是因为他在比赛中出了意外，所以今天才失约吗？

一想到这里，采儿心中的所有寒意都化为焦虑。不知道为什么，她宁愿是他后悔作出了昨日的承诺，也不愿意他出现任何意外。

一定是出事了。

下一刻，采儿就肯定了自己的判断。

回想着自己和龙皓晨以前发生的种种，她心中突然出现一丝羞愧。关心则乱，自己太钻牛角尖了。以他的性格，先不说他会不会反悔，就算是他真的反悔了,会对自己避而不见吗?

不,他绝不会的。

青竹杖在地面连点,采儿的脚步不再踟蹰,很快,她就消失在茫茫夜色之中。

半个时辰后。

采儿静静地坐在房间的椅子上,手中依旧握着那根青竹杖,但她身上散发出的寒意似乎令整个房间的温度比外界低了很多。

在她身前三米外,一个全身罩在黑衣中的人低声说道:"就是这样。龙皓晨得到了骑士圣殿强者圣愈术的治疗,生命应该无碍,但很可能伤及元气,后面的决赛能否参加还是未知数。"

"你下去吧。"采儿的声音冰冷得仿佛能让空气凝固。

"是,属下告退。"黑衣人快步退出房间。退出之后,他倒吸一口凉气,感觉采儿身上释放出的森然杀气几乎要让自己的血液凝固了。

"重伤昏迷,他竟然重伤昏迷了。"

房间中的温度再次骤降,采儿手中的青竹杖居然一点一点地没入了坚硬的石质地面。

"杨——文——昭。"

一团小小的光晕在采儿胸口处略微闪烁了一下。下一刻,坐在椅子上的她已经开始缓缓消失。

准确地说,是她留在椅子上的残影渐渐散去。

杨文昭刚刚吃过晚饭。

战胜了龙皓晨后,他顺利进入初赛前五名,距离目标又近了一步。但是,今日这一战令他心中产生了紧迫感,这已经是很多年没有出现过的情况了。

他究竟是多大年纪?比赛后,杨文昭特意去找他的老师打听了一番,却没有得到任何答案。

要知道,虽然他的老师因为种种原因没有跟他同来,但老师在骑士圣殿的地位已然不低。

"他至少比我小四五岁吧。"杨文昭喃喃自语道,"不知道是他的天赋强还是比我更加努力。恐怕不出数月他就能够突破到五阶了,而我不过到达五阶三级的程度而已。要是他一直都以这个速度提升下去,恐怕会是我未来最大的竞争对手。"

说到这里,杨文昭脸上露出一丝淡淡的微笑,道:"这样也好,有这样一个对手鞭策着我,对我未来的提升更有促进作用。都是我们骑士圣殿的人,希望他的坐骑不要让我失望才好。"

今日他与龙皓晨这一战,给他带来了绝对的震撼,尤其是龙皓晨最后所使用的牺牲技能。

虽然不知道龙皓晨使用这个技能会有怎样的后果,但是当时竟令他有一种难以抵挡的感觉。要不是借助灵炉之力,就算能够支撑到龙皓晨牺牲技能的极限时间,自己也一定会受伤。

"圣引灵炉吗?和我的星海灵炉相比,终究还有着不小的差距。"

星海灵炉,在骑士所能融合的灵炉中排第十八名,远超圣引灵炉的排名,可进行三次进化。杨文昭目前已经完成了它的第一次进化,这是他最大的优势。

"差距?"

一个冰冷的声音在杨文昭房间骤然响起。令他大惊失色的是,这声音竟像是从四面八方传来的,他根本判断不出声音的方位。而且,有人来袭,以他不弱的感知力居然一点也没察觉到。

窗户轻轻地震颤了一下,下一瞬间,一道纤细的身影在杨文昭面前悄然放大。

杨文昭迅速后退一步,手中金光一闪,两柄大剑已经在他手中,炽烈的金色光芒从他体内爆发而出,瞬间将屋子里照得亮堂堂的。

虽然他临危不乱,第一时间做出最冷静的反应,但是,那份震惊一点也没有减弱。如果眼前这个人不出声,自己根本察觉不到她的到来,她要是偷袭的话,后果将不堪设想。

杨文昭没有再想下去,而是完全集中精神,面对眼前的危局。

"刺客？"他沉声喝道，同时也在仔细打量着面前的这个人。

她一身黑色长裙，黑色面纱遮盖了面部，紫色长发柔顺地披散在身后，右手之中握着一根青竹杖，身体纤弱得似乎一阵风就能吹倒她。最让杨文昭吃惊的是，她那露在外面的双眸居然没有半点神采。

"你不该伤了他。"采儿那冰冷的声音吐出的每一个字都令杨文昭心悸。

"魔音贯脑？"

杨文昭瞬间收了心神，身上散发出的金色光芒犹如实物一般，隐约凝结成一层甲胄覆盖全身，胸口处有点点蓝色光芒绽放。面对这未知又似乎给他的生命带来威胁的少女，他必然选择全力以赴。

"噗！"

采儿手中的青竹杖在原地一蹾，瞬间没入地面半尺。

完全凭借感觉，杨文昭右手大剑瞬间竖起。

"当啷！"

金光瞬间闪耀，正是神御格挡。

一道黑色身影瞬间侧滑，而原本站在那里的采儿已然消失。

影分身。

杨文昭内心大骇，左手大剑毫不犹豫地插入地面，升天阵瞬间爆发。与此同时，数十个蓝色光团从他胸口处喷射而出。

这些蓝色光团瞬间朝着一个方向轰去，完全不需要他进行指挥。

采儿出现在杨文昭身侧的位置时，神御格挡挡住了她的第一击。杨文昭的反应速度极快，星海灵炉爆发出的那些蓝色光团威力强大，瞬间就将采儿笼罩在内。

但是，还没等杨文昭松口气，他就看到了不可思议的一幕。

采儿的左手始终没有动，紧贴身侧的右手之中有一柄暗金色的匕首。随后，她挥动匕首，一道道残影瞬间闪耀开来。

采儿的速度快到杨文昭根本看不清，杨文昭只能看到她右手短匕每一次刺出，都会有一个光团破灭。残影闪烁，就像是风卷残云一般，下一刻，所有蓝色光团荡然无存。

星海灵炉发动的海灵击居然就这样被化解了。

杨文昭毕竟是能够击败龙皓晨的一代青年才俊，又是惩戒骑士，此时，他再次冷静下来。

面对刺客时，骑士是有先天优势的，因为骑士自身防御力很强，攻击力也同样不弱，还有很多强大的技能可以对刺客产生一定的克制效果。

刺客的攻击虽强，但防御一直是他们致命的弱点，只要被骑士命中那么一到两次，他们很可能就会失去战斗力。

杨文昭双剑同时震颤，使出闪电刺。两柄大剑带着巨大的光属性能量瞬间爆发，幻化出无数金色剑影向采儿的身体笼罩而去。对付刺客的速度，范围型攻击显然极其有效。

采儿冷哼一声，身躯以一种奇异的节奏轻微晃动着。看上去，她似乎只是在很小范围内简单地移动自己的身体，可是，那一道道金色的剑影就那么从她身体周围掠过，根本无法命中她。

在杨文昭眼中，此时的采儿就像是一道鬼影，他的剑竟然跟不上采儿的动作。这是刺客五阶秘技幽灵闪？

杨文昭此时已经完全顾不上攻敌了，炽烈的金光骤然从他体内迸发，龙吟声响起，正是升龙击。只不过，这一次他的升龙击却不是向上攻击，而是向前。

升龙击不但攻击力强大，而且还是一个攻防一体的技能。借助闪电刺的前冲之势，他顺势用出了升龙击。同时星海灵炉再次闪耀，又是数十团星蓝色光芒涌出，围绕着他的身体急速旋转。

他不求攻敌，先求自保。

杨文昭要做的是借助升龙击之威冲出房间。在这狭小的范围内，他的能力根本无法完全发挥出来，只要冲到外面，他至少能够召唤出自己的坐骑伙伴，那时，就不会像现在这样被动了。

采儿晃动着的身体突然一顿，居然不再闪躲了，就那么站在升龙击正面，身躯以一个慵懒的姿势略微伸展，刹那间，一个漆黑的身影悄然透出，那应该是采儿释放出的一个影子。

"轰——"

随着金光的消散,杨文昭腾空的身躯被硬生生地压制了下来。

在那道黑色光影的轰击下,他那招让龙皓晨吃亏的升龙击竟然就这样被拦截了下来。

在他那两柄大剑上残留着数十道痕迹,杨文昭踉跄后退。被压制得如此厉害,他始料不及,像眼前这样被动的情况,很是少见。

霸王刺,又是一个刺客五阶技能。更重要的是,采儿身上散发出的那种近乎死寂的阴森气息令杨文昭感觉到随时都有利刃会割伤他的身体,那种心惊胆战的感觉绝不好受。

不过,此时杨文昭根本没有思考的时间。幸好有星海灵炉护体,才临时挡住了采儿的追击。在采儿的匕首之下,他那攻击力极为强大的海灵击竟然爆发不出任何的攻击力。

突然,杨文昭醒悟了,这是刺客的一种特殊技能,好像叫诡刺,专门针对魔法的,如今却被对方用来对付自己的灵炉。这个女刺客的年纪明显不大,可她带给自己的危机感竟是如此强烈。

如果自己会锁定技能就好了,那样的话,至少能对付她的幽灵闪。

杨文昭心中这样想着,手上可没闲着。冲锋、突刺、曜日斩,三个技能一气呵成,一道蓝色的光芒也从胸口处的星海灵炉中弥散而出,化为一层蓝色的轻铠覆盖全身。

这就是他星海灵炉完成第一次进化后的进阶能力:星灵铠。

杨文昭明白,在这狭小的空间内,再这样下去,自己只会越来越被动,所以,他宁可被对手命中几下,也要先冲出去再说。这个刺客虽然强大,但只要自己能够召唤出坐骑,就有一拼之力。

尽管采儿看不见,但她的攻击力比眼睛能够看见东西的刺客更加强大、霸道。她其实有很多种方法可以从其他方位进攻,效果也会比现在更好,但她记得,那个属下告诉过自己,在杨文昭与龙皓晨的战斗过程中,杨文昭就是通过正面战斗赢了龙皓晨的。

正面？那就正面赢一次杨文昭好了。

"当！"

黑色光芒暴起，采儿正面硬撼曜日斩。她的做法已经完全不像是一名刺客，而更像是一名战士了。

杨文昭只觉得一股令他窒息的气息瞬间涌入自己的曜日斩中，那宛如太阳般夺目的光芒竟从中央消散。

杨文昭能感觉到，从灵力总量来说，对手并不比自己强，然而，对手却将灵力压缩到了一种极其恐怖的程度，与杀气完全融为一体。

"砰！"

杨文昭的身体狠狠地撞击在墙壁上，令整个酒店都震动了一下。下一刻，千百道白光突然在他眼前放大。

抵挡？杨文昭根本无法抵挡。只是一瞬间，他脑海中已是一片空白。

如果龙皓晨在这里，他一定会认出，那些从采儿胸口处喷射而出的白光，正是来自千击灵炉。

"噗、噗、噗、噗、噗、噗……"

一连串利器入肉的声音响起，无数蓝光在空中闪耀、消失。

冰冷的声音在杨文昭耳中回荡："你以灵炉伤他，我就以灵炉破你的灵炉。"

"噗！"

所有的一切归于沉寂。

采儿与杨文昭近在咫尺，手中匕首完全没入杨文昭右胸之中。二人面面相对，杨文昭只觉得自己体内的灵力已经被完全抽空了。而自始至终，采儿用的都只是她的右手。

第29章
轮回圣女

　　杨文昭的呼吸因为右肺被贯穿而变得困难起来，他的嗓子也变得沙哑了，他从未感觉过死亡竟然距离自己如此之近。

　　她是为了他而来，龙皓晨，一定是为了龙皓晨而来。

　　采儿最后这一刺，刺穿了他的右胸，却也给他留下了一份希望。因为，这一剑如果再向胸口中央偏移一点，就能彻底毁掉他的星海灵炉。如果落在他的左胸，就会贯穿他的心脏。

　　她这种境界的刺客怎么可能刺歪？她这完全是手下留情了。

　　感受着扑面而来的森然杀机，杨文昭苦笑道："六大圣殿本是一家，你……啊……"

　　采儿手中匕首略微转动，顿时令杨文昭疼得说不出话来。

　　"你也知道六大圣殿本是一家？他还与你同在一座圣殿，你不一样重伤了他？"

　　更加强烈的杀气瞬间从采儿身上迸发。

　　杨文昭勉强辩解道："是他自己用的牺牲技能，不是被我伤的，而且，那只是比赛。"

　　采儿冷冷地说道："我不管，反正他就是因你而受伤的。如果不是因为你们只是比赛，那么你现在已经是一具尸体了。"

正在这时，她耳朵微微一动，身形后退，匕首抽出。顿时，一股鲜血从杨文昭的胸口处喷涌而出，但采儿的速度极快，身上并没有沾染到半分血迹。

只见黑影一闪，下一刻，她已消失在夜色之中，那根青竹杖也随之消失。

杨文昭勉强催动灵力封住自己的伤口，此时，他的目光有些呆滞，身体倚靠着墙壁缓缓滑下。他心中并没有多少怨恨，更多的是一种无力感。

他忍不住想，这算不算是无妄之灾？或许，自己只有骑在坐骑上，才与那女刺客有一拼之力吧。

尽管星灵铠挡住了采儿的绝大部分攻击，但是千击灵炉依旧在他身上留下了数十道寸许深的伤口，他的右胸伤得更是严重，大量的失血已经令杨文昭的意识有些模糊了。

另一边，龙皓晨有些艰难地睁开了双眼，他的喉咙有种干涩的感觉，似乎此时正置身于熔炉之中，从头到脚，无不充斥着被灼烧的感觉。

龙皓晨略微挣扎了一下，他顿时感觉到全身上下无处不痛。勉强内视后，他顿时震惊地发现，体内灵力居然点滴无存，唯有圣引灵炉静静地悬浮在胸口之内，但它的光芒也暗淡了许多。

好霸道的牺牲技能啊！只是十秒的工夫，竟然让自己虚弱至此。幸好，体内经脉并没有任何损伤，隐约中，龙皓晨还能感受到有一股柔和神圣的气息，正在不断地滋润着自己的身体。

他并不知道这是圣愈术的效果。高达七阶的强大治疗能力及时护住了他的经脉，避免了最严重的后果。此时，他虽然虚弱，但并没有伤及根本。

这是他光明之子体质的益处。身为最纯粹的神圣光明灵力拥有者，牺牲技能的消耗固然可怕，但因为他自身内灵力很纯净，消耗的只是他的潜能，精血并未被真正地燃烧，这也是龙星宇敢于将牺牲这个技能放在五阶封印处让他领悟的原因所在。原本龙星宇给他准备这个技能，就是让他在危难时刻用来拼死一搏的。可龙星宇也没想到，因为他已经摸到了液态灵力的门径，在与杨文昭拼斗的时候，硬是凭借着那一股英勇之气，冲破了传承指环中五阶技能的封印，以四阶修为使用出了这个技能。要不是圣愈术，恐怕他至少要在床上躺一个月了。

伴随着意识的恢复，龙皓晨身上的痛苦也在逐渐减弱。他隐约有种感觉，圣引灵炉内似乎还蕴含着一丝属于自己的灵力，虽然他不知道该如何将这丝灵力引出来，但好在能感受到自身修为并没有完全消失，这让他放心不少，现在要面对的，只是恢复时间长短的问题而已。

一丝微笑在龙皓晨嘴角处漾起，与杨文昭一战，他虽然输了，但畅快淋漓。龙皓晨相信，有了这次的拼搏，等到自己灵力恢复之时，就真的可以冲击五阶了。

杨文昭真的很强，竟然也有灵炉，而且还是个攻击型的灵炉。在一对一的战斗中，星海灵炉的作用明显要比他的圣引灵炉大得多。

"爸爸没说错，惩戒骑士提升自身最好的办法就是不断地战斗，并且在战斗中、战斗后感受与领悟。猎魔团选拔赛决赛之前，我应该能够恢复过来吧。按照时间计算，六大圣殿初赛至少还要进行三天，因为战士圣殿的比赛应该还有很多场。

"初赛之后还会休息三天，有了这六天的缓冲，我应该能够恢复修为，要是能冲破五阶就最好了。虽然皓月不在，但在决赛中说不定我能取得一个好名次。

"这场比拼带给我不少的好处，可为什么我始终觉得忘记了一件最重要的事情？"龙皓晨脑中的念头纷繁复杂。

骤然间，龙皓晨嘴角处的笑容僵住了，他那双明显暗淡了许多的眼眸骤然睁大，苍白的俊颜上也瞬间流露出剧烈的情绪波动。

采儿，采儿……

龙皓晨觉得自己胸口处仿佛受了一记重击，他猛然间翻身坐起。

猛烈的动作引得他体内一阵抽搐般的剧痛，但他此时已经完全顾不上了。

"比赛时过于专注，注意力完全在对手身上。我竟然失约了，失约了。该死！该死！"龙皓晨在心中咒骂自己。

龙皓晨勉强站起身。此时，他焦急万分，一种难言的情绪让他不再像刚才那样冷静，脑海中只有那手持青竹杖轻轻点地，纤弱而瘦小的身影。

"她一定会等我的,一定会等我很久,我,真该死……"

龙皓晨狠狠地给了自己一巴掌,顾不上身体不断传来的疼痛,他勉强地站起身,扶着墙壁向门口走去。

"我要去找她,我要去找她。"此时此刻,他心中只有这一个念头。

夜色已经深了,当龙皓晨蹒跚地走出酒店时,顿时感受到一阵阵寒意扑面而来。他体内灵力枯竭,已经无法护体,幸好外灵力的修炼令他身体相当健壮。虽然一阵阵虚弱感不断地冲击着他的感知,但是,他内心强烈而执着的信念支撑着他一步步地缓慢地走出酒店,朝着他和采儿每天约定见面的地方挪过去。

牺牲这一技能的损耗太惊人了,龙皓晨此时完全处于手脚酸软的状态。几乎每走出一步,他身上都会冒出虚汗,脚下无力,他好几次都险些摔倒。

幸好,他居住的酒店距离他和采儿约定的地方并不算很远。他跟跟跄跄地缓慢前行之时,心中充满了愧疚。

"比赛固然重要,可是,我怎么能失约于采儿呢?她会多么失望啊!"

龙皓晨的视线已经有些模糊了,夜晚的寒意也渐渐侵袭着他的身体。

到了,他终于到了。并不长的路,他却足足走了半个时辰。

可是,这每天与采儿相见的地方已经没有了采儿的身影,周围的一切空空荡荡的,一片寂静。

"扑通!"

龙皓晨终于无法再站稳,一跤摔倒在地,天旋地转中,他似乎看到无数星星在自己眼前盘旋。

采儿已经走了。

是啊!夜色如此之深,她又怎么可能不走呢?

一抹苦涩出现在龙皓晨唇边,他跌坐在地上,心中满是浓浓的懊悔。

如果让他再选择一次,他绝不会去和杨文昭拼命。令他自己有些吃惊的是,他发现,不知道从什么时候起,在他的心中,送采儿回去这件事情竟然比提升修为更加重要了。

"我要去酒店找她,向她道歉。可是,她会原谅我吗?她看不见路,还在等待的失望中离去,是我令她陷入了那么大的痛苦之中,她还会原谅我吗?

"不行,我不能去找她。夜已经如此深了,她一定因为白天等得太疲倦而睡了,我怎能去打扰她?

"她一定等了我很久、很久,既然如此,那我就在这里等吧。我一定要比她等的时间更长,这样才好求得她的原谅。"

想到这里,龙皓晨的呼吸声渐渐变得大了起来,强烈的眩晕感不断袭来,他还从未如此虚弱过。

这种感觉很不美妙,他随时都有再次昏迷过去的可能。

"不,我不能昏倒,我一定要等到她再来,这里是她每天的必经之路。"

龙皓晨一边想着,一边支撑着自己的身体,让自己缓缓站起。

站着至少能让他的精神更加集中,他怕自己跌坐在那里,用不了多长时间,就会昏迷或者是沉睡过去。

时间一分一秒地过去了,龙皓晨始终都处于一种昏昏沉沉的状态下。每当他的身体支撑不住时,就会摔倒在地。这一摔,自然就令他暂时清醒过来,然后,再勉强爬起来,如此往复。

采儿呆呆地站在龙皓晨房间中,有些茫然,有些不知所措。他竟然不在这里?他去了什么地方?

重创了杨文昭后,采儿便寻到龙皓晨的房间。她虽然看不见,但是其他感觉格外敏锐,一进房间,她就发现龙皓晨并不在这里。

空气中还残留着他的气息,被褥间甚至还有些许余温,这证明之前他确实是睡在这里的。可是,这么晚了,他又能去什么地方呢?

采儿身形一闪,宛如一缕青烟般穿窗而出,重新出现在街道上。青竹杖轻轻点地,她缓缓向自己居住的酒店走去,此时,她的心中满是担忧。

在龙皓晨的房间没有找到他之后,她找遍了其他每一个房间,其中也包括李馨和夜华住的地方。每到一个房间,她都会静静地感受气息变化,寻找着属于他的那一份,但所有的努力全都毫无结果。他不在。整个酒店除了他自己的房间之外,再没有他的气息出现。

难道他出事了？采儿手中的青竹杖点地的声音明显变大几分。她的脸上罩上了一层寒霜，如果他真的出事了，无论是谁，她都一定不会放过。

采儿返回住处，盘膝坐于床榻之上，她的心却怎么也静不下来。按道理说，这里是圣殿联盟总部，身为猎魔团选拔赛的参赛者，他出事的可能性极小。之前自己在袭击杨文昭的时候，不也在短时间内就有联盟强者前来救援吗？可是，他能去哪里？

整整半个时辰的工夫，采儿都无法进入入定状态。

"我要去找他。"

采儿重新下床，抓起自己的青竹杖，再次出了酒店，但是因为情绪焦躁，在这浓浓的夜色之中，她竟忘记了戴上自己的面纱。

夜凉如水，被夜风轻轻一吹，采儿的神志便清醒了几分。正所谓关心则乱，此时，她略微冷静了一些，她不断思索着龙皓晨有可能会去的地方。只要不是被人掳走，他可能会去哪里呢？

难道……

突然间，她想到了些什么。他会不会去那个地方了？可是，这么晚了，可能吗？

不管了，无论他会不会去，那个地方总算是个目标。

平日里，那一条路，她与龙皓晨能走上半个时辰，但此刻，在她腾身纵跃中，只不过十几次呼吸的时间就已走完。

鼻尖微动，采儿脸色一变。

是他的味道！他竟然真的在这里。

青竹杖急促点地，采儿快步向前，循着那熟悉的气息走去。

龙皓晨已经很难保持自己的意识了，不断重复的摔倒让他变得更加虚弱，此时，他甚至已经看不清面前的景物，可他依旧咬紧牙关站在那里，身体就像是不倒翁一般不断地晃动着。

"嗒、嗒、嗒！"

"嗒、嗒、嗒！"

熟悉的声音令龙皓晨的神志勉强清醒了几分。

"是她吗？还是我已经幻听了？"

"龙皓晨。"采儿带着焦急的声音响起。紧接着，一根细长的青竹杖点在龙皓晨身上。

龙皓晨本就站立不稳，顿时"扑通"一声摔倒在地，但这一摔，也让他清醒了几分。

眼前的人一袭黑色长裙，略微有些散乱的紫色长发垂落在龙皓晨的面庞上。

带着几分冷意的幽香传来，龙皓晨赫然看到一张充满了焦急情绪的容颜。

略显苍白的肌肤，无神的双眼，都无法遮掩她的绝美。

是她，是她。

这还是他第一次见到采儿的容颜。

精致到极致的五官柔美动人，与她那冰冷的气质截然相反，笑靥、黛眉，宛如美玉般的肌肤虽然略显苍白，但细腻又晶莹，宛如新剥的荔枝，清丽脱俗的容颜几乎瞬间就烙印在龙皓晨脑海之中。

"你、你怎么样了？"

采儿感受到龙皓晨跌倒了，她顿时有些焦急，赶忙蹲下身去，用双手去触摸龙皓晨。

他的衣服上带着淡淡的湿意，显然已被夜露浸湿，身体还在轻微地颤抖着，气息极不稳定。

"采……儿、采儿，对……不起。"

骤然见到采儿，龙皓晨心中虽然充满了喜悦，但是他的意识已经模糊，根本无法思考采儿为什么在这个时候出现，他心中的兴奋无法抑制，条件反射般地握住她那一双柔嫩的小手。

龙皓晨气息不匀，道："我……我……不是故……意失约的……你肯……原谅我……吗？"

采儿被他握住双手，心头顿时一震，因为她能清楚地感觉到他的手是那么冰凉，与往日的温热截然不同。

她赶忙反手扣住他的腕脉，采儿刹那间就觉察到了他身体的虚弱，而且，因为夜露寒意入体，虚弱的他竟然处在昏迷的边缘。

"我原谅你了。"采儿俯下身，将他小心翼翼地扶起，右手贴在他后心处，柔和的灵力缓缓涌入龙皓晨的体内，帮他驱除体内的寒意。如果不及时将这寒气逼出，他很可能就会留下痼疾。

她怎么会不原谅他呢？当她发现他在这里的时候，就已经猜到了他心中所想。他如此虚弱，还惦记着与她的约定，无论她心中有过多少不满，在这一刻，也已是荡然无存了。更何况，他本来就不是故意失约的啊！

采儿的灵力很温暖，但龙皓晨此时实在是太虚弱了，眼皮也很重。在他沉沉睡去之前，口中喃喃地说了句什么。

片刻后，龙皓晨已经回到了他的房间之中。

采儿小心地掖好被角，坐在床边静静地握着龙皓晨的手。

此时，在采儿灵力的调理下，龙皓晨的手掌已经开始变得温热，不再像刚才那么冰冷了。

"对不起，我不该怀疑你。"

采儿清丽的面庞上露出淡淡的柔媚之色，她小心翼翼地抬起手，在龙皓晨面庞上轻轻地摸了摸。

摸着他那高挺的鼻梁，细腻的皮肤还有薄厚适中的唇瓣，采儿苍白的脸上渐渐起了一抹红晕。

只见金色的光芒闪烁，匕首悄然出现在她掌中，随着匕首轻动，采儿在龙皓晨床侧刻上一行小字，然后再将他的手掌覆盖在上面。

她有些不舍地再次摸摸他的脸颊，这才小脸羞红地离开了。此时，她心中还回荡着龙皓晨昏迷前呢喃的那句话，他说的是："采儿，你真美。"

联盟执政府。

"砰！"

常驻于圣殿联盟中，地位仅次于另一位九阶大能的骑士圣殿圣骑士长韩芠，此时一脸寒霜地站在一张宽阔的桌案前，刚刚的一声巨响就是他手掌拍在桌子上发出的。

"影随风,今天你不给我个交代,别怪我骑士圣殿翻脸。"韩芄胸中怒火熊熊燃烧。

他能不发怒吗?不只是他,此时,骑士圣殿在圣殿联盟的高层已是集体震怒,甚至连那位平时闭关静修的九阶大能都被惊动了。

惩戒骑士杨文昭拥有灵炉,是骑士圣殿最有希望获得初赛第一的人选,竟然在自己的住处被人重创,而且这个重创他的人就来自刺客圣殿。

无论是那些招牌技能,还是千击灵炉,全都是刺客圣殿的显著标志。

所以天一亮,韩芄就气势汹汹地前来兴师问罪了。

六大圣殿核心代表全都驻扎在联盟执政府中,每十年会推举出一批代表各大圣殿的委员,统一掌管骑士圣殿各项事务。其中最核心的是三十六名主席团成员,每座圣殿各占六名。因此,虽然骑士圣殿名义上是六大圣殿之首,但在联盟中并不能占据绝对的主导地位。

韩芄是骑士圣殿六位主席团成员之一,而且是圣骑士长,统领骑士圣殿三十六位圣骑士,更是负责处理日常事务的骑士圣殿副殿主。他在骑士圣殿的地位之尊贵,仅在三位神印骑士之下。他的资格之老,哪怕是三位神印骑士中,也只有一位能超过他而已。

端坐在韩芄对面的,是一名身材瘦高的老者。他头发花白,相貌普通极了,穿着一身看上去十分平常的黑衣。唯一与常人不同的,恐怕就是他那双眼眸了。

那是一双毫无生机的眼眸。如果他躺在地上的话,一定会被人误认为已经死了。

眼前这名老者也同样不是无名之辈。

他正是刺客圣殿侠客堂堂主,掌控着刺客圣殿最强大三十六位侠隐刺客的副殿主影随风,同时,他也是刺客圣殿日常事务的管理者。

刺客圣殿和骑士圣殿不同,在很多时候,他们更加令魔族七十二柱魔神头疼。七十二柱魔神的人员在不断更替,而在这更替的过程中,六千年来,已经有九十一位魔神死于刺客圣殿的人手中。刺客圣殿的这份辉煌战绩，是其他五大圣殿所望尘莫及的。

哪怕是在联盟之中，也没有人知道刺客圣殿的底蕴究竟有多深，唯有联盟主席团才清楚刺客圣殿的九阶强者有几位。在其他五大圣殿中，大家的共识是：不能招惹刺客圣殿。

影随风并没有因为韩芃的暴怒产生什么情绪波动，只是淡淡地说道："出了这么大的事，我自然会给你个交代。"

韩芃此时也略微平静了一点，他拉过一把椅子，一屁股坐了下来，怒气冲冲地看着影随风。

六大圣殿间关系密切，比如魔法圣殿和战士圣殿关系极佳。

骑士圣殿跟刺客圣殿的关系也是极好的。骑士是刺客最好的护身符，而刺客也是骑士最好的辅助攻击者。一个处于阳光之下，一个游走于阴暗之中，相辅相成。

也正因如此，骑士圣殿高层虽然震怒，但是也没有在第一时间兴师问罪，而是在昨夜将情况通告给了刺客圣殿，让他们彻查此事，今日一大早，韩芃才来到影随风面前。

影随风始终平静的脸色使得此事突然变得有些怪异，他沉声道："经过昨晚的核查，事情有些眉目了。出手的的确是我刺客圣殿中人。为此，我代表本圣殿向骑士圣殿致歉。"

他一边说着，一边缓缓地站起身，略微弯腰，向韩芃行礼。

韩芃一听这话，眼睛顿时瞪了起来，一股杀气顿时从他身上喷薄而出。

"随风，真的是你们刺客圣殿的人干的？"韩芃称呼也变了，脸色更加难看了。

他和影随风的私交极好，早在六十年前，他们就是并肩战斗的战友，同在一个猎魔团。直到三十年前，随着两人年龄逐渐增大，资历变老，在各自圣殿中的地位渐渐尊贵，他们所在的猎魔团又解散了，两人这才开始执掌各自圣殿的事务。

影随风竟然承认了此事，韩芡怎能不急？这种由内部矛盾演变成重创对方圣殿重要人物的事情是联盟大忌，一个不好就会引起内部骚乱，从而影响圣殿联盟的威信与和睦。

影随风轻叹一声，道："既然是我们做的，我又怎能不承认呢？你先别急，听我把话说清楚。事情是这样的，这件事呢，也是因你们骑士圣殿而起。我问你，那受伤的杨文昭是不是在昨天的比赛中打败了另一名参赛的骑士，还导致对方被重创？"

听他这么一说，韩芡顿时想歪了，脸色大变，道："你是说，龙皓晨买凶杀人，买到了你们刺客圣殿头上？"

如果真是这样，那事态可就更加严重了。

毫无疑问，目前对于骑士圣殿来说，杨文昭是年轻一代最为优秀的人才之一。可在韩芡内心中，更加重视的人是龙皓晨。虽然龙皓晨在昨天的比赛中输了，但他展现出的天分和实力，再次大大地震撼了这位圣骑士长。他越来越觉得，这个孩子身上展现出的光芒让任何天才都要黯然失色，简直就是一个天才毁灭者。

更何况，他的孙子韩羽又被他安排到了龙皓晨身边，成为龙皓晨的扈从骑士。如果真的是龙皓晨买凶杀人对付杨文昭，心性如此阴邪，必定是要受到严惩的，那么，就算是他也护不住龙皓晨。

一想到这些，韩芡怎能不大惊失色？

这次轮到影随风皱眉了，道："这个龙皓晨究竟是什么人，怎能引起这么多的关注？韩兄，你似乎也对他另眼相看？"

韩芡"哼"了一声，有些急切地说道："你先别管这些，你赶快告诉我，到底是不是龙皓晨买凶？"

龙皓晨可以说是骑士圣殿的秘密武器，尤其是他的年纪，已经被列为高度机密。虽然他跟影随风关系很好，但为了骑士圣殿在六大圣殿中的地位，他也不会轻易说出来。

影随风摇了摇头，道："当然不是，一个都已经昏迷的小家伙还怎么买凶杀人？事情是这样的，这个龙皓晨与我们圣殿一位成员交好，他受伤的事情被我们圣殿这位成员知道后，勃然大怒，这才私自出手袭击了杨文昭。不过，还算她手下留情，并没有真的杀了他。"

韩芃一听不是龙皓晨买凶杀人，顿时松了一口气，但听他说得有些轻描淡写，心中有气，道："你说得轻巧。你知道杨文昭是谁吗？那是杨老的孙子。先不说他对我们骑士圣殿的重要性，单是这个身份，你们谁去向杨老解释？"

影随风轻叹一声，道："他的身份我们在调查的过程中知道了。可是，事情已经发生了，就一定要解决。他虽然受伤不轻，但幸好他的灵炉没有受创，以你们骑士圣殿的治疗能力，应该能够在短时间内令他痊愈，也不至于留下什么后遗症。实在不行，我们愿意出面请出牧师圣殿红衣主教以上级别的神官为他诊治，然后再赔偿你们骑士圣殿一些东西，你看如何？"

韩芃何等聪明，从影随风的话语中他已经明白了很多东西，顿时脸色大变，道："这么说，你们是不打算将这名刺客交出来了？甚至不打算处置这个人？"

影随风默默地点了点头，道："老韩，对不起，这件事实在抱歉。"

韩芃勃然大怒，猛然站起来，再次用力地拍了一下桌子，道："影随风，这就是你们给我们的交代？你知不知道这会造成怎样的后果？"

影随风叹息一声，道："我知道，可是，我没办法。这个人别说是我，就是换了侠者大人来，也一样不会处理的。"

韩芃冷哼一声，道："这个人有很硬的后台是不是？但是，你不要忘记他伤害的是谁。这件事如果我们提请联盟进行执法，他一样无法逃脱罪责。我劝你，还是我们两大圣殿私下解决比较好。"

影随风眼底闪过一丝失落的情绪，在心中暗叹："这个小丫头真不让人省心啊！看来，骑士圣殿是不会善罢甘休了。也是，如果换了是那丫头重伤，我们也一样会如此吧，真是理亏啊！"

影随风道："韩兄，你先别动怒。这样吧。我知道这件事你也很为难。我请示过侠者大人了，为了表示我们道歉的诚意，我们愿意将本圣殿一桩秘密告知贵圣殿。不过，有个条件……"

"秘密？"韩芡愣了一下。

影随风点了点头，道："相信你只要知道了这个秘密，也就不会怪我们不处理此人了。不过，还要请韩兄发誓，得知这个秘密后，只能告之贵圣殿几位神印大人知晓，对其他人就要守口如瓶了。如果不是贵我双方交好数千年，这件事我们绝不会轻易说出来的。"

韩芡神色一凛，从影随风严肃的语气中他听得出，这桩秘密对于刺客圣殿必定是极为重要的。

"好，我答应你。你说吧。"

虽然他没有真的发誓，但这一句承诺已经比任何誓言都有效。六大圣殿中，骑士对自我的约束是最严格的，一旦发生了背信弃义之事，无论是谁，都无法再立足。

影随风默默地点了点头，道："无论是六大圣殿哪一方，培养一名职业者，衡量其未来发展潜力的依据，最重要的就是先天内灵力。每一个圣殿对于不同级别的天赋都有不同的说法。譬如你们骑士圣殿，先天内灵力七十点被称之为光之天使体质，先天内灵力八十点被称之为神圣庇佑体质，没错吧。"

韩芡已经隐约明白了些什么，倒吸一口凉气，道："你是说，这个伤了杨文昭的家伙，先天内灵力超过七十点，而且年龄还不大？"

年龄不大是他自己判断出来的，从杨文昭描述的与对手战斗的情况来看，对手修为应该不会超过六阶。

影随风苦笑道："如果只是这样，以我们两大圣殿之间的关系，总要给她一些责罚。可是，她是我刺客圣殿三千年来唯一一名先天内灵力超过九十点的轮回之体啊！相当于你们骑士圣殿的光明之子体质。这丫头在我们刺客圣殿的重要性，甚至超过神印王座对你们骑士圣殿的重要性。你不会忘记吧，三千年前，我们刺客圣殿曾经诞生过这么一位大能，那位轮回之子凭借自身强大的实力和天赋，成功地击杀了魔族七十二柱魔神中的七人，虽然最终惜败于第一魔神，但也令其遭受重创三十年不起。那位轮回之子的先天内灵力是九十一点，我们现在这位,因为继承了当年这位轮回之子的武器,先天内灵力从九十一点拔高到一百点,也就是传说中的满值。这位新诞生的轮回圣女,未来是要挑战第一魔神的存在啊!她和贵圣殿的杨文昭相比,孰轻孰重?"

韩芡的眼睛此时都已经瞪圆了,有些口吃地道:"先天内灵力一百点?你、你说的是真的?这、这……"

影随风苦笑道:"这种事情我能骗你吗?这是我刺客圣殿最大的秘密了。这样一位圣女,对我们圣殿各位大能来说,那绝对是含在嘴里怕化了,放在手中怕摔着。而且,她从五岁开始修炼,至今九年,强大的天赋彰显无遗,不但掌握了千击灵炉,而且,也真的与当年那位轮回之子的武器融为一体,开启了我们刺客圣殿所能吸收的灵炉中排名第一的六道轮回。你不会不知道六道轮回的威力吧,所以,这件事情不是我们不想给你们一个交代,实在是……"

韩芡有些呆滞地看着他,半晌后,才苦笑道:"我懂了。"

第30章
光明气息

刺客圣殿的人重伤了骑士圣殿参加猎魔团选拔赛的青年才俊,这根本无法隐瞒。性质更是极为恶劣,一个处理不好就会动摇六大圣殿联盟的根本。

但出乎所有人意料的是,骑士圣殿对此事竟然表示了沉默,并没有向圣殿联盟提起诉讼。刺客圣殿那边就更加沉默了,双方就当什么事都没发生过一样。哪怕是联盟内部其他几大圣殿的委员们问起来时,骑士圣殿和刺客圣殿也只说是一场误会。很明显,他们统一了口径。

两大圣殿都达成默契了,其他圣殿自然也不会多说什么,毕竟吃亏的并不是他们,至于人家是如何解决的,他们就打听不到了。

本届猎魔团选拔赛初赛进行到此,绝大部分比赛已经结束了,只剩余最后的排名赛。龙皓晨输了,杨文昭重伤,两个人都不可能继续参加初赛。因为在与杨文昭的比赛中龙皓晨的表现格外突出,因此,被定为骑士圣殿初赛的第六名,杨文昭进入前五却无法继续比赛,只能算是第五名。

龙皓晨从睡梦中渐渐清醒过来,用力伸展了一下身体。昨夜那些痛苦的感觉依旧有所残存,但相比之下已经好多了。

龙皓晨揉揉眼睛,翻身坐起,他已经很久没有睡得这样沉了。

采儿。

醒了以后,他首先想到的就是她那清丽脱俗的容颜。尽管他昨晚的精神状态极差，但就是那短暂的注视，他已经把那容颜深刻地烙印在自己的脑海之中了。

龙皓晨甚至有些不敢肯定昨晚的经历是不是真的，毕竟那时候他实在是太虚弱了。昨晚是在做梦吗？

"咦？"

手指下的凹凸引起了他的注意，他仔细地触摸起来，感觉似乎是刻了字。

他赶忙坐起身朝床板那儿看去，果然，床板之上刻着一行娟秀的小字。

"你好好养伤，勿以我为念，等到决赛开始的时候，你我自能相见。采儿。"

不是做梦，哈哈，不是做梦。

龙皓晨一看到这行留言顿时大喜过望，他现在可记得了，采儿昨晚说过不怪他的。

"决赛时自能相见？这是什么意思？昨晚……昨晚好像采儿使用过灵力帮我疗伤。难道她也是六大圣殿的职业者？可是，她看不见啊！她属于哪一座圣殿？"

一个个疑问不断在他脑海中冒出，但他又怎么可能找得到答案呢？

不一会儿，夜华和李馨出现了，他们是来看他的。他们姐弟都已经输掉了比赛，接下来五天的时间可以休息，等待决赛的到来。

夜华再次帮龙皓晨检查了身体，尤其是经脉和内腑，发现并没有因为牺牲技能留下什么后遗症，这才大大地松了口气。

"你这个蠢货！"检查过后，脸色极为阴沉的夜华立刻开始骂他。一旁的李馨吓得吐了吐舌头，却不敢劝说什么。

龙皓晨低下头，道："老师，我只是希望通过实战来检验自己的能力，刺激自身潜能。用出牺牲技能是我突然领悟的。您别生气，以后我不这么冲动了。"

夜华怒道："胡扯！你以为我是因为你挑战杨文昭而生气吗？你错了。我是因为你的愚蠢。我问你，你和杨文昭谁的实力强？"

龙皓晨愣了一下，有些不解地看向老师，道："自然是他，他的实力比我强了不少。"

夜华冷哼一声，道："你还知道是他强啊！那你为什么还选择硬拼？这两年多来我教你的战斗技巧都让狗吃了吗？硬拼很痛快是不是？但你想过没有，如果你的对手是魔族呢？如果你处在与魔族对抗的战场上呢？如果你的身边还有伙伴等待你救援呢？你也如此战斗？"

夜华一连串的质问令龙皓晨哑口无言。

夜华冷冷地说道："我教过你多少战斗技巧？没错，硬拼确实更容易激发潜能，尤其是遇到比自己强大的对手时。但是，如果你真的想提高自己的实战经验，激发自己的潜能，就不能将那场比赛当成比赛，而是要当成一场生死之战。生死之战中应该怎么做？难道我没教过你吗？"

龙皓晨再次低下了头，道："尽量凭借技巧与敌周旋，尽可能地保全自己。"

夜华攥了攥拳头，道："亏你还记得。你现在告诉我，你究竟是一名守护骑士还是一名惩戒骑士？"

龙皓晨沉默了，他也不知道该如何回答夜华的这个问题。

夜华淡淡地说道："在天赋上，就算是十个老师都比不上你，但论经验，十个你也不如我。我来帮你回答这个问题。需要惩戒的时候就惩戒，需要守护的时候就守护。但是，你要注意一点，当你使用惩戒骑士能力的时候，不要忘记自己的另一个身份，你的天赋足以支持你双修惩戒与守护，既然如此，在实战中就要发挥出它们融合在一起的优势。不要再让我看到你愚蠢地蛮干，否则，你就不配做我夜华的徒弟。"

"是。"

龙皓晨赶忙恭敬地答应一声。夜华这一番话虽然是在骂他，但更多的是浓浓的关心，他知道，老师是怕自己走弯路！

龙皓晨洗漱了一下，吃了些东西，便又开始修炼了。虽然现在他的身体状态好了很多，但那恢复的只是外灵力和受伤的筋骨，他的内灵力依旧处在点滴全无的状态，只有圣引灵炉似乎恢复了原本的光彩。

林鑫给他的那种修炼丹药已经所剩无几了，龙皓晨这次并未服用，而是静静盘膝坐在那里，进入冥想状态，仔细体会着圣引灵炉内的灵力波动。

柔和、浑厚、浩瀚，当他的意识进入圣引灵炉中后，他立刻就感受到了这三种气息。

之前他感觉圣引灵炉中似乎并不存在内灵力，但是，此时他看到了一点金色光芒。

那金光很小，但因为圣引灵炉呈现出乳白色，所以相比之下还是挺醒目的。金光虽然只有米粒大小，但是，令龙皓晨惊喜的是，它竟然是液态的。

液态灵力？

"难道在使用了牺牲技能后，我误打误撞地修炼出了液态灵力？"

龙皓晨下意识地开始按照往日的修炼方式修炼起来。

因为此时他体内并没有内灵力，所以与平时相比，他对外界光元素的吸收速度就要慢得多了。但是，千万不要忘记，他是光明之子体质，对于光元素的亲和力远超任何人。

柔和的光元素缓缓进入龙皓晨体内，他立刻就发现，根本不用他去催动，这些光元素像是找到了目标，朝着圣引灵炉的方向悄然而去，然后融入圣引灵炉之中。

圣引灵炉倒没有什么反应，只是在原本的乳白色之下略微放出一些淡淡的金光而已。

龙皓晨再次内视灵炉内部的情况，果然如他所料，这些通过修炼吸收的光元素直接涌入了那一滴金色液态灵力之中，成为它的一部分。

因为从外界吸收的光元素极为稀薄，远远不能和那一滴液态内灵力相比，因此，这些外来的光元素融入其中后，那一滴米粒大小的液态灵力根本没有什么反应。但是，龙皓晨依旧很兴奋，毫无疑问，他真的修炼出了液态灵力。现在的问题就是如何将它壮大，如何让它从圣引灵炉中出来。

想到这里，龙皓晨取出一颗修炼用的聚灵丹，并将它吞服下去。

丹药是林鑫炼制的，聚灵丹这个名字则是他自己起的。

聚灵丹入腹，龙皓晨体内的气血顿时被调动起来，身体对于空气中光元素的感应能力骤然增强。

这聚灵丹是四阶丹药，必须要四阶以上修为的人才能服用。龙皓晨虽然失去了内灵力，但他的身体状态还是四阶大骑士，经脉的坚韧程度足以承受药力，因此并没有什么不适。

果然，聚灵丹服下后，他吸收光元素的速度骤然加快，空气中的光元素从四面八方奔涌而至，通过毛孔、呼吸进入他体内，然后立刻就如百川归海一般被圣引灵炉吞噬了。

此时，圣引灵炉就像是一个无底的深渊，无论龙皓晨吸收进来多少光元素，全都会被它吞噬掉。唯一的变化就是圣引灵炉本身所散发出的金光在逐渐增强，圣引灵炉内的那一滴液态灵力也渐渐有了增大的迹象。

就这样，龙皓晨完全沉浸在了自己的修炼之中。修炼是枯燥的，但是感受着内灵力一点一滴积蓄的过程，修炼者会产生极为强烈的满足感，这也是所有职业的共通之处。

转眼间，三天过去了。

这三天以来，除了吃饭，龙皓晨完全沉浸在自己的修炼中。他也将自己目前修炼所出现的情况告诉了夜华，但夜华也不清楚他这是什么情况。

夜华能凭借极低的天赋修炼成大地骑士，不知道研究了多少修炼方法，因此他在修炼方面有着丰富的经验。他仔细思索之后，告诉龙皓晨一种可能——圣引灵炉在帮他孕育灵力，而且是孕育液态内灵力。

龙皓晨的修为还没有达到五阶，在这种情况下本来是不可能出现液态灵力的。

虽然那一滴液态灵力出现得十分巧合，但是夜华完全可以肯定，换一个人，就算使用了牺牲技能，也绝对不可能会有此际遇。

唯一的解释就是圣引灵炉的作用了。

圣引灵炉内部产生了一个特殊的空间，帮助龙皓晨完成了对内灵力的压缩，从而形成了液态灵力。

当时，龙皓晨凭借牺牲技能与杨文昭硬拼的时候，耗尽了自己的灵力的同时，也在一定程度上燃烧了自己的气血。

灵炉是这天地间最神奇的事物，本身就有一定的护主作用，所以，很可能是圣引灵炉保住了龙皓晨内灵力的最后一颗种子，然后在其内部不断地压缩这残存的灵力。跨越五阶的门槛最重要的就是压缩，龙皓晨本身对液态灵力已经有所领悟，而他也通过修炼蓄势技能渐渐找到了压缩的方法。只不过，他还无法直接对其进行压缩，只是凭借技能来寻找感觉。

现在的情况却不一样了，圣引灵炉直接帮他解决了这个压缩的问题，孕育出了真正的液态灵力。只要他能想办法将这些液态灵力从圣引灵炉内拿出来，再将自己的内灵力修炼到两千点以上，那么，五阶这个巨大的瓶颈，对他而言，就不再是一个问题。

有了这样的判断，夜华自然也是大喜过望，他叮嘱龙皓晨在房间里踏踏实实地修炼，哪怕是耽误了这一届猎魔团选拔赛的决赛都不要紧。他还很年轻，以后有大把的机会来参与大赛。相比之下，能够借助这次机会突破到大地骑士的境界，显然更为重要。

圣引灵炉并不大，它的体积与一个三钱的小酒杯差不多，这么一个小小的灵炉内能够盛放多少液态内灵力可想而知。

经过三天苦修，龙皓晨虽然耗尽了剩余的聚灵丹，但是，圣引灵炉里面盛满了浓浓的液态灵力，接近满溢状态。

这三天修炼其实是十分痛苦的，因为体内没有内灵力，所以龙皓晨吸收外界光元素的速度始终很慢。如果不是有聚灵丹的辅助，就算他花上十天半个月的工夫也无法令圣引灵炉充满液态灵力。那样的话，他恐怕真的会无法参加决赛。

龙皓晨不知道的是，龙星宇给他圣引灵炉的时候就已经知道圣引灵炉除了在战斗中的辅助作用外，还有其他用途。

只不过，龙星宇并没有直接告诉他。

龙星宇是神印骑士，经历过从一阶到九阶的全部修炼过程，因此，他更加明

白自己领悟在修炼过程中有多么重要。以他的修为，甚至能让龙皓晨更早突破到五阶，不费吹灰之力就成为一名强者。可是，如果他真的那么做了，就算龙皓晨是光明之子体质，这一生恐怕都无法摸到九阶的门槛了。因此，他选择让龙皓晨自己去摸索，在摸索的过程中不断强化自身，自行解决修炼过程中的种种难题。

对龙皓晨，龙星宇有绝对的信心，如果说光明之子体质的拥有者都没有足够的悟性，那还有谁有呢？

圣引灵炉内含的特殊能力名叫孕育，因此，它不只是一个辅助战斗的灵炉，同时也是一个辅助修炼的灵炉，这在骑士圣殿内部被列为最高机密。

因为圣引灵炉的辅助战斗作用只对骑士和战士比较有用，所以，其他职业对圣引灵炉的兴趣自然不太大。而战士的自我恢复能力远远不如守护骑士，到了后来，这圣引灵炉也就变成了骑士圣殿的专属灵炉了。

圣引灵炉十分难得，其他几大圣殿发现新的圣引灵炉时，都会选择交换给骑士圣殿。

骑士圣殿内部的前辈经过无数次的尝试后才得出一个结论，那就是只要人类拥有的第一个灵炉是圣引灵炉，同时，在拥有时修为不超过四阶，那么，圣引灵炉的孕育特效就会被激发。

这个孕育特效是需要拥有圣引灵炉的人自行发现的，因为它平时的表现极不明显，对内灵力修炼的辅助作用十分微弱。

但是，一旦到了紧要关头，圣引灵炉的孕育作用就会起到巨大的作用。譬如龙皓晨眼前所面临的灵力液化，还有后面成为辉耀骑士时所要完成的灵窍凝聚，有圣引灵炉的帮助，几乎可以说是必定成功。

如果被其他圣殿发现圣引灵炉有如此大的辅助修炼效果，恐怕再也不会有人将其交换给骑士圣殿了。因此，这个秘密就一直被保守着，至少到现在，还没有被其他圣殿发现。

其实，龙皓晨就算不使用牺牲技能，他也会很快发现圣引灵炉的这个作用。因为，只要他完成了圣引灵炉的进化，其孕育效果就会直接帮他突破到五阶。龙皓晨之前认为，突破到五阶是令圣引灵炉进化的契机，其实恰好相反。

"终于充满了吗？老师说过，精满自溢。内灵力既然已经充满，那么，应该就会有所溢出了吧。"

虽然龙皓晨平时极其沉稳，但此时是自己冲击五阶的关键时刻，他又怎么会不紧张呢？

修炼还在继续，圣引灵炉内的液态灵力也变得越来越浓郁起来，液态灵力一点点地向上冒起，眼看着就要溢出来了。

终于，小小的一滴金色液体顺着圣引灵炉的边缘缓缓流淌而下。

"轰！"

刹那间，龙皓晨只觉得自己身体一阵剧震，一股浓郁的光明气息便从他体内弥散而出，金色光晕从他头顶上方升起，隐约凝聚成一团淡金色的光云。这正是代表着进阶的升灵云，只有在突破大阶的时候才会出现的升灵云。

一滴液态灵力的总量很少，但是，它照亮了龙皓晨体内的经脉。熟悉的金光在他体内经脉中迅速弥散，很快就蔓延到了每一个角落。

与以前的淡金色内灵力相比，此时，龙皓晨的内灵力的颜色明显加深了几分，已经接近金色。

虽然只是一滴液态灵力流淌入龙皓晨体内，但是，他吸收光元素的速度刹那间暴增，对外界的感知也骤然强起来。

那种由内而外的强大感终于再次出现了。

与此同时，圣引灵炉也散发出万道光芒。

此时，龙皓晨胸口处亮起一团灿烂的白色光芒，光芒继而扩散，将他的身体笼罩在内。他胸口内的圣引灵炉缓缓旋转，一滴滴液态内灵力从其中甩出，原本被这些液态内灵力映成了金色的圣引灵炉又恢复了它本来的乳白色。圣引灵炉轻微挣扎着，一丝丝奇异的纹理开始出现在它的表面，那是一道道盘旋着，呈现为云朵状的纹路。圣引灵炉原本的乳白色中顿时多了几分晶莹，虽然体积没有变大，但让龙皓晨更清晰地感觉到了内蕴的那种天地至理。

进化了，圣引灵炉进化了！

龙皓晨立刻就意识到发生了什么。

不只是圣引灵炉进化了,他还通过内视清楚地看到,一股柔和的金色液体正围绕着圣引灵炉悄然盘旋,这是液态灵力。

龙皓晨以前在用蓄势进行修炼的时候,也出现过液态灵力,但那时候只要他停止蓄势,灵力就会立刻恢复回去。

可现在不一样了,在他的体内,就在圣引灵炉周围,真真正正地出现了一股液态灵力。尽管这些液态灵力的总量最多只相当于一百点,但是,有了这一百点液态灵力,距离恢复到原来的巅峰状态还远吗?

"两千点,我的灵力一定已经突破了两千点!五阶,我是大地骑士了!"

一抹傻乎乎的笑容出现在龙皓晨脸上,他怎能不兴奋呢?十四岁就到了五阶啊!这太不可思议了。

他现在需要做的就是恢复全部的灵力,高达两千点的灵力会让他完全进入另一个层次之中。

"杨文昭,下次遇见之时,或许我就真的拥有挑战你的实力了吧。"

接下来的几天,龙皓晨完全沉浸在修炼之中,就像是一只蜕变的蚕蛹,短短几天时间,经历着质变的过程。

联盟执政府。

就像圣城一样,联盟执政府也是一座六边形建筑,外围是六大圣殿各自的办公地点,核心区域则是他们共同商议重要事项的地方。

对于圣殿联盟来说,猎魔团选拔赛就是各项事务中的重中之重,初赛在三天前就已经顺利结束了,六十名优秀的年轻人被选拔了出来。这就意味着,圣殿联盟又将出现十二个猎魔团,给猎魔团这个大集体注入新鲜血液。

今天是决赛阶段抽签的日子,通过抽签的方式,六十名参赛者将被分到六个组,分别在圣盟大试炼场的六个分赛场进行循环赛。

也就是说,在小组赛中,每个参赛者经历的比赛多达九场,这样一来,不但尽可能减少了偶然性,也能让这些年轻人不断地通过战斗来增加实战经验。

每组的前两名是肯定能进入前十六名淘汰赛的。另外会从六个第三名中选出四个表现极佳的进入淘汰赛中。

决赛阶段的赛程甚至比初赛更加漫长，但是，千万不要忘记，初赛阶段几乎没有奖励，可决赛阶段前三名的奖励可是三座灵炉啊！对于任何职业者来说，灵炉的意义都非同一般。

初赛时，因为都是各个圣殿内部竞争，选手们或许还会手下留情，而到了决赛阶段，所有参赛者都必定会全力以赴。为了争夺那三个灵炉，他们不会再有半分保留。

联盟执政府门前有十余名工作人员守候着，负责检验每一位参赛者的身份，并将他们带入执政府。

进入决赛阶段，参赛者的师长们已经不被允许再观战了。在联盟中，猎魔团的机密等级极高，哪怕只是新手，也要对其严格保密。

联盟对时间的要求极为严格，一名强者如果没有时间观念的话，未来很容易铸成大错。所以报到时间只有半个时辰，错过了就再没有参加决赛的资格。

"哈哈，要参加决赛了呢。真期待。"爽朗的笑声响起，一男一女同时朝着执政府这边走过来。

女子身穿粉红色甲胄，身材高挑，身躯完全包裹在流线型的锁甲中，看上去英姿飒爽。她没有戴头盔，一头红发披散在脑后，露出了神韵十足的动人容颜，这是内灵力修炼到一定程度才有的表现。

在她身边的少年更加引人注目，比起那女子，少年略微矮了一些，一身淡金色的铠甲穿戴在身，黑发披散在脑后，澄澈的淡金色眼眸中隐隐有光华流转。英俊而精致的容貌甚至将身边的少女比了下去。他的眸光温柔平和，脸上始终带着淡淡的微笑，怎么看都是一个亲切温和的小帅哥。

两个人来到执政府门口，立刻有服务人员迎了上来。为了不浪费六大圣殿的战斗力，聘请的这些外部的服务人员都是普通人，并非职业者。

"两位是来参加决赛的吗？请出示你们初赛时的比赛号牌进行核对。"这名青年服务人员态度极为恭敬。

因为他知道，能够参加猎魔团选拔赛决赛的，都是圣殿联盟年轻一代中的佼佼者，也都是未来的大人物。

那一男一女交上自己的号牌，很快，服务人员就完成了登记。

"骑士圣殿，龙皓晨、李馨。二位请跟我来。"

这一男一女正是李馨和龙皓晨，姐弟二人结伴而来。

正在这时，突然间，一个惊喜的声音从他们背后响起："等一下！等一下！等等我！"伴随着这个声音的出现，一个略显笨拙的人正在朝着他们这边快速跑过来。

龙皓晨和李馨扭头看去，顿时看到一张英俊的脸，墨绿色长发随着他的奔跑左摇右晃。白色魔法袍穿在他身上，将他的容貌衬托得更出色了，可惜，他面对的是更英俊的龙皓晨。

"林鑫？"龙皓晨惊讶地看着他。

林鑫哈哈一笑，道："看来我赌对了啊！运气真不错，想不到你们竟然也都闯入决赛了。哇，李馨姐，你更漂亮了，穿上铠甲果然英姿飒爽。要是你拿到前三也选我怎么样？丹药管够。"

李馨笑道："你觉得我有拿到前三的可能吗？你赶快报到吧，然后我们一起进去。"

对于林鑫，龙皓晨比第一次见到他时明显多了几分好感，如果不是遇到他，皓月也得不到那枚对它十分重要的石球。此外，林鑫给他的丹药确实是货真价实，没有那一瓶聚灵丹，龙皓晨绝不可能在这么短的时间内突破到五阶。

林鑫听了李馨的话赶忙答应一声，取出号牌递给工作人员。那工作人员看了他的号牌后明显一惊，神色比对龙皓晨和李馨更加恭敬了几分。

"魔法圣殿，林鑫。三位请跟我一起来吧。"

三人跟着工作人员向里面走，龙皓晨微笑道："林兄果然很强，你的初赛应该很顺利吧？"

林鑫洋洋得意，道："还行吧。侥幸得了个初赛第一而已。"

初赛第一？龙皓晨和李馨面面相觑，心中都是大吃一惊。他们也经历了初赛，自然知道竞争有多么激烈。魔法圣殿参赛的人数虽然不像骑士圣殿那么

多，但竞争的残酷性并不会减少分毫。

林鑫竟然得到了魔法圣殿初赛第一的名次，这要多强的实力？至少他也应该是五阶。看来，老师的猜测不太正确啊！

龙皓晨略微有些不解地看着他，疑惑地说道："林兄实力如此强大，决赛时，恐怕你进入前三的可能性应该比我更高吧。"

林鑫摇摇头，道："不可说，不可说。决赛和初赛不一样，其实，运气是很重要的。"

听了龙皓晨的话，他心中也不无想法，要是决赛阶段能像初赛那样，自己最终获得前三的话，岂不是可以按照自己的心意挑选一个最强者跟随自己吗？组织一支自己的队伍也是毫无问题的。

他们说着话的同时进入了联盟执政府内部，在一座宽阔的拱门前，服务人员停下脚步，做出一个请的动作。

拱门是开着的，里面有两名战士分立两侧。三个人走入拱门，进入一个宽阔的厅堂之中。

整个厅堂是圆形的，中央有一座高约半丈的平台，周围则是数圈座椅，大约能同时容纳五百人。

巨大的水晶灯从顶部垂下，将整个厅堂内照得亮堂堂的。

林鑫低声说道："这是联盟执政府的小议事厅。今天抽签应该就在这里了。"

李馨疑惑地看了他一眼，道："你对这里很熟悉吗？"

林鑫嘿嘿笑道："以前来过几次。"

龙皓晨和李馨对视一眼，越发觉得林鑫神秘了。

此时，议事厅内已经来了不少人，龙皓晨下意识地向周围看去，很快，他看到了杨文昭，杨文昭也同样看到了他。

和初赛时相比，杨文昭的脸色显得有些苍白，看到龙皓晨时，他的脸色再次变了变，眼神中流露出明显的敌意。

"嗯？他怎么回事儿？看起来气色不太好啊！"龙皓晨在心中暗想。不过，他心中的战意也随之升腾,如果有机会碰到杨文昭的话,他一定要再次向他挑战。有了上一战的经验,龙皓晨认识到了自己的诸多不足。

"老师说得对,我为什么要跟他硬拼呢?难道比技巧的话,我就差了不成?"

很快,他又看到了另一个熟人,就在他们前排不远,一颗硕大的光头被水晶灯映照得闪闪放光。那人可不正是司马仙吗?

不会治疗的暴力牧师,他也进入决赛了。回想起他那古怪的战斗方式,龙皓晨脸上忍不住露出一丝微笑。

"嗒、嗒、嗒。"

熟悉的声音令龙皓晨条件反射般地站了起来,转头向后面看去。

不只是他,在议事厅内至少有十余双眼睛看向后方,其中大多数都是刺客圣殿的人。他们的脸上蒙着黑纱,但眼神中的敬畏是掩饰不住的。

同样因为听到声音而回头的杨文昭整个人已经呆滞了。

是她,是她,就是她!

杨文昭也不知道为什么骑士圣殿选择了息事宁人,他也没有去向自己的爷爷求助。输了,本来就是他的耻辱,他要依靠自己的能力洗刷。可是,在这里再次见到她,他心中的震撼还是无与伦比的。

她能出现在这里,就意味着她也参加了这一届的猎魔团选拔赛。这就证明,她的年纪一定不到二十五岁。

回想起那天的战斗,杨文昭背后不禁冒起一层冷汗,身上已经完全愈合的伤口似乎还在隐隐作痛。

她猛烈的攻击给他留下了不可磨灭的深刻印象。

正在这时,他看到龙皓晨朝着那用青竹杖点地的盲女走去。

"采儿,你真的来了。"龙皓晨快步上前,几天不见,再听到那熟悉的竹杖点地声时,他只觉得自己心中有什么东西被释放出来了似的,毫不犹豫地去拉她的手。

采儿身形向后滑出半尺,躲开了龙皓晨的手,带着强烈羞涩的细微声音在他

耳中响起:"这里好多人呢。"

龙皓晨有些尴尬地挠挠头,道:"对不起,我、我们先到那边坐吧。"

他说完话后,并没有去拉采儿的手,而是抓住她的青竹杖,带着她朝自己之前坐的地方走去。

杨文昭看到这里,心中充满悲愤,果然是为了这臭小子,真是无妄之灾啊!

刺客圣殿的刺客们却不这么想,一个个眼神古怪,在心中思忖,那似乎是一名骑士吧!他和一号大姐是什么关系?

尽管采儿在刺客圣殿初赛只是排名第十,但在这些晋级的刺客心中,对她有着近乎崇拜的情绪。

第31章
决赛开始

龙皓晨通过青竹杖拉着采儿回到刚才坐的地方,让林鑫向一旁让出一个座位,好把采儿安排在自己身边。

林鑫倒还好,毕竟他认识龙皓晨的时间不长,李馨可就是一脸的惊讶了,道:"弟弟,这位是……?"

龙皓晨脸上一红,道:"这是采儿,姐,她是我朋友。"

李馨看看他,再看看采儿,脸上露出一丝古怪的微笑,道:"嘿嘿,只是你的普通朋友?采儿姑娘,你好,我叫李馨,是皓晨的结义姐姐。"

"你好。"采儿轻声说道,不过也只说了这两个字就闭口不言了。

龙皓晨在她耳边低声问道:"采儿,你也是来参加比赛的吗?"

"嗯。"采儿微微颔首。

龙皓晨忍不住说道:"以前怎么从未听你说过。"

采儿说道:"你也没问过我来圣城干什么啊。"

龙皓晨挠挠头,他好像是没问过。

李馨说道:"采儿姑娘,看你黑纱蒙面,应该是刺客圣殿的人吧?"

采儿轻轻地点了点头。

一旁的林鑫则是满脸惊讶,盲人刺客?

不过他已经熟知人情世故,自然不会去触犯人家的忌讳,虽然心中惊奇,但没有发问。

议事厅二层，几个身穿黑衣，脸蒙面纱的人正站在那里朝下看，从他们花白的发丝上就能看出他们的年纪都不轻了。

"就是那小子？他是怎么认识圣女的？"一名黑衣老者忍不住问道。

"不清楚。根据我们的调查，以前圣女好像不认识这么一个人。"

"不认识？不认识就能为了他出手伤了骑士圣殿杨老头的孙子？你们鹰堂的人就是这么探察的？"

"影老，您别发怒。您也知道圣女的脾气和她的感知力。她一向不喜欢被我们跟着的。"

"哼！"

站在中央的黑衣老者正是刺客圣殿副殿主，侠客堂堂主影随风。他怎么看都觉得龙皓晨很不顺眼，居然胆敢接近轮回圣女。

"韩芃那老东西还跑来找我兴师问罪，应该是我去兴师问罪才对，他们骑士圣殿的人连采儿都拐跑了。"影随风越想越生气，身上不由得释放出一丝凌厉的杀气。

正在下面和采儿低声交谈的龙皓晨只觉得全身一冷，刹那间，仿佛血液都要凝固了。

一道炽烈的金光顿时从他体内迸出，金光没有向外弥散，反而在龙皓晨头顶上方隐约凝聚成一柄金色巨剑。

"咦？"影随风有些惊讶地低呼一声，道，"五阶？不是四阶吗？老鹰，你怎么调查的？"

"是四阶没错啊！"站在他身边的老者眼中尽是疑惑，道，"除非，除非他是这几天刚刚突破的。"

"影随风，你这老东西要干什么？"

一个怒气冲冲的声音响起，下一刻，韩芃已经风风火火地出现在影随风面前。他右手一挥，一个金色光罩将他们两个人笼罩在内，与外界隔绝了。

影随风此时心情也很不好，道："我干什么？你说我干什么？你们骑士圣殿那小兔崽子都要把我们的……都要把采儿拐走了。"他险些说出"圣女"二字来。

韩芡哼了一声，道："什么叫拐走？人家是你情我愿的好不好。自由恋爱，你懂吗？"

影随风毫不示弱地怒吼道："什么自由恋爱，我们采儿才十四岁，那龙皓晨分明是老牛吃嫩草。"

韩芡大怒，道："你才老牛吃嫩草。我们皓晨今年也才十四岁，最多比她大几个月。"

"咦？才十四岁啊！"影随风脸上露出一丝淡淡的笑意，道，"十四岁的五阶骑士，这可真是不可思议。"

韩芡真想抽自己一巴掌。

他是因为影随风突然对龙皓晨流露出的杀气才赶过来的，却没想到被影随风激怒不小心说漏嘴了。杨文昭被刺客圣殿的人伤了，已经令骑士圣殿高层极为不满，要是龙皓晨这个明日之星再出了问题，恐怕两大圣殿多年来良好的关系就真要动摇了。

"我说错了，是二十四岁。"韩芡立刻冷静下来，淡淡地说道。

影随风哈哈一笑，走上前拍拍他的肩膀，道："对，是二十四岁，我懂、我懂。出你之口，入我之耳，咱们是什么关系？我一定会替你保密的。就像你们也会为我们保密一样，这不是进一步加强了我们两大圣殿的密切联系吗。"

韩芡此时真是哑巴吃黄连——有苦说不出，他一脸阴郁地看着影随风，重重地哼了一声。

"你们两个老东西在这里勾勾搭搭，做什么见不得人的事呢？"正在这时，一个苍老的声音响起。

那是一名身穿暗金色魔法袍的老者，他正一脸疑惑地看着金色光罩内的两个人。

韩芡一抬手，收起金色光罩，道："没什么，影随风要抽风，我来关照关照他。"

影随风刚刚占了个大便宜,心情好得很,道:"没错,我刚才有点抽风,这会儿已经好了。老林头,分组抽签就要开始了吧。听说,你家那小子也进入决赛了。"

老魔法师脸色一变,道:"哼,别跟我提那小混蛋,提起来我就生气。"

影随风哈哈一笑,道:"行了啊,其实,你心里十分得意吧。你那孙子在魔药方面的造诣,据说令你们圣殿的某位大能都欣赏不已啊!"

老魔法师瞪了他一眼,道:"那小混蛋在魔药方面造诣确实不错,但也不知道他搭错了哪根神经,非要加入猎魔团。"

韩芡说道:"那也比我家那小子好多了,十分自大,连初赛都没通过。"

"哦?韩羽那小子不是突破到五阶了吗?怎么初赛都没过?"

老魔法师看上去一脸好奇,但脸上那揶揄的表情竟是没有丝毫掩饰。

"林辰,你这老东西就幸灾乐祸吧。哼!"韩芡一脸的不爽。

林辰哈哈一笑,道:"这怎么是幸灾乐祸呢?我以为就只有我家那小混蛋丢人,原来你家那个也丢人了,这我心里就平衡了,好歹我家那个还闯入了决赛圈呢。"

"你!"韩芡怒视林辰。

"干什么?想打架啊?来啊!我最近刚研究出一个九阶禁咒的使用方法,虽然还没完全参透,但也可以拿你试试。"林辰丝毫不惧。

"行了,你俩别一见面就跟斗鸡似的。就不怕被人笑话吗?"一个柔和的女声响起,一名身穿白袍的中年女子缓缓走来。

她一头金色长发披散在身后,身穿白色的魔法袍,白袍上的刺绣竟然全都是金色的高等精灵文。

她虽然年纪不小,但容颜秀美,风韵犹存。

看到她,韩芡和林辰的神情显然都呆了,各自哼了一声后,不再说话。

影随风微微一笑,向这白袍女子点了点头,道:"弱水枢机,你好。"

要是有人听到这个称呼,一定会大吃一惊。这名看上去年纪不过四旬的白袍女子,竟是牧师圣殿的枢机主教。那可是八阶强者啊!而且看韩芡和林辰的样

子，显然都很给她面子。

弱水微笑颔首，道："影殿主你好。"

她轻叹一声，继续说道："刚听你们在说初赛的情况，我们牧师圣殿也出了个小怪物。"

"哦？"其余三人的目光不约而同地落在她身上。

六大圣殿彼此有一定的竞争关系，猎魔团选拔赛决赛就是竞争的方式之一，因此，初赛的情况他们是不会相互通报的。此时，他们看着弱水头疼的样子，心里自然都有些好奇。

弱水轻叹一声，道："下一届初赛，我们恐怕要改变一些规则了。"

她说话的时候，目光自然而然地落在下面某个光头男的身上。

议事厅内，龙皓晨身上出现的金光引起了众多参赛者的瞩目。不过，那杀气来得快，消失得也快。龙皓晨迅速恢复了常态，只是背后依旧冷汗直冒。

采儿眉头微皱，就在刚才龙皓晨感受到那强烈杀气的时候，她的左手已经抬了起来。杀气消失时，她的手才悄悄放下。

"怎么回事？"李馨疑惑地问道。

龙皓晨摇了摇头，道："我也不知道，刚才我感到好像有人锁定了我，有很强的杀气。"

林鑫一脸无所谓，道："没事，就是有人想试探你一下。看到了吗？二楼那边。抽签仪式六大圣殿都会派高层来观礼。肯定是他们之中的哪位闲得没事干。这里可是咱们联盟执政府，谁敢在此闹事？"

正在这时，一名身穿淡金色劲装的老者走上议事厅中央平台。

老者身材魁伟，感觉比某光头男还要壮硕，花白的短发宛如钢针一般根根直立，眼眸中更是精光四射。年龄增长丝毫没有让他的身体衰老，那刺绣着八条银龙的淡金色劲装下，肌肉宛如花岗岩般凸起。

他一出现，那种无形的威压就令全场安静下来。

"人已到齐，分组仪式现在开始。所有参赛者的编号依旧和初赛时编号一样。决赛方式估计你们的师长都告诉过你们了，老夫不再赘述。现在开始抽签。每十人一组。抽签结束后，你们直接前往试炼场那边进行第一轮比赛。"

在他说话的工夫，一个巨大的空心水晶球缓缓从平台下升起。这水晶球的直径足有一米，里面盛放着六十个橘黄色的小球，每个小球上面似乎都有字。

在水晶球周围有六根中空的水晶柱，顶端分别有一、二、三、四、五、六的标识。

也未见那老者如何动作，水晶球内六十个橘黄色小球突然剧烈地跳动起来，紧接着，一个个小球从那大水晶球周围肉眼难辨的六个空洞中被甩出，正好落在那六根水晶柱内。

因为距离较远，所以参赛者们根本看不清那些小球上的字，可坐在议事厅中的这些参赛者，除了采儿之外，无不瞪大眼睛看着那些水晶柱，试图找到自己的编号。

很快，六十个小球就都进入了水晶柱之中，正好每个水晶柱内有十个橘黄色小球。

台上老者淡淡地说道："本座是战士圣殿副殿主，狂战堂堂主任我狂。本次抽签由二层的各大圣殿副殿主监督。如无问题，本座就开始宣读抽签结果了。"

二层，弱水柔和的声音响起："一切正常，请任殿主宣读吧。"

任我狂面带微笑，向二层众人微微颔首后，走到一根水晶柱前。

依旧未见他如何动作，里面的十个橘黄色小球就跳了出来，排成一行，悬浮在他面前。

"决赛第一组，比赛地点圣盟大试炼场骑士试炼场，第一组名单如下：骑士第一号、战士第二号、战士第六十七号……"

听到骑士第一号的时候，龙皓晨的目光看向了杨文昭，显然，这是杨文昭所在的一组。他很期待自己的名字也能出现在这一组之中，可惜，事与愿违。

"第一组参赛者宣读完毕，请起立，工作人员将带你们前往比赛场地开始第一轮循环赛。"

杨文昭等人缓缓起身，在圣盟工作人员的带领下走了。在离开之前，他还特意看了一眼龙皓晨和采儿这边，面上的神色略微有些遗憾，就像龙皓晨想要再次挑战他一样，他也想全力挑战采儿一次。

"决赛第二组，比赛地点圣盟大试炼场魔法试炼场，第二组名单如下：骑士第九十八号、刺客第一号、牧师第十八号、魔法师第一号……"

听到九十八号的时候，李馨明显有些紧张和兴奋，她四下看着，低声对龙皓晨道："弟弟，你说这个刺客第一号是谁？五阶的刺客啊！我能有机会吗？"

同时她还瞥了瞥林鑫，魔法第一号不就是他吗？

龙皓晨摇摇头，道："姐姐，你一定行的，加油。"

采儿坐在那里，依旧是冷冰冰的样子，除了单独面对龙皓晨，她平时都是如此。

当任我狂宣布第二组跟随工作人员前往魔法试炼场的时候，李馨赶忙站起身，而龙皓晨另一边站起的不仅仅是林鑫，采儿也站了起来。

"我先去了。"采儿轻声向龙皓晨说道。

"啊？"

龙皓晨清楚地记得，这一组中，似乎只有一个刺客，就是那刺客第一号。

采儿细若游丝的声音在他耳边再次响起："比赛小心，不要再受伤了。比赛结束后，我还在那里等你。"

"哇，采儿妹妹，原来你是刺客第一号，来，我拉着你走吧。"

李馨性格爽朗、热情，毫不客气地拉着采儿的青竹杖就向外走去。采儿略微停顿了一下，但一想到她是龙皓晨的姐姐，也就跟着她去了。

林鑫揉揉额头，一脸苦笑，道："还真是头疼啊！看来，运气并不是总站在我这边的。"

名单一宣布，林鑫便知道他获得的消息比其他参赛者要多一些。这第二组的整体实力要比第一组强大得多。不过刺客第一号竟然就是刚才身边这个小盲女，这是他没想到的。据说这位刺客第一号是刺客圣殿唯一的五阶，曾经在一轮比赛中同时挑战其他十一名对手，最后却没人敢与她交手。这是何等实力？还有那个牧师圣殿十八号，那可是牧师圣殿的初赛第一名啊！

在林鑫心中郁闷的时候，龙皓晨看到前面那闪亮的光头也站了起来，魁伟的身材丝毫没有牧师的模样，他大踏步地跟着工作人员走了出去。

绝大多数参赛者此时都有些幸灾乐祸的心态。毫无疑问，这第二组简直就是一个死亡之组。刺客一号、魔法一号，六大圣殿两个一号都在这一组之中了，而且其他的参赛者也不弱。

最为兴奋的就是刺客圣殿那些人了，他们没有一个人和采儿分在一组，心情不好才怪呢。

"决赛第三组，比赛场地战士试炼场。名单如下：召唤第一号、魔法第二号、骑士第九十七号、战士第二十三号、刺客第十三号、刺客第十六号、刺客第十八号、刺客第二十四号……"

这一组十人之中，竟然有四名刺客，而且，听起来这一组的实力也同样不弱。神秘的灵魂圣殿一号人物将在这一组出战，还有魔法圣殿的二号人物。

当四名刺客站起身，跟随工作人员往外走时，原本还有些庆幸的他们，脸色却瞬间变得难看起来。

没错，他们是没跟采儿一组，可是，他们看到了谁？那不是刚才和一号大姐坐在一起的那位吗？

虽然骑士圣殿和刺客圣殿都封锁了消息，但这些能够进入前十的刺客无不是年轻一代的精英，背后自然也都是有师承的。

他们隐约知道，前几天两大圣殿之间突然出现的紧张关系，就是因为一号大姐去刺杀了骑士圣殿某位参赛者，而原因竟然是为了另一名骑士圣殿参赛者。

毫无疑问，就是眼前这位骑士九十七号了。

看着龙皓晨那英俊得甚至可以用绝色来形容的脸，几位刺客更是默默认定了自己的猜测。他们心中哀叫不已，要是他们赢了这位九十七号骑士，甚至是伤到他的话，会不会……

龙皓晨自然不知道这些刺客在想什么，他一边跟随工作人员向外走，一边观察着本组参赛者。

最引他注意的是两个女孩子。

身材娇小一些的那位穿着一件看上去有些奇异的蓝色法袍,她看起来似乎比自己还小一点,一副柔柔弱弱的样子,时不时好奇地看向本组其他参赛者,脸上偶尔还会流露出几分娇羞。

另一名女孩子则要高挑许多,身高超过一米七,黑色的马尾显得干净利落,眉目如画,看上去温柔可人。但是,她背后背着一面比她还要高大的巨型盾牌。因为盾牌太长了,所以,她只能横向背着这面盾牌。

那巨大的盾牌除了顶端以外,两侧向下收拢的曲线竟然全都是锋刃状,两条曲线最终交会在一起,形成一个锋利的尖,整面盾牌看上去就像是一个巨大的利刃一般。

盾牌最厚的地方有一尺左右,正面有九个拳头大小的孔洞,里面是空荡荡的,不知道做什么用。

这盾牌多沉啊,连龙皓晨这样的骑士看着都有些犯怵,背在那少女身上却轻如无物。

圣盟执政府距离圣盟大试炼场并不远,很快,他们就来到了试炼场。

他们再次抽签后便确定了比赛顺序。分组赛要进行九天,每天都是五场比赛,参赛的十个人要分别与其他人进行战斗,最终排名按胜负场次数进行计算,直到决出前两名。第三名如果胜场次数足够多,也有出线的机会。

因为是循环赛,所以抽签并不是很重要。他们简单地完成了抽签之后,决赛阶段的第一场比赛就此开始。

猎魔团挑战赛的决赛甚至比初赛时更冷清,主席台那边观战的人都少了许多,只有六个人。但是,参赛者们不知道的是,这六个人分别来自六大圣殿,负责监督比赛进程,确保比赛的公平性。

比赛正式开始之前,龙皓晨等十人手中都多了一份名单,上面没有了编号,有的只是他们的名字。而龙皓晨第一场的对手,就是刺客圣殿的一员,名叫星璇。这个名字听起来很女性化,可实际上,他是一个相貌有些猥琐的瘦小青年。

"第一场,龙皓晨对星璇。出场比赛。"

决赛阶段的所有裁判都是七阶强者，从衣着上来看，今天的这位裁判应该是战士圣殿的七阶战王。

龙皓晨缓缓走入场地之中，左手持盾，右手持剑。他们这一组，数量最多的就是刺客圣殿的人，足有四人，除此之外，牧师圣殿两人，其他四座圣殿都只有一人。相比第二组来说，龙皓晨觉得自己的运气还算不错，进入前两名的机会很大。

"因比赛场地不适合刺客发挥，因此，场地内将升起四根柱子来掩护其身形，以保证比赛的公平性。"

也不知道机关是如何启动的，一根根粗壮的石柱从地面缓缓冒出，一直升到五丈高才停下来。有了这四根需要两个人才能合抱的柱子，对刺客来说，比赛的场地就有利多了。否则，在一马平川的试炼场内，他们的速度、闪避和潜伏能力根本就发挥不出来。

瘦小的星璇目光闪烁，看着龙皓晨，双眸里尽是戒备之意。他也在暗暗叫苦，怎么就让他先对上龙皓晨呢？换了别人，至少也能看一下一号大姐的反应。算了，先试探试探再说。

"比赛开始！"

伴随着裁判一声大喝，星璇不进反退，瞬间化为一道黑影，闪到一根柱子后消失了。对于一名优秀的刺客来说，最重要的就是永远不能让敌人找到自己的具体位置。

龙皓晨并没有追击，他站在那里，金色雾气徐徐升起，在他身体周围，闪耀着柔和的光彩。他正在蓄势。

第三组之中只有他一个骑士，因此其他参赛者都不知道他拥有怎样的战斗方式。

蓄势技能本就极为少见，就算是骑士圣殿那边，也不是所有人都认识，更别说其他圣殿的人了。

除了那位魔法圣殿的二号以及那个拥有巨大盾牌的女战士之外，其他人都一脸茫然，他们不明白龙皓晨在做什么。

龙皓晨在进行蓄势的时候，动作也是有所变化的。只见他左手光耀之盾护在胸前，右手光剑斜指地面，双脚一前一后，随时都可以做出最迅疾的反应。

星璇隐藏到柱子后，飞快地变换着自己的位置，同时也在观察着龙皓晨的动向。

他虽然不认识蓄势这个技能，但刺客的感知力一向是很敏锐的，他能清楚地感受到龙皓晨正在以惊人的速度变得越来越厉害。毫无疑问，他在使用某种技能，而且，还是时间越长威力越大的那种技能。

能够进入决赛的几乎没有弱者，星璇这时候也顾不得一号大姐的想法了，出于本能，他在最短时间内做出了反应。

身形一闪，他已经从空中腾跃到了龙皓晨左后方一根石柱之上。在他腾跃的时候，双臂与两肋之间各自连接着一个皮膜。

这是刺客的一种特殊装备，名叫御风翼。它能够在短距离内产生滑翔效果，攻击敌人时也能用来改变方向，是六阶以下刺客最喜欢的装备。

星璇就像是一片树叶般飘落在地，没有发出任何声音，紧接着，他整个人几乎是紧贴柱子朝着龙皓晨飞身而去，整个过程不但迅疾，而且竟没有发出半点破空之声。

这是敛息，刺客必修技能。

龙皓晨一直都保持着蓄势的动作，身体周围的金色雾气也变得越来越浓。

星璇的速度极快，几乎只是几次眨眼的工夫，就已经到了龙皓晨背后。他突然攻击，双手中各多出一柄通体漆黑的匕首，左匕直奔龙皓晨背部刺去，右匕则朝着龙皓晨脖子的位置抹去。

当然，龙皓晨如果没有反应的话，星璇并不会真的将他击伤，这毕竟只是一场比赛，而不是生死相搏。

就在星璇双匕同时攻出的那一刹那，龙皓晨动了。

龙皓晨的左脚迅速向前踏出半步，只有半步，然后肩头一晃，整个人向左侧倒去。

与此同时，他以左脚为支点，身体做出一个迅疾无比的旋转动作，整个人就由背对着变成了面对着星璇。

星璇那一击自然是毫无效果地偏了，刺向龙皓晨背后的匕首则刚好贴着他的锁甲划过，在锁甲上留下一连串火星，却没有刺中龙皓晨的身体。

盾挡冲击，龙皓晨几乎是在自己重心根本不稳的情况下发出了这个技能。只见光耀之盾上金光绽放，一团炽烈的光芒瞬间从盾牌上弥散开来，化为一面直径足有两米的大盾，直接撞向星璇。

五阶！

只是一瞬间，星璇就判断出了龙皓晨的修为，能将盾挡冲击发挥出如此威力，只有一个解释，那就是五阶。

他根本顾不上思考其他，身体在空中瞬间蜷缩为一团，灵力外放的同时，手中双匕飞快前点，同时刺在光耀之盾上。

"砰！"

星璇整个人应声飞出。

龙皓晨的修为已经正式进入了五阶境界，液态灵力施展的盾挡冲击本就不是星璇所能抵挡的，更何况还加上了蓄势效果。这种战斗方式，就像是一拳轰在一只苍蝇身上似的，苍蝇又如何抵挡得住？

但是，刺客也有刺客的优势。星璇虽然受到了相当强烈的冲击，但在那短暂的时间内，他也借势后跃，化解了绝大多数冲击力。他的双臂已经麻痹了，不过至少没有真的受伤。

龙皓晨不动则已，动则如风如火。在他一击轰退星璇的同时，他整个人已经如同闪电般发起了突击。

突击是骑士五阶技能，刹那间，只见光剑横空而出，一道金色光刃瞬间斩出，直奔对手追去。

正是光斩剑。

此时，星璇在空中根本没有借力的地方，再加上被盾挡冲击撞得全身麻痹，想要躲光斩剑，谈何容易？

要是被龙皓晨这五阶的光斩剑命中，他就直接输了。

星璇凭借他的修为再次向所有人证明了：能够闯入决赛的人，绝非弱者。面对如此不利的局面，他的左臂猛然张开，肋下御风翼伸展，身体竟借着御风翼的作用迅速偏转，险而又险地避开了龙皓晨的光斩剑，双脚落地后迅速一弹，瞬间消失在一根石柱之后。

龙皓晨脸上流露出一丝惊讶，但他并没有追击，反而停住脚步，和刚才一模一样，再次用出了蓄势。

看他那镇定的模样，很明显一点都不着急。

藏身到石柱后的星璇却在大口大口地喘息着，心中思忖，难怪他能成为一号大姐的朋友，五阶强者啊！

刺客遇到同阶骑士本就吃亏，更何况双方修为还有着质的差别，星璇这一照面就落了下风。而且看龙皓晨那镇定的模样，根本就没有受他引诱。

不能硬拼，或许用游击战术还能有一线机会。

这样一想，星璇就更不会出去了。

"我不主动进攻你，你积聚灵力的能力再强，你找不到我在什么地方又能有什么用呢？"

想到这里，星璇再次变换方位，不客气地潜伏在那里，一动不动。

龙皓晨似乎一点也不担心自己找不到对手，他不但没有停止自己的蓄势，反而缓缓闭上了双眸。

比赛场地内顿时陷入了一片静默。

但是，裁判并没有阻止这样的比赛继续下去，身为七阶战王级强者，他当然很了解蓄势这个技能。龙皓晨将全部内灵力蓄势完毕后，如果不发动攻击，他的灵力自然就会散去，也就会输掉这场比赛。

这位裁判也想看看龙皓晨能怎么办。他不明白的是，为什么龙皓晨始终不动，反而要使用这蓄势技能，这样做真的有利吗？

隐藏于暗处的星璇一直都在观察着龙皓晨的情况，他越观察越不敢出去。此时，龙皓晨整个人都因为蓄势而变成了灿烂的金色，那浓郁到恐怖的光元素，随时都有可能爆发出无与伦比的强大攻击。

星璇现在没有别的选择，他只能躲藏下去，不断使用刺客的敛息技能，不敢有丝毫动静。

虽然，他也看到龙皓晨闭着眼睛，但有采儿的强大闭目攻击在前，他又怎敢大意呢？

时间一分一秒地过去了，龙皓晨的蓄势足足持续了两分钟的时间。

看上去两分钟很短暂，可在比赛之中竟然静默了两分钟之久，这就不正常了。

正在这时，龙皓晨终于动了。他身体周围的氤氲雾气悄然消失，手中的光剑却举了起来。

炽烈的白光呈井喷式爆发，几乎只是一次呼吸之间，他那光剑就已经完全变成了白色。

正是圣剑。

因为蓄势给他带来了大量的压缩灵力，此时，龙皓晨再使用圣剑的时候，竟然少了积蓄的过程。

龙皓晨的目光朝一根石柱看去，似乎已经锁定了他的目标。

隐藏着的星璇却大大松了口气，龙皓晨看着的那根石柱与他所在的位置正好相反。

虽然龙皓晨展现出的实力极为强大，但如果他这蓄势一击失败的话，或许自己还有取胜的机会吧。

最好是战成平手，那样就不怕一号大姐有所不满了。

就在星璇内心盘算的时候，龙皓晨手中的光剑已经劈出了，炽烈的白光化为一道巨大的光刃劈斩而出。

令星璇无比骇然的是，龙皓晨虽然看向另一个方向，可那光刃所指，正是他所在的位置。

不可能，他怎么可能找到我？

这是星璇心中唯一的想法。

但是，在这个时候他怎敢再躲下去，天知道那石柱结不结实。龙皓晨以圣剑发出圣光斩，就连那位战王都感受到了一定的压力，更何况是星璇。那如山岳般的压迫感，令星璇心中充满了恐惧。

星璇双脚用力在石柱上一蹬，整个人就已横飞而出，试图躲开龙皓晨的攻击。

但是，也就在这个时候，龙皓晨眼中突然红光一闪，不远处横飞而出的星璇身上顿时多了一层红色。

第32章
奇葩之战

这是骑士六阶技能,锁定。

以杨文昭那样的实力,在这锁定技能之下都吃了不小的亏,更何况是修为不如龙皓晨的星璇。

无论他的闪躲能力有多强,当锁定技能完成的刹那,圣光斩在空中瞬间转向后,就会追着他的身体斩过去。

对于刺客来说,最惧怕的就是骑士的锁定技能。当刺客修为达到六阶,学会隐身技能后,才能有克制锁定技能的措施。

但是,这锁定红光仅仅闪烁了一刹那,就消散了。出现得快,消失得也快。

因为星璇是持续横飞的,圣光斩没有锁定红光的指引,只能往前飞,然后直接轰在了地面上。

"噗!"

地面上骤然一亮,紧接着,其他参赛者都看到了骇人的一幕。

一道长五丈,深达三丈的巨大沟壑赫然出现在地面上,而且周围的黄土全部变成了褐色,显然是被光元素灼烧所致,浓郁的光属性气息在比赛场地内弥漫着。

星璇双脚落地,眼中闪烁着惊疑不定的光芒,就在前一瞬间,他还以为自己要输了。

此时，他回头看了看。当他看到那巨大的沟壑时，身上的衣服瞬间就被汗水浸透了。如此强大的一击，要是落在自己身上，恐怕连骨头渣子都不会剩下吧。

毫无疑问，是龙皓晨自行解除锁定才让这一击没有真的落在他身上。

他心情极度震惊和紧张，脱口而出的是："我认输，多谢大姐夫手下留情。"

龙皓晨想到了星璇会认输，但他这称呼令龙皓晨一愣，大姐夫？什么大姐夫？

"龙皓晨胜。"

裁判一边宣布着龙皓晨获得本场比赛的胜利，一边用讶异的目光看着他，因为，连这位七阶强者都没看出龙皓晨是凭借什么能力找到星璇的准确位置的。

他们当然不知道龙皓晨的精神力异于常人，如果直接寻找使用敛息技能的刺客，那么他也找不到。但是，之前星璇是在他眼前开始闪避、潜藏的。龙皓晨凭借着感知力和自身强大的精神力始终锁定着星璇的运动，他闭上双眼就是为了进一步集中精神做出准确判断，这也是他会从容使用蓄势技能的原因。

五阶骑士，这已经令其他三组参赛选手心中充满了警惕。而且他们发现，龙皓晨一直都没有释放坐骑，这样的五阶骑士要是再有一匹强大的坐骑，实力必定更上一层楼。

最郁闷的就属那几名刺客了。

锁定，这位"大姐夫"竟然拥有骑士六阶技能锁定，这还怎么打啊？毫无疑问，他们只有争夺小组第二的可能了。

就在龙皓晨这边克敌制胜，获得了第一轮胜利的同时，第二组那边的比赛也在如火如荼地进行着。

"第二场，林鑫、司马仙，上场比赛。"

林鑫并不认识光头牧师，他一边向试炼场中央走去，一边打量着对手。

这家伙身穿牧师袍，可是，他也太健壮了吧，牧师的身体不都应该是相对瘦弱的吗？

带着疑惑的心情，林鑫走到场中。

司马仙却没有他那么紧张，这位光头牧师从来就不知道什么叫怕，他拿着那柄粗大的法杖，大步流星地走到场地中央。

裁判沉声说道："由于牧师不善于攻击，因此，决赛阶段凡是有牧师参与的比赛，只要牧师能够防御十分钟不败，即为胜利。比赛开始。"

牧师在团队中最重要的作用就是治疗和辅助，因此，如果比拼战斗，对牧师来说显然是极不公平的，所以猎魔团选拔赛才有了这样的规定。

林鑫向司马仙露出一个自认为最帅气的微笑，道："司马兄你好，我是魔法圣殿一号，也是魔法圣殿初赛第一。不如你自行认输吧，要是伤了你，岂不是会影响你后面的比赛吗？"

牧师最怕的是刺客，其次就是魔法师，因为魔法师的攻击力是六大圣殿中公认最强的，林鑫这是在告诉司马仙，我的攻击很强，你顶不住的，自己认输，省得丢人。

要是换一名牧师，或许真会被他魔法圣殿初赛第一的名头吓到。可司马仙会吗？这家伙虽然是个牧师，但心中只有战斗。

"认输？哼，我牧师圣殿初赛第一的面子何在？我来了。"

司马仙一边说着，一边大步流星地直接朝着林鑫冲了过去，黝黑法杖顶端的淡金色宝石骤然亮起，浓郁的神圣气息扩散而出，彰显着他牧师的身份。

这家伙真是个棒槌，林鑫心中暗骂一声。他右手一抬，火云晶法杖已经出现在他手中。浓郁的火元素瞬间释放，密集的火元素使得他身体周围的空气都变成了淡红色。

看到这一幕，别说李馨吃惊，就连采儿都因感受到空气中浓郁的火元素而皱了皱眉头。

林鑫手中的火云晶在身前一指，一面巨大的火焰盾牌就随之横空出世。这是一个两阶的火盾技能，但从林鑫手中用出来，这火盾高度足有一丈，宽半丈，将他的身体完全挡在后面。与此同时，浓郁的火元素也令场地内的空气瞬间变得炽热起来。

司马仙心中也是一凛，但他丝毫没有停下冲锋的脚步，大喝一声，手中法杖直接朝着面前的火盾砸了上去。

这……这是牧师？

林鑫瞪大了眼睛，差点惊呼出声，三组中观战的其他参赛者也有着同样的想法。

"噗！"

火盾剧烈地晃动了一下，被砸中的位置明显凹陷，凹陷周围还出现了众多细密的裂痕。

司马仙的动作可没有停止，巨大的法杖上下翻飞。

"轰、轰、轰、轰……"

一连串的轰击全都砸在火盾之上，顿时火光四溅，眼看着那火盾就撑不住了。

林鑫这才反应过来，暗骂一声："我……"

火云晶再次被举起，也不见林鑫念咒语，一圈炽烈的火焰光环已经绽放，正是抗拒火环。

和火盾一样，他这抗拒火环比正常形态大了至少一倍。

但是，也就在这个时候，司马仙法杖前段的金色宝石骤然亮起，释放出一圈白色光芒，与抗拒火环猛烈地撞击在一起。

正是圣光爆震。

抗拒火环与圣光爆震同时消散，司马仙手中法杖横扫而出，"轰"的一声，火盾也随之消散。

林鑫是五阶魔法师，司马仙修为只有四阶，双方灵力是有差距的。此外，林鑫对火元素的控制力极为强大，在火盾消散的一瞬间，又出现了另一面火盾，与此同时，他再次释放出一个抗拒火环。

这次，他顺利地将司马仙撞击得后退出去。

"有没有搞错啊？这家伙难道不是战士吗？披着牧师皮的战士。"林鑫心中一阵咒骂，口中喃喃地念叨了几句咒语，顿时，六个金红色的火球迸射而出。

就在所有人都以为他要进攻的时候，这六个金红色火球分别停在他身体的六个方向，然后围绕着他的身体徐徐旋转起来，一个炽烈的金红色光罩随之出现。

"元素火盾，我看你还怎么破我的防御！"林鑫忍不住怒喝一声。

司马仙不屑地撇了撇嘴，道："元素火盾又怎样？一样破开！"

他一边说着，一边大喝一声，再次冲上前去，手中法杖上下翻飞，大有披荆斩棘之势。同时，他还释放出一个巨大的圣光之锤，狠狠地轰击在那元素火盾之上。

一时间，试炼场内，火光、金光不断绽放，浓烈的灵力波动不断在场中激荡。

"李馨姐姐，我怎么有些听不懂了？"采儿略微有些茫然地向李馨问道。

李馨苦笑道："别说你听不懂，我看都看不懂了。魔法师与牧师的战斗，居然是牧师主攻，魔法师主守。这实在是……"

奇葩，这绝对是一场奇葩之战。光头牧师司马仙一根法杖上下翻飞，宛如蛟龙出海，不断轰击着林鑫的防御。

林鑫也毫不示弱，一个个防御技能不断释放，任由司马仙的攻击如何密集，他自岿然不动，不释放任何攻击技能。

林鑫手中的火云晶偶尔补上一个防御，他有些得意地道："光头，不行了吧。你倒是破掉我的防御啊，我看看你怎么破。哼哼。"

司马仙冷哼一声，道："有什么可得意的！我用肉体力量攻击你，你消耗的却是内灵力，早晚把你灵力耗光，到时候我看你还怎么挡我的攻击。"

其实他也奇怪得很，以林鑫所展现出的强大灵力，如果他用出几个强大的攻击魔法，自己未必挡得住。自己虽然擅长攻击，但牧师的防御能力一个不会，可是，这家伙始终不攻击，这是为什么？

林鑫不屑地撇了撇嘴，左手张开，光芒一闪，手中已经多了个水晶瓶。

"想耗光我的灵力，你简直是白日做梦。哥有药。看到了没，这瓶子里的丹药每一颗都能恢复二百点灵力，我看你肉体的力量能坚持多久。"

司马仙瞪大了眼睛，道："你这分明是耍赖。"

林鑫得意扬扬，道："什么叫耍赖？大赛又没规定不许吃药。哥有药，哥有药，你有吗？更何况，就你这点灵力，能不能逼得哥吃药还另说呢。"

林鑫火云晶法杖在手，加上液态灵力，低阶防御魔法在他手上都能发挥出数倍的效果，灵力的消耗自然就慢得多了，司马仙想破开他的防御还真不容易。

"停！"

正在这时，裁判一声大喝，喊住了处于僵持中的两个人。

"比赛结束，司马仙胜。"

"啊？"

林鑫一脸抓狂，道："他怎么就赢了，裁判，您没看到他破不了我的防御吗？"

裁判没好气地看着他，道："你是牧师还是他是牧师？十分钟了，知道不？你们两个奇葩赶快给我下去。"

"呃……"

林鑫这才想起来，自己的对手是牧师，不是战士。

十分钟限定时间到了，只不过是他防御，人家攻击。

司马仙也反应了过来，顿时毫无形象地哈哈大笑起来，道："哈哈哈，你这傻子，哥是牧师。"

司马仙向场边走去，一边扭动着壮硕的屁股，一边学着之前林鑫傲慢的样子，道："哥有药、哥有药……"

场边休息区的其他八人都有种哭笑不得的感觉，这简直就是一对活宝啊！只是他们不能理解，为什么林鑫自始至终都没发出过一个攻击魔法？

唯有李馨心头暗动，她记起夜华的话，这林鑫极有可能不会攻击技能。

"下一场，采儿对李馨。双方出场。"

裁判似乎有种送走瘟神的感觉，毫不停顿地宣布下一场比赛的开始。

看着采儿，李馨真的有些为难了。这柔弱的小姑娘还是盲人，她怎么下得了手啊！

"采儿，我们上台吧。"

李馨已经想好了，能进入决赛她已经是运气很好，想要获得名次那几乎是不可能的。只有进入前十六才有得到奖励的可能，而要从这一组突围，显然不那么容易。既然如此，索性放水算了，也好向弟弟交代。

她一边想着，一边拉着采儿的青竹杖，带着她走入场地之中。

双方站定，正在裁判准备宣布升起对刺客有利的石柱时，采儿突然道："不用了，这场我认输。"

"啊？"

李馨顿时一惊，道："采儿妹妹，你……"

采儿对着李馨轻轻地摇摇头，手中青竹杖点地，径自向场外走去。

李馨赶忙跟着她走了出去，不战而胜固然是好事，可看着采儿那有些蹒跚的脚步，她心中大为不忍。

"采儿妹妹。"李馨扶住她的手臂，道，"你不用认输的，反正我也进不了十六强。"

采儿微微一笑，道："事在人为，说不定你能进入呢！"

就在第二组这边连续两场比赛以非正常状态进行完毕时，战士圣殿那边第三组也同样进行着一场奇葩比赛。

"陈樱儿、王原原出场比赛。"

结束了自己的比赛后，本来龙皓晨准备立刻就走去等采儿的，但是，当他看到上场的两人时，就立刻停了下来。

因为这上场的二位正是他们这一组中仅有的两名女性，而且都曾引起过龙皓晨的关注。

陈樱儿就是那名身材娇小，看上去十分柔弱的小姑娘。而王原原，自然就是那位背着盾牌的高挑少女了。

"砰！"

王原原将自己的重盾放在地上，发出一声沉闷的响声，周围的地面都被震得一阵颤抖，可见这盾牌绝不只是空有体积。

陈樱儿被吓了一跳，身体一抖，道："哇，姐姐，你的盾牌好重哦。"

王原原微微一笑，道："小妹妹，你是灵魂圣殿的吧。待会儿你可要小心，不行的话，你就认输哦。"

陈樱儿连连点头，看着那巨大盾牌，一副心有余悸的样子。

"比赛开始。"裁判宣布完后闪身后退。

王原原左手一带那巨大的盾牌，腾身而起，双腿飞旋，瞬间朝着陈樱儿发起了冲锋。她这一套动作的速度之快，甚至可以与骑士的突击技能相比。她手中的盾牌上更是闪耀起炽烈的青色光芒。

面对王原原闪电般的冲锋，陈樱儿竟然毫不惊慌，双手做出一个捧心的动作，一个硕大的水晶球就已经出现在她手掌之中了。

随着"嗡"的一声轻响，一阵柔和的能量波动从那水晶球中释放，一圈水波般荡漾的灵力开始向外扩散。

王原原的速度虽然很快，但终究没有灵力释放速度快，在她距离陈樱儿还有十米的时候，那一道无形的波纹就挡住了她的去路。

"啊，嘿！"王原原大喝一声。

她扬起手中巨盾，将下方尖端向前。在她手臂的带动下，这巨大的盾牌竟然凌空飞起，宛如一面重斧，狠狠地斩向前方无形的屏障。

"噗"的一声轻响，王原原只觉得自己仿佛陷入了一片棉花之中。

这一击并没有遇到太明显的阻挡，但是，那柔软如棉的感受瞬间束缚住了她，紧接着，一股柔和的弹力将她向外送出，她连人带盾在空中翻转一周后，稳稳落地。

怎么回事？王原原流露出惊疑不定的神色。

她以前也和魔法师战斗过，但与召唤师战斗还是第一次，这样的情况更是从未遇到过。那看上去娇小柔弱的陈樱儿，似乎并不好对付啊！

陈樱儿仿佛根本没看到王原原的情况，她的双眸一直盯着自己手中那枚足有人头大小的水晶球。

柔和的淡蓝色光芒从水晶球上洒落，骤然间，一个淡蓝色的六芒星出现在她面前的地面上。

场中的灵力波动自始至终都十分柔和，但是，当那淡蓝色六芒星出现的一瞬间，陈樱儿的脸色突然变得苍白起来，身体甚至有些摇摇晃晃。

紧接着，一扇大门就从那六芒星中缓缓升起。

那是一扇极为华丽的大门，宽两丈，高度足有四丈，当它从地面升起之时，似乎有无数光影围绕着它兴奋地雀跃着。

各种奇怪的声音也随之响起，虫鸣、鸟叫、狗吠、虎啸、龙吟，无数生物发出的声音就在这试炼场内回荡着。

华丽的大门周围有无数雕刻，那似乎是一只只魔兽，这些魔兽的情绪无一不是亢奋的，但是，偏偏又无法看清楚这些魔兽都是什么。大门周围还隐约有一层淡蓝色的武器，不时泛起一丝丝青色的光芒。

"生灵之门？"

不远处的裁判几乎脱口而出。他看着陈樱儿，脸色顿时大变。

龙皓晨也瞪大了眼睛，如此奇异的景象，他也是第一次见到，联想起之前在宣布这一组名单的时候，似乎有灵魂圣殿的召唤师第一号。

难道就是这看上去年纪还不如自己大的小姑娘吗？这就说明，她至少是一名五阶强者，而这生灵之门又究竟是什么？

最紧张的人无疑就是正处于比赛中的王原原了，她放缓了动作，没有急于进攻，将自己的身体略微蜷缩。

隐约中，一丝丝霸道的气息开始从她体内扩散，炽烈的青色光芒笼罩着她的身体与手中的盾牌。没有人看到，此时，她的左手中已经多了一枚硕大的宝石，不知道是做什么用的。

"开启吧，生灵之门！万物之灵听我召唤，归来吧，我的伙伴！"陈樱儿清脆的声音在试炼场的中央响起。

紧接着，那生灵之门中似乎出现了一圈圈白色光晕，一道白光从其中射出，出现在大门之前。

王原原手中的巨盾已经扬起，另一只手上的宝石也随时准备塞入盾牌九个孔洞之一。但是下一刻，她停止了手上的动作，同时张大了嘴，仿佛看到了什么不可思议的事情。

不仅仅是她，包括裁判还有参赛者们的反应都是一模一样的，他们全都张大了嘴，不敢相信地看着眼前的一切。

是的，这实在是太不可思议了！

那巨大的生灵之门前，确实是出现了一只召唤兽。但是，它的身体和生灵之门完全不成正比。

"咩！"

召唤物轻柔地叫了一声，柔软的小身子略微动了动，似乎对眼前的气氛有些害怕。它掉头就跑，来到陈樱儿身前，朝着她跳啊跳的，似乎是要寻求保护。

没错，那是一只小羊羔，看上去身长不过一尺的小羊羔。

它柔软而有些卷曲的羊毛看起来分外可爱，一双水汪汪的小眼睛眨巴眨巴的，似乎是想要吃奶了。

陈樱儿哭笑不得地将它从地上抱起来，跺了跺脚，道："真倒霉，运气不好，我认输了。"

巨大的生灵之门徐徐没入地面，最终消失不见。陈樱儿抱着小羊羔，在王原原目瞪口呆的注视下，就那么悻悻地走了。

显然，她对自己的表现很不满意。

"这个……"裁判已经不知道该说些什么了。

当他看到生灵之门的那一刻，整个人都吓傻了。他是知道生灵之门的，它是强大的召唤类魔法，在灵魂圣殿中只有八阶职业者灵帝以上修为的人才能够使用。通过生灵之门，他们能够召唤出极其强大的生灵为自己所用。最大的好处就是，通过生灵之门召唤的召唤兽绝不会反噬召唤者，在其存在的时间内，完全受到召唤者的控制。

可是，这么一个强大的八阶魔法，竟然从一个小姑娘手上用出来，怎能不让人震惊呢？

最终的结果令人哭笑不得，她居然只是召唤出了一只小羊羔。

毫无疑问，这又是一场奇葩的比赛。

龙皓晨眼睁睁看着陈樱儿从自己面前走了出去，嘴角不禁抽搐了一下。他突然想起，好像前几天听老师说过，灵魂圣殿那边出了一个天才，曾经在比赛中召唤出八级魔兽，应该就是她吧。可是，她能召唤出八级魔兽，刚刚这小羊羔又是怎么回事？

王原原赢得也是一头雾水，她悄悄地收好手中的宝石，带着满心的疑惑走出试炼场。

龙皓晨惦记着采儿，没有再多停留，快步走出场地后，直奔和采儿约定的地方而去。

因为第二组那边林鑫和司马仙的比赛足足打满了十分钟，所以龙皓晨来到目的地的时候，采儿还没有来。

终于算是早来一回了，龙皓晨松了口气，站在那里静静地等待着。他从来都不知道，原来等待也是这样让人期盼的事情。

"嗒、嗒、嗒。"

细微的声音从远处传来，龙皓晨的听力相当不错，他立刻就捕捉到了这熟悉而亲切的声音。抬头看去，他正好看到采儿朝着这边走来，李馨也在，扶着她的一只手臂，看到这边的龙皓晨，李馨还向他挥了挥手。

"皓晨。"

龙皓晨露出一丝会心的微笑，正当他准备迎上前时，一种毫无预兆的炽热感骤然出现。这炽热感是从他额头处产生的，就像天空中有一个巨大的熔炉，突然朝着龙皓晨笼罩了下来似的。下一刻，他的大脑已是一片空白。

远处，李馨扶着采儿正向龙皓晨走去。突然，她惊骇地看到，龙皓晨额头上亮起了一团紫光，隐约中能够看到那紫光有九个分支，紫光骤然一闪，龙皓晨就那么凭空消失了。

"怎么回事？皓晨！"李馨焦急地大喝一声。她身边的采儿也立刻感觉到了不对，急忙问道："馨儿姐姐，怎么了？"

"皓晨、皓晨不见了！"李馨拉着采儿冲到之前龙皓晨消失的位置目光呆滞地说道。

不只是她们吃惊，凡是看到了那一幕的路人们也都发出一声声惊呼。

"怎么会……怎么会突然消失了？"李馨难以置信地说道。

反倒是采儿还较为冷静，她抓住李馨的手，道："姐姐你别着急，到底发生了什么，你说给我听听。"

无论她其他的感觉有多么敏锐，她终究是看不见的。刚才，她也只是感受到一股奇异的灵力波动一闪而没，下一刻就传来了李馨的惊呼声。

李馨将刚才所见到的情况仔细地讲述了一遍。

听了她的话，采儿的脸色也变得凝重起来，以她的认知，同样不知道发生了什么事。

"姐姐，这样吧，你先回去，看看能不能等到皓晨回来。我也去找师长询问一下，事出必有因，一定是出了什么事。"

"好，一有消息我第一时间通知你。"

刚才一路走来，她已经知道采儿住在什么地方了。

采儿虽然表面冷静，但内心的焦急比李馨有过之而无不及。龙皓晨消失得实在是太古怪了，完全无法以常理度之。

采儿没有返回住处，青竹杖急促点地，直奔圣盟执政府而去。

十分钟后，采儿已经站在影随风面前。

影随风眉头紧皱，道："听你的话，那小子似乎是被某种法阵传送走了，而且，还是非主动转送。那么就只有三种可能：第一种就是他与什么生物缔结过主仆契约，他是从属的一方，为主的一方需要他的帮助，将他召唤而去。第二种可能就是他中了什么强大的诅咒，被诅咒强行破开空间拉走了。第三种就是他的平等契约伙伴受到致命的威胁，他被临时传送过去帮忙。

"其他的可能虽然也有，但我能想到的暂时只有这三种。以当时那种情况，他既然是在等你们，就不可能自行使用传送卷轴之类的东西。他又不是魔法师，更不可能学会空间类的传送魔法。所以，我估计最大的可能就是他被他的契约伙伴拉走了。你也不知道他有什么坐骑伙伴吗？"

采儿茫然地摇了摇头，立刻追问道："影子爷爷，那他会不会有危险？"

影随风苦笑道:"这个很难说。如果真的是被他的契约伙伴叫走了,那就要看他这个契约伙伴的强弱了。契约伙伴越强,他遇到危险的可能就越大;反之,如果契约伙伴很弱小,那么,危险性就会小得多。别说是你,就算是我这种修为的职业者,在没有准确坐标的情况下,也不可能找到他,因为他很可能直接被传送到另一个空间了。所以,你现在着急也没用,你能做的就只有等下去,等他自己回来。"

"那他如果回不来呢?"采儿的双手渐渐握紧。

影随风深吸口气,沉声道:"那就证明,他死了。"

采儿身体颤抖了一下,转身就走。

"丫头,你干什么去?"影随风急切地问道。

采儿头也不回,道:"去他失踪的地方等他。如果像您说的这样,那么,他回来的时候一定会出现在被传送走的位置,那是他的坐标。"

龙皓晨真的是被传送走了吗?答案是肯定的。而且,也正像影随风所猜测的那样,他是被自己的坐骑伙伴凭借契约强行拉走的。

意识渐渐恢复,灼热的感觉传遍全身,龙皓晨也回过神来。

"喀喀。"

龙皓晨才一传送出来就忍不住咳嗽起来,因为空气中蕴含着大量的粉尘,还有众多狂躁的魔法元素,极为浑浊,他只是吸了一口,就被呛着了。

他下意识地释放出一个灵光罩,将自己与外界的空气隔绝开来。凭借灵光罩的过滤作用,接连呼吸了几口干净许多的空气,他这才缓了过来。

这是哪里?

龙皓晨手上勿忘我戒指光芒闪烁,光剑和光耀之盾已经出现在手上。面对危险,他得先保持冷静,第一时间做好保护自己的动作。

呼吸平稳后,他发现自己处于一座山的半山腰,眼前所能看到的景象令他顿时产生强烈的震撼。

这是一个黑与红的世界。天空中黑沉沉的,根本看不到半点星斗。空气中有着浓郁的暗元素和火元素,其他属性的元素也有,但非常驳杂,不如暗元素和火元素这么充沛。

放眼望去,大地上到处都有裂开的痕迹,甚至能够看到一条条流淌着岩浆的河流纵横交织。

难怪这里的温度这么高。龙皓晨在震撼的同时,心中也充满了警惕。我怎么会来到了这里?

他下意识地感受了一下之前自己额头上散发出的灼热的紫光。

正在这时,熟悉的呼唤在他心底升起,龙皓晨心头剧震,失声地脱口而出:"皓月。"

在他背后是一个不大的洞穴,他猛地转过身,看到里面似乎有光芒若隐若现地透出来。

没错,那是皓月的气息。

龙皓晨此时已经完全从传送过程中清醒了过来,他给自己又套上一个圣光罩,然后快步向洞穴内走去。

洞穴并不深,他很快就看到了皓月,此时,皓月的样子却令龙皓晨大吃一惊。

皓月匍匐在那里,气息显得十分微弱,小光和小火的头都垂在地面上,它的身体比离开时似乎增大了一些,脖子处的那个凸起也明显变大了许多。

但是,皓月身上有十余处鳞片龟裂,隐约有紫色血液渗出。最为奇特的是,从它体内正不断泛起一层层青色光泽,伴随着呼吸,几乎是每三次就会闪烁一次。

"皓月,你怎么样?"龙皓晨毫不犹豫地将一个圣光罩套在皓月身上。圣光罩带来的金光持续治疗着皓月身上的伤口。

皓月精神一振,小光和小火勉强抬头看向龙皓晨,一连串的信息通过血契传递给了龙皓晨。

皓月没有解释它为什么会变成这个样子,只是告诉龙皓晨,这是它原本所在的空间,它正在进化,已经到了最后突破的边缘。

而这个时候它是最虚弱的,需要龙皓晨的保护。只要完成进化,它就可以和龙皓晨一起返回圣魔大陆了。

"皓月，你放心进化吧。我为你护法。"龙皓晨毫不犹豫地说道。

他再次给皓月身上套了一个圣光罩，给它持续的治疗，之后他转身，走出洞穴，守在洞口处。

这是另一片空间，这里的一切都与圣魔大陆不一样。

如果说心中没有一点恐惧的话，那是不可能的。但对龙皓晨来说，更重要的是皓月的安危。

皓月是他的兄弟，他们体内都流淌着对方的血液，如果不是处在极度危险的境地，皓月又怎么可能将自己强行召唤过来呢？

第33章
皓月进化

龙皓晨盘膝坐在地上,依旧用灵光罩护住自己的身体,隔绝外界的有害空气,同时默默地吸收着空气中的光元素。

对于龙皓晨来说,这个世界绝不是什么好地方,因为这里的光元素实在少得可怜,甚至还不及圣魔大陆的百分之一。他必须要不断过滤空气中杂乱的魔力元素,才能汲取到一点点。

龙皓晨从怀中取出两瓶药,其中一瓶正是那每颗能够提升二百点灵力的丹药,龙皓晨把它命名为回灵丹。另一瓶则能够瞬间激发潜能,提升整体战斗力百分之二十,持续三十秒,用后虚弱十二个时辰,龙皓晨给它命名为爆灵丹。

在这无法吸收到更多光元素的地方,这两瓶丹药的作用可想而知。龙皓晨静静地站在洞口,小心翼翼地感受着周围的一切,同时也不断观察着四周。

就在这时,洞穴内传来一股澎湃的灵力,还有一股奇异的灵力的气息。

一道紫色的光芒在下一瞬间就弥散了出来,不只是从洞口处扩散而出,甚至还透过周围的岩石散发到外界的空气中。

皓月在突破了。

龙皓晨忍不住心头一紧。

刚才皓月告诉过他,一旦它完成最后的突破,身上散发出的气息很可能会引来强大的魔兽,在这个时候,它的处境最为危险。

随着这紫色气流的出现，龙皓晨突然惊讶地感觉到，自己体内也开始出现一种淡淡的炽热感，他低头看去，自己皮肤下的血管竟然变成了淡淡的紫色。强大的力量在体内不断滋生，肉体的力量也持续增强，此时，龙皓晨只觉得自己的外灵力正井喷式提升着，举手投足之间，他的外灵力似乎变得更多了。

"皓月的进化能促使我的外灵力提升？"龙皓晨只是略作思考，就明白这是怎么回事了。

毫无疑问，这种提升来源于血契。他和皓月体内都有彼此的鲜血，再加上契约的作用，是真正的血脉相连。因此，当龙皓晨修为提升的时候，皓月会有所感应，会得到一些好处；反之，当皓月进化的时候，龙皓晨也同样会从它身上得到一些提升。

看来，皓月当初异常渴望的石球，就是能够帮助它身体进化的。

正在龙皓晨思索的时候，突然间，他明显感觉到空气中的各种魔力元素变得狂暴起来，尤其是暗元素，就像是银河泻落一般，疯狂地朝着他背后的洞穴内灌注而去。无论多么狂暴的魔力元素，在这一刻似乎都只有一个目标，那就是他背后的洞穴。

龙皓晨甚至隐约看到，因为洞穴的吸引，天空中开始出现一团旋涡状的乌云，海纳百川般吸收着周围的一切灵力元素。

这么大动静，难怪皓月担心会有魔兽来攻击了。

龙皓晨更加警惕地观察着四周。他并没有发现，他额头上的契约符文再次出现了。

这符文一共有九条紫色纹路，原本这九条纹路中，只有前两条特别明亮，而此时，第三条纹路也开始变得明亮起来。

当职业者的修为突破到三阶之后，再想进阶，最关键的还是内灵力。无论外灵力如何提升，都无法影响职业的进阶。也就是说，哪怕职业者的外灵力达到两千点，如果内灵力没有达到两千点，也同样无法踏入五阶。

龙皓晨只觉得体内那种令他充满力量的温热感不断加强，却不知道自己的外灵力达到了怎样的程度。胸中，围绕在圣引灵炉周围的金色液体旋涡并没有丝毫变化，这是他好不容易才修炼出的液态灵力，也是他进入五阶的象征。

进入五阶后，龙皓晨明显发现自己修为提升的速度大大降低了。想要提升一点灵力，至少需要耗费以前十倍的时间，一天苦修下来，能够提升两三点灵力，就已经是极限了。

他又哪里知道，他这修炼速度要是说出去，绝对能够吓倒无数人。

修为突破到五阶后，哪有人每天修炼都能提升灵力！要是所有职业者都拥有这样的能力，那他们只需要持续修炼下去，迟早能突破到六阶。

伴随着实力的提升，龙皓晨那光明之子体质的好处也变得越来越明显，只不过他自己尚未察觉罢了。

对于职业者来说，五阶是成为强者的门槛，但是，想要真的跨入这扇大门，那就要突破到六阶才行。因为，只有到了六阶，才能真正地运用好液态灵力，开启灵窍，提升液态灵力修炼的速度。

"轰！"

一声剧烈的轰鸣令龙皓晨紧绷的神经绷得更紧，他低头向山下看去。

当他看到山下的情况时，顿时倒吸一口凉气。

只见大片大片的骷髅正飞快地朝着山上方向而来。刚才那一声轰鸣，是一具骷髅不小心踩掉了一块大石头，大石头砸到山下时发出的。

根本不知道这些骷髅数量有多少，几乎是一眼望不到边际。它们通体呈黑色，大小高矮不一，却都是人形。它们飞快地向上攀爬，目标显然就是龙皓晨背后的洞穴。

龙皓晨深吸一口气，略微后退半步，让自己的身体没入洞口，这样一来，他就不需要同时面对几个方向的敌人，只需要针对正前方进行防御就可以了。

他来不及思考别的，他现在所能做的，就是尽一切力量抵挡住这些骷髅，给皓月争取足够的时间。

洞穴内，此时的皓月身体正在剧烈地颤抖着，身上的鳞片已经完全裂开，之前龙皓晨施加在它身上的圣光罩的治愈效果已经荡然无存。

但无论是小光还是小火，都咬紧牙关，不肯发出一声惨叫，因为它们怕自己

的叫声影响龙皓晨。

皓月颈部的凸起已经长得和小光、小火的脖子一样长了，青绿色的光芒在上面不断闪耀着。皓月整个身体虽然一片血肉模糊，但是，一道道紫色光芒在它身上缓缓绽放。

从外界涌入的大量灵力元素疯狂地注入它的体内，极不稳定的灵力元素在它身上疯狂地肆虐着，那血肉模糊的身体也在不断地膨胀，它整个身体接连发出骨骼折断的噼啪声以及令人牙酸的甲片摩擦声。一股恐怖的气息悄然释放，小光和小火的双眼再次变成了紫色，冰冷无情，闪烁着妖异的光芒。

"砰！"

龙皓晨左手光耀之盾微侧，荡开黑色骷髅势大力沉的一刀，右手光剑一记突刺，击在骷髅胸口骨骼上。

离得近了，龙皓晨才更加清楚地感受到这些黑色骷髅的可怕，它们虽然只剩下骨骼，但这一身骨骼竟然坚若精钢，骷髅头的眼眶位置还冒着暗红色的火焰，而且它们的力量十分巨大。

真正与之战斗，龙皓晨才发现，这些骷髅身上的黑色并不是它们骨骼本来的颜色，而是蒙上了一层黑暗属性灵力。它们带着令人作呕的腥风，不断向他发起疯狂的攻击。

龙皓晨此时为自己的光明属性而深感庆幸，虽然这些黑色骷髅身体极为坚硬，但是，当他手中光剑和光耀之盾上散发出的光明气息落在这些骷髅身上时，它们明显十分畏惧。一旦龙皓晨的攻击落在它们身上，立刻就会冒起一股股白烟，很明显，光明属性对这些黑色骷髅有着不小的克制作用。

"咔嚓！"

光斩剑释放，接连三具骷髅被龙皓晨劈翻，也暂时阻挡住后面的骷髅。内灵力提升为液态灵力后，无论使用什么技能，威力都有明显增强。

龙皓晨略微喘息了一下，迅速服下一颗回灵丹。他的灵力消耗其实并不是很大，但面对眼前的情况，他又怎敢让自己的灵力消耗到一定程度后再补充呢？始终保持最佳状态，才是他最好的选择。

面对骷髅大军，他很少使用技能，尽可能节约着自己的灵力，这可不是一对一的战斗，也不是什么比赛，而是真正的生死相搏，稍有不慎，就要永远留在这里了。

一具具骷髅不断在他身前破碎，虽然龙皓晨有一夫当关，万夫莫开之势，但是，骷髅大军无穷无尽，他根本看不到胜利的曙光。

不过，在这种战斗中，龙皓晨也渐渐发现了守护骑士的好处。惩戒骑士的攻击、爆发能力无疑都比守护骑士强得多，可要论持续战斗能力，显然就远远不如守护骑士了。

守护骑士几个增益技能施加在自己身上后，每杀死一具骷髅，大约耗费他一点灵力。而且，他现在要做的不是全歼这些骷髅大军，那是不可能完成的，他只需要给皓月争取足够的时间。

这些黑色骷髅最大的缺陷就是傻，它们没有任何智慧，也不会任何技能，只是前赴后继，不断冲锋。在这种情况下，龙皓晨利用地势和回灵丹，还能坚持很长时间。

金色光罩升起，将龙皓晨保护在内，骤然变得浓郁一些的光元素也让他恢复了几分灵力。更重要的是，在圣光罩的保护下，那些骷髅暂时不敢冲上来。它们的身体只要进入这圣光罩范围，表面的黑色立刻就会消退。

龙皓晨大口大口地喘息着，一个时辰了，他已经在这里坚持了整整一个时辰的时间。

龙皓晨双臂酸麻得近乎无法抬起，他必须要不断催动内灵力来滋润自己的身体才行。回灵丹已经吃掉了六粒，可是，这种持续战斗远不只是消耗灵力那么简单，身体和心理的负荷都是影响自身持续战斗的重要因素。

眼看着手臂越来越沉，骷髅的攻击却越来越猛烈，龙皓晨不得不发动了手腕上灵光护腕附带的圣光罩。

夜华送给他的灵光护腕每天能够释放三次圣光罩。此时释放出来，不但不用消耗他的灵力，而且还有辅助他恢复灵力，治疗手臂酸痛的作用。龙皓晨的身体状态顿时大为好转。

但是，从他身后喷涌出的紫色气流越来越浓郁了，隐约间，他甚至能够听到皓月粗重的呼吸声。

坚持住，一定要坚持住，龙皓晨暗暗告诫自己，无论如何，他也要为皓月挡住这些骷髅。

就在灵光罩渐渐散去之时，突然间，一声凄厉的怒吼响起，原本不断冲锋的骷髅大军骤然一顿，左右分开，一道身影在远处徐徐飘浮而起。

"人类，竟然有人类出现在黑暗与火的世界。你可知道你守护的是谁吗？"

苍老的声音充满了强大的压迫力，那仿佛来自灵魂的威压令龙皓晨心头顿时一凛。龙皓晨再次释放一个灵光罩，同时吞下一颗回灵丹。

远处那飘浮在空中的身影是一名尸巫老者，黄褐色的长袍破破烂烂的，面容枯槁发灰，没有半分血色，一头乱蓬蓬的棕黄色长发早已失去光泽。它的右手之中握着一柄枯骨杖，脚下踩着一团乌云。龙皓晨看不到它的眼睛，因为在它眼眶内燃烧着两团幽绿色的火焰。

它竟然会说人类的语言？龙皓晨在惊讶的同时也更加警惕，道："我守护的是我的朋友，我的伙伴。"

尸巫老者冷哼一声，道："不，你守护的是转生的魔王，是这黑暗与火的缔造者。正是因为它的存在，这个世界才变成如此模样。空间破裂，岩浆在大地上流淌，无数种族因它而灭绝。强大的种族逃走了，无法逃离的全都变成了亡灵，也只有亡灵才能生活在这黑暗与火的世界之中。人类，我不知它用什么方法将你引来此处，你身上的光明气息令我恶心，你的行为更是令我愤怒。我给你一次机会，滚回你自己的位面去。今天，奥斯汀格里芬的气息正好出现在我的领地，虽然我只是一名尸巫，但我必须将它击杀，否则，谁也不知道当它恢复之后会怎样毁灭我们这个世界。"

龙皓晨疑惑地看着对面的尸巫老者，他不太明白对方话语的含义是什么，听它的意思，好像在说皓月很危险，甚至是破坏这个世界的罪魁祸首。

"皓月是我的兄弟，是我的伙伴。我相信的只有它。"龙皓晨徐徐说道。

他凭什么去相信一个尸巫，而且是一个带领着骷髅大军的尸巫。身为一名光明骑士，亡灵生物必然是他的敌人。

尸巫老者冷冷地说道："既然如此，那你就为奥斯汀格里芬殉葬吧！"

它说话的时候，手中枯骨杖朝着龙皓晨的方向一指，一声凄厉的尖啸骤然响起。

龙皓晨只觉得全身剧震，体内血液似乎都随着这一声尖啸而沸腾了，意识瞬间变得有些模糊。

他顾不得节约灵力，迅速举起了光耀之盾，同时，将守护恩赐和信念光环释放出来，落于自己身上。

光耀之盾在一定程度上可以说对防御黑暗、亡灵魔法有特效。而守护恩赐和信念光环都是光属性辅助技能，也有这种抵抗作用。

果然，尖啸声带来的影响骤然降低。龙皓晨脑中念头一闪，他毫不犹豫地举起了手中的光剑，金色灵力宛如水流般从他手中流淌而出，流入光剑之内，光剑上的淡金色渐渐被圣洁的白色所替代，正是圣剑。

看着圣剑上璀璨的圣光，尸巫老者眼中鬼火跳动，它明显有些恐惧。它的修为其实比龙皓晨高得多，之所以试图用言语赶走龙皓晨，就是因为它很畏惧龙皓晨的光明属性。

一连串艰涩的咒语从尸巫老者口中吐出，它将枯骨杖向下一指，顿时，无数骷髅瞬间破碎，那些黑色的骨骼以惊人的速度组合在一起，一具身体极其高大的黑色骷髅渐渐成形。

这是骷髅王，强大的组合型亡灵召唤生物。它身体高达两丈，右手之中有一柄长达一丈的黑色骨刀，它猛的一个跳跃，巨大的骨刀直奔龙皓晨所在的洞穴劈来。

"不好！"龙皓晨心中暗道。

他不敢再守在洞穴内，要是让这骷髅王的骨刀劈在洞穴上方，洞穴很可能会坍塌，那么他就要被活埋在里面了。

冲锋、止步、神御格挡。

龙皓晨的动作极为迅疾，施展一连串的技能，与黑色骨刀完全不成比例的光耀之盾硬生生地挡住了黑色骨刀的轰击。

轰然巨响中，这一刹那，龙皓晨只觉得自己全身骨骼似乎都要碎裂了，他体内的气血急剧翻腾，巨大的力量令他手中的光耀之盾上出现了一道几乎贯穿盾面的裂痕。

好强大的力量。

哪怕是在神御格挡的状态之下，此时，龙皓晨七窍中都已有鲜血流淌，脚下的岩石寸寸龟裂，可见这黑色骷髅王是何等强大。如果不是他的修为已经突破到了五阶，再加上皓月进化给他带来的同步进化，恐怕这一下就要将他震得昏厥了。

龙皓晨毫不犹豫，第二次开启了灵光护腕上的圣光罩，同时将一颗爆灵丹抛入口中。他纵身跃起，手中光耀之盾收起，火剑出现。龙皓晨双手双剑，借助神御格挡带来的光之复仇瞬间加速，只是一个腾跃，就到了骷髅王面前。

对于龙皓晨身上冒起的圣光罩，骷髅王也有些恐惧，这是天生属性相克，所以它的动作略微停滞了一下。

龙皓晨左手火剑一带，使出光斩剑，一道带着火焰的金色光芒狠狠地劈在骷髅王身上。

"嗷！"

骷髅王怒吼一声，上身骤然扬起，光斩剑本身的威力对它而言根本不算什么，但光斩剑上面附带的光明属性令它身上冒起一股白烟，所以它的身体承受了剧烈的痛苦。

尸巫老者眼中鬼火跳动，枯骨杖在空中一挥，骷髅大军顿时朝着龙皓晨让开的洞穴冲了过去，与此同时，一道漆黑的光芒从它的法杖上射出，径直落在骷髅王身上。顿时，骷髅王的骨骼变得更加黝黑了，隐约还有一层荧光散发出来，强大的气息令龙皓晨的动作都有些停滞。

"轰！"

黑色骨刀狠狠地劈在地面上。龙皓晨用火剑引导，及时卸力，才荡开了这一刀。但黑色骨刀上的巨大力量让他的身体向一旁倾斜。他整个人顿时在地面上一个翻滚，然后才弹身而起，怒喝一声："我和你拼了！"

半空中，尸巫老者枯槁的面容上流露出一丝不屑，这个人类身上所附带的光明属性虽然令它感到恐惧，但是，他毕竟还不够强大，威胁不到自己。

骷髅王实在是太强大了，在它的攻击面前，龙皓晨只能想尽办法闪转腾挪，根本就不敢硬碰。他的攻击落在骷髅王身上，也只有光明属性能够起到一定的杀伤作用，但有尸巫老者在旁看护，他根本无法对骷髅王造成实质性的伤害。

更何况，龙皓晨已经看到有骷髅冲入了洞穴之中，脸上神色更加焦急了。他不断地试图与骷髅王拼斗，可每次都在它那强大的力量中败下阵来。

尸巫老者已经不再去看龙皓晨了，骷髅王将他杀掉只不过是时间问题。它的目光落在那洞穴的方向，眼中鬼火跳动，流露出忐忑不安的情绪。

那可是奥斯汀格里芬啊！自己真的有杀掉它的能力吗？

如果能将它击杀，吸收它的血液，那么，自己将变得多么强大？会不会成为下一个奥斯汀格里芬？那时候，或许它都可以凭借意志穿越各个位面吧。

就在尸巫老者犹豫着要不要现在就进入山洞的时候，突然间，一股强烈的吸力拉扯着它，它在空中的身体顿时一歪，直接朝着半山腰的位置落了下去。

嗯？怎么回事？

尸巫老者大惊，它下意识地朝自己身上看去。

它发现，不知道什么时候，一道根本没有半点能量波动的白色光芒竟然出现在自己身上。

这道白色光芒看上去十分柔和，但拉扯力极强。尸巫老者的亡灵魔法可以号令大军，但它毕竟是依靠魔法的生物，身体是极弱的，所以当它面对这股拉扯力时，它根本不可能仅仅凭借身体的力量挣脱。

幽绿色的光芒瞬间从尸巫体内迸发，它试图用亡灵魔法的腐蚀力切断那缠在自己身上的诡异能量，可惜，它的希望破灭了。对那看似柔和的乳白色能量，它的亡灵魔法竟然半点效果都没有。

"轰！"

骷髅王的黑色骨刀再次劈在地面上，这一次，它几乎是贴着龙皓晨的身体劈过去的，龙皓晨身上的金色甲胄上爆发出最后一道淡金色光芒后，整个背部的甲胄就已经被完全带走了。

原来，那将尸巫老者拉拽过来的白色光芒，正是从龙皓晨胸口处射出的。也正是因为射出这道白色光芒，龙皓晨停顿了片刻，才险些被骷髅王砍中。

尸巫老者再看龙皓晨时，他的脸上哪还有半分的焦急、恐惧和愤怒，有的只是极度的冷静、沉着与杀意。

"不好！"强烈的恐惧感瞬间袭上尸巫老者的心头，但是，此时的它已经无法改变这一切了。

灵光护腕第三次释放圣光罩，加上火剑插入地面所释放的升天阵，强行挡住了骷髅王的一次攻击。神圣的光明属性甚至令骷髅王脚下趔趄了一下。与此同时，龙皓晨右手之中一直没有用来攻击的光剑终于出手了，两道炽烈的金光从他身上几乎是不分先后地迸射而出。

孤注一掷，惩戒骑士五阶技能。

圣剑，惩戒骑士五阶技能。

圣剑是早已准备好的，孤注一掷是龙皓晨修为突破到五阶后，冲破传承戒指的又一道封印后所学到的。

此时，光剑化为一道灿烂的白光，直奔尸巫老者而去。

"不！"尸巫老者凄厉地怒吼一声，一团浓烈的墨绿色光芒从它的体内迸射而出，试图抵挡住圣剑的光辉。

可是神圣光明属性对于亡灵生物的克制实在是太厉害了，龙皓晨的圣剑的力量积蓄已久，而且是在得到爆灵丹强化后所爆发的，又岂是那么容易抵挡的？

如果双方的距离在二十五米开外，龙皓晨这一剑或许不足以带给尸巫老者致命的创伤，但是，他们现在的距离不到十米。圣剑在孤注一掷的作用下的攻击速度实在是太快了，龙皓晨根本没有给尸巫老者释放强大防御技能的时间。

"噗！"

圣剑瞬间贯穿那墨绿色的屏障，孤注一掷令圣剑威能倍增，此时，这一剑已经有了辉耀骑士级别的强大攻击力。

圣洁的白光透胸而入，半空中的尸巫老者顿时像僵住了一般。

此时的龙皓晨已经竭尽全力，他利用孤注一掷甩出那一剑的时候，他的身体就已经瘫软在地。

骷髅王的黑色骨刀就像是死神之吻一般从天而降，眼看着龙皓晨的身体就要被它一刀劈断。

"砰！"

骷髅王的身体突然僵直了，就在那骨刀距离龙皓晨还有数米之时，它那庞大的身体瞬间崩溃，顿时化为无数枯骨从天而降，许多骷髅砸了下来，落在龙皓晨的身上。

那些冲向洞穴的骷髅大军也一个个完全僵住，逐一崩溃，化为一地枯骨。

一抹淡淡的微笑从龙皓晨嘴角处浮现，他胸前的铠甲还没有全部破碎，那些从天而降的骨头虽然砸得他很疼，但并没有带给他真正的伤害。

成功了。

龙皓晨狠狠地攥了一下拳头，尽管他此时的身体状况非常不好，十分虚弱，爆灵丹的后遗症也开始逐渐显现出来，但是他的精神是相当亢奋的。

对于亡灵生物，龙皓晨一点都不熟悉，但是，他那异于常人的精神力令他拥有着远超常人的观察能力。

无论是尸巫老者还是骷髅王，虽然它们真正的实力都在龙皓晨之上，但是，实力弱并不代表就无法克敌制胜。龙皓晨刚刚所演绎的，正是一场以弱胜强的逆袭战。

当尸巫老者出现的时候，龙皓晨就感觉到它和那些骷髅一样，惧怕自己的光明属性。

否则，它只需要直接向自己下杀手就行了，还说那么多话干什么？

尸巫老者在召唤出骷髅王的时候，也让龙皓晨看出了亡灵生物的一些特质。毫无疑问，这些亡灵大军都是这名尸巫老者召唤出来的，否则，它也不可能随手就将骷髅变成一具强大的骷髅王。

这些信息看上去似乎没什么用，可对于善于思考的龙皓晨来说，相当于给他指明了一条死中求生的路径——

只要击杀尸巫，一切召唤生物都将终结。

首先是示弱，第一次抵挡骷髅王攻击的时候，他虽然用了神御格挡，但没有使用侧盾卸力。原因之一是为了试探一下骷髅王的攻击力，另一个原因就是为了麻痹尸巫。事实证明，骷髅王比他想象的还要强大，直接就将他打伤了，但龙皓晨并不后悔，至少他挡住了。如果他连骷髅王一击都无法抵挡，那么，他的计划也根本进行不下去，因为他不会有半分机会。

之后，他一直在闪转腾挪，狼狈地躲避着骷髅王的攻击，不敢和它硬拼，实际上，他却一直朝着尸巫的方向靠近。

圣引灵炉进化是全面的。吸引攻击的有效距离由二十五米变成了五十米，由只能够吸引一个目标的注意变成了可以吸引两个目标的注意。更为重要的是，圣引灵炉进化之后，多了一个技能，那就是牵引。

吸引是吸引敌人的注意力，而牵引就是拉扯了。

圣引灵炉的牵引之力，等同于龙皓晨全力使出的拉扯之力，这个技能依旧无法攻击、防御，却极为实用，相当于龙皓晨身上多了一个无形的绳套，随时可以去拉扯任何东西。

牵引的距离是二十五米，只能针对一个目标。

尸巫老者飞在空中，龙皓晨一直试图接近他，就是因为圣引灵炉这个秘技在身，所以他右手积蓄的圣剑之力也一直没有使用。

最终，尸巫老者的大意和对龙皓晨的蔑视葬送了它的性命，不得不说，这位尸巫老者实在是"单纯"了点，而龙皓晨的圣引灵炉则是改变战局的关键。

尸巫老者眼中的鬼火跳动频率明显降低了，它自身更是以极快的速度衰弱下去。它看看自己胸口处的光剑，再看看倒在地上的龙皓晨，无法接受这个事实，突然，它口中发出一声尖叫。

"不……封印之柱已经不在，难道奥斯汀格里芬经历了六次复活之后，真的要再次降临了吗？亡灵世界的主宰们，你们怎么还未赶到啊！毁灭它，毁灭它，天谴……"伴随着它声嘶力竭的呼喊声，光剑上的圣光已经蔓延到它的全身,一道道裂痕带着白色光斑瞬间炸裂,光斑最终凝聚在一起,给这黑暗世界中带来了一线光明。

龙皓晨躺在地上,大口大口地喘息着,强烈的虚弱感不断冲入大脑之中,虽然没有使用牺牲技能后的副作用那么强烈,但是爆灵丹之前为他足足提升了百分之二十的战斗力,此时,对他身体的反噬也是不轻。

尸巫老者和他的骷髅大军虽然都被龙皓晨干掉了,但是现在显然还没有到达绝对安全的程度。龙皓晨挣扎着再次吃下一颗回灵丹,试图恢复一些灵力。

正在这时,一声低沉、浑厚的嘶吼骤然响起,紧接着又是一声,当嘶吼声第三次传出时,声音明显有些虚弱,但是,那份威严丝毫不弱于前面两声。

听到这嘶吼声,龙皓晨不惊反喜,因为声音正是从洞穴中传出来的。

一股股暖流从体内涌出,龙皓晨只觉得自己虚弱的身体顿时又有了力量。他低头一看,惊讶地发现,在他的身体上,一道道紫色纹路闪亮起来,那正是他自身的经脉。

无论是主要的经脉还是那些纤细的血管,都散发出紫色光芒。强大的力量不断地涌出来。

此时,肉体力量的持续增强与他自身内灵力的衰竭形成了鲜明的对比。

又是一声嘶吼响起,这一次比之前三声都要洪亮得多。一道身影闪电般从洞穴内钻了出来,还没等龙皓晨看清楚,它就已经来到了龙皓晨面前,只见金光一闪,柔和的光元素洒落在龙皓晨身上。紧接着,龙皓晨就觉得身体一轻,一种炽热的感觉从额头上传来,周围的一切全都变成了奇异的紫色,他的大脑再次陷入了空白之中。

黑暗与火的世界中,紫光闪耀,空间瞬间开启,突然光芒一闪,紫光已荡然无存。

几乎就在下一秒钟,一个阴冷到极致的声音骤然响起:"奥斯汀格里芬……"

这个声音无比尖锐,当它出现的时候,黑色的天空竟然瞬间变成了苍茫的灰色,大地上正在流淌的岩浆瞬间干涸,原本炽热的空气骤然变得冰冷起来。

"我们来晚了。"

另一个低沉浑厚的声音响起,只见大片大片的黑色身影出现在远方,一个巨大的身影悄然出现在其中,那巨大的身影竟然是一只身长超过三十米的庞大骨龙。

骨龙的骨骼呈现一种诡异的蓝白色,它的骨骼是白色,外面却有一层莹莹的蓝色光泽。它的身躯强壮,巨大的双翼下还带有皮膜。它身体周围的黑暗气息就像乌云一般浓重,此时化为黑色光晕向外徐徐扩散。

第34章
三头皓月

骨龙的双眼之中闪耀着幽蓝色的火光,无比强大的气息足以与圣魔大陆的九阶强者相比。而就在这骨龙背上,端坐着一名全身笼罩在漆黑甲胄中的男子。此人身高两米五开外,他静静地端坐在骨龙颈部与背部相连的位置,右手握着一柄长度超过他身高的重剑,那重剑上闪耀着夺目的暗紫色光芒。

苍茫的灰色天空骤然被撕裂,一个修长的身影突然出现,他的身体隐藏在黑色的大斗篷之中,只能隐约看到两点猩红色的火光在头罩内跳动。

"是的,我们都来晚了。得到尸巫的消息后,我就第一时间赶来了,但终究还是晚了。"他正是那尖锐声音的主人。

"一年前,我们发现奥斯汀格里芬的时候,它刚刚转生,为了躲避我们的追杀,它用了天赋能力,此后必定会十分虚弱,进化速度也会大幅度降低。可是,才过了这么短的时间,它怎么生出了第三颗头?按照这样的速度,恐怕不出一百年,当初的天谴就会再次降临。死灵审判骑士,你有找到它的办法吗?"

死灵审判骑士冷冷地说道:"身为巫妖王的你都无法跨位面去寻找,我又怎能做到?奥斯汀格里芬已经去了另一个位面。但是,它每一次进化时必定都要返回这诞生它的空间,所以,我们只能等待下一次机会了。"

巫妖王冷冷地说道:"其他几个人在干什么?难道他们认为,这次奥斯汀格里芬就一定会像前六次转生时那样被我们轻易毁灭吗?它已经长出了第三颗头,已经变得越来越难对付了。我们必须召开亡灵君主大会,联合起来想些办法了。"

"好吧。在这件事上,我和你的立场是一样的。奥斯汀格里芬自从当年强行冲破封印之柱,造成大地龟裂、天空崩溃之后,它的本体就已经死亡。即使凭借着天谴级的实力,它最多也只能转生九次。只要我们这次毁掉它,然后再坚持两千年的时间,它就永远也无法降临世间了。那时候,说不定我们就能开启通往其他位面的通道,永远离开这个充满毁灭与孤寂的地方了。"

巫妖王有些惊讶地说道:"没想到最为冷漠的你竟然也害怕孤寂。"

"难道你不怕吗?"死灵审判骑士冷哼一声,身下巨大的骨龙骤然掉转身体,浓郁的黑暗气息从骨龙身上喷吐而出,下一刻,他已消失不见。

巫妖王冷冷地注视了一会儿之前皓月所在的洞穴,下一刻,一个巨大的紫色气泡出现在那里,顿时,整座山峰随之崩塌,巫妖王的身体也随着空中的灰色悄然消失了。

脚踏实地的感觉令龙皓晨全身一震,他下意识地看向自己,发现皮肤下的紫色纹路此时已经没入体内,全部消失了。

此外,爆灵丹所带来的副作用似乎也随之消失了,龙皓晨恢复自身灵力的过程并没有花费十二个时辰。

周围的紫色光芒悄然变淡,龙皓晨惊讶地发现,周围黑漆漆的,似乎有些熟悉。

这里是?

"皓晨!"一声惊喜的呼唤响起。

紧接着,龙皓晨就看到了两个熟悉的身影。

"嗒、嗒、嗒。"李馨挽扶着采儿从旁边不远处快步走了过来。

龙皓晨这才反应过来,自己已经回到圣城了。他低头看时,突然看到一个大家伙正匍匐在自己脚边,有些警惕地看向采儿。

这……这是皓月?

龙皓晨顿时有些呆滞了。

这匍匐在他脚边的生物绝对可以算是一个大家伙了。它有着粗壮有力的四肢，身长超过四米，而且比原来的皓月壮实多了。如果说原来的皓月像一只大蜥蜴，那么，现在的它就像一只巨大的鳄鱼，而且还有三颗头。

是的，就是三颗头。

龙皓晨看到，除了小光和小火之外的那第三颗头的眼睛是青色的，但和小光、小火一样，它的眼神中也充满了对龙皓晨的亲密之情。这三颗头见到龙皓晨看向它们，立刻凑上来，在龙皓晨身上蹭来蹭去。

"皓月，没事的。采儿是我的朋友。"龙皓晨顾不上仔细观察皓月的变化，赶忙上前两步，一脸惭愧地迎向采儿。

"采儿，对不起，我、我又失约了。"他没有为自己找任何客观原因。已经这么晚了，很明显，采儿和李馨是一直在这里等他回来啊！

龙皓晨只觉得自己心中暖融融的，眼眶里甚至有些温热，这种被人关心的感觉无疑是他最为渴望的。

采儿没有责怪他，而是下意识地抬起一只手，握住龙皓晨的手，让一股柔和的灵力探入他体内。

龙皓晨对采儿没有丝毫防备，与此同时，他用另一只手按住了皓月探过来的大头。

采儿轻声道："还好，你没受伤。可是灵力怎么消耗了这么多，你没事吧？"

她看不见龙皓晨此时的脸色，但从对他身体和呼吸的探查，她能判断出他没什么大事，只是有点轻伤而已。

龙皓晨道："我没事。皓月遇到了点危险，我去帮它了。采儿，我……"

采儿轻轻地摇了摇头，道："没事，我没怪你，能平安回来就好。"

在她看来，无非就是生活在哪座山川之中的魔兽伙伴遇到了敌人，将龙皓晨召唤过去了而已，所以她并没有想太多。

反倒是一旁的李馨疑惑地问道："皓晨，这是皓月吗？它怎么变得这么大了？咦？还多了颗头！好奇怪啊！"

龙皓晨向她比出一个噤声的手势，压低声音，道："皓月很可能是进化了。走吧，天色已经这么晚了，我们先回去再说。"

见龙皓晨平安归来，采儿也就放心了，李馨和龙皓晨先将她送回住处，然后才带着皓月返回了他们自己的住处。

龙皓晨的卧室不大，皓月足足变大了一倍的身体爬进来后，这里顿时显得更小了，但它说什么也不肯出去睡，三颗大头纠缠着龙皓晨，眼神中充满了感激和亲近之意，就像是孩子在与自己的父亲亲近一般。

"好啦，好啦。你有危险我去帮你不是应该的吗？你不用不好意思。"龙皓晨一脸微笑地抚摸着皓月的三颗头。

之前面对尸巫老者和骷髅大军的那一战，令他直到现在还有心跳加快的感觉，但是，他一点都不后悔。他是一名守护骑士，皓月是他的亲人，他自然要好好保护它。

龙皓晨此时才有时间仔细地观察皓月进化后的变化。

可以说，皓月的进化是全方位的。它的身体变大了一倍，也变得粗壮了许多。而且，它站直后的身体差不多有一米五高。粗壮有力的四肢、尖利的爪子、扬起的三颗大头，让它颇有几分威风。

它通体黑色，但在光线的照耀下，隐约会泛出一层深邃的紫色光泽。它背部的骨头凸出的面积也大大地增加了，似乎是伴随着它体型形的增大而变大的。此外，它身上的鳞片也出现了一些变化，每一块鳞片都呈现出椭圆形，上面带有菱形的凸起，厚重而坚实。

皓月的三颗大头变化最明显，都变大了一圈，棱角分明，两侧中后方都有数个凸起，就像是连在一起的角，只不过那些凸起还不是很明显。它们的眼睛也变大了一些，嘴部原来是圆形的，现在尖了一些。

因为有血契相连，龙皓晨能够清楚地感觉到皓月比以前强大了许多。如果是正面对抗的话，恐怕连他都未必赢得了它吧，它分明已经进入六级魔兽境界了啊！

这样的进化速度也太可怕了吧！

从龙皓晨与皓月签订契约到现在，一共才过了还不到一年的时间！

它第一次进化显然是因为龙皓晨的血液，第二次进化是它自行完成的，而这次进化应该和它吃了那个石球有关系。

这不是关键，关键是皓月每一次进化之后，实力都会大幅度提升。它由一颗头变成两颗头时，从二级魔兽变成了四级魔兽。此时，它的头变成了三颗，它就赫然从四级魔兽变成了六级魔兽。无论是从父亲还是从老师那里，龙皓晨都从未听说过有什么魔兽能以如此迅疾的速度进化。

而且，龙皓晨赫然发现，就在皓月的脖子根部，在新钻出的那颗有着青色眼睛的头的脖子侧面，依旧有一个凸起。另一边，小火的侧面也有一个凸起。也就是说，这次进化之后，它脖子两侧各多了一个凸起。

难道说，它还能长出两颗头来？如果是那样的话，它将进化成什么层次的魔兽啊！

对于皓月，龙皓晨现在是越来越好奇了。

皓月感受到了龙皓晨的想法，抬起三颗头看着他，小光第一个凑上来，直接伸出大舌头在他脸上舔了一下，给他洗了把脸。

"哈哈，别舔我，好痒啊！"

小火和新生出来的头立刻加入其中，三颗大头和龙皓晨闹了起来。

同时，龙皓晨也感受到了皓月传来的信息。它确实还会进化，而且下一次进化将比这一次困难得多，但是，变化就不会像现在这么大了。毕竟，魔兽从六级进化到七级可要比从四级进化到六级艰难得多。至于更多的进化情况，皓月没有再多说什么，从它传来的信息，龙皓晨只能感觉到皓月是在对他说，无论以后它变成了什么样，他都永远是它的亲人、伙伴、兄长，甚至是父亲。

夜色已深，当龙皓晨清洗了身体，进入修炼状态时，皓月也沉沉地睡了过去。它的进化虽然完成了，但此时身体还非常虚弱，显然是所有能量都用来进化了，想要恢复到最佳状态，还需要一段时间。

皓月也告诉了龙皓晨它新生出的这颗头的属性是风，龙皓晨给它起名叫小青，和它眼睛的颜色一样。

翌日清晨，阳光从窗外照入房间，修炼状态中的龙皓晨徐徐清醒了过来。他沐浴在温暖的阳光之中，眼中不禁流露出一丝释然，脑海中不自觉地回想起那黑暗与火的世界。

和那里相比，圣魔大陆简直就像天堂一样啊！

透过窗子，看着那柔和的朝阳，龙皓晨心中顿时涌起一种幸福感。

皓月霸占了龙皓晨的床，很没形象地睡在那里。因为床不够长，它的身体是蜷缩在那里的，尾巴还被小光叼在口中。别人或许会觉得它长相狰恶，可在龙皓晨眼中，它始终都是憨憨的模样。

龙皓晨走上前去，在三颗大头上分别摸了摸，他没有叫醒它们，而是悄悄地走出卧室洗漱，然后吃早饭去了。今天，他还有比赛要参加。

当龙皓晨走出卧室的时候，皓月的三颗头同时睁开了眼睛，它们彼此对视一眼，三种不同颜色的眼眸中都流露出温和的眼神，它们嘴角上翘，重新闭上眼眸，呼吸也恢复了均匀。

龙皓晨用力地伸展了一下身体，感觉自己依旧有些虚弱。昨晚回来的时候已经是深夜了，短暂的修炼并没能让龙皓晨的灵力恢复到最佳状态，但他明显感觉到自己的肉体变得坚韧了许多，力量也有了显著的增强。

看来，真的应该找机会测试一下自己的外灵力了。

早饭他是跟李馨和夜华一起吃的，夜华虽然不能去观战，但依旧留了下来，他至少要等龙皓晨参加完所有比赛，真正加入猎魔团后，才会考虑要不要返回皓月城。

"馨儿说皓月回来了，还进化了？"夜华低声向龙皓晨问道。

龙皓晨点了点头。

夜华有些好奇地问道："它进化到了什么程度？难道是因为你上次说的那东西？"

龙皓晨说道："应该是的。不然我想不出它怎么能在这么短的时间内再次进化。老师，我觉得皓月真的很不一般。这次进化后，它已经有相当于六级初阶魔兽的水准了，而且又多了一种属性。"

夜华微微一笑，道："对你来说，这是一件好事。皓月越强，对你的帮助也就越大。它能在决赛刚刚开始时就归来，对你的好处是很明显的。之后的比赛，你就会轻松多了。"

龙皓晨呵呵笑道："皓月现在还有些虚弱，在它完全恢复之前，我不会让它跟我参加比赛的。老师，时间不早了，我和姐姐要出发了。"

夜华颔首道："你们去吧。"

龙皓晨和李馨告别夜华，朝着圣盟大试炼场的方向而去。看着他们离开的背影，夜华轻叹一声，道："皓晨这孩子什么都好，就是心太软了，太注重亲情。"

战士试炼场。

当龙皓晨走进试炼场的时候，他才回忆起昨天循环赛抽签时的情况。今天，他要面对的对手，似乎是那位来自魔法圣殿的二号参赛者，一位五阶的魔导士。毫无疑问，这将是一场硬仗。

昨天他走得早，自然不知道后面的比赛结果。他进门后打听了一下，才知道他今天的对手在昨天的比赛中也获得了胜利，和他一样，击败了一名刺客。

龙皓晨在休息区找了个位置坐下，目光从周围扫过，最吸引他注意的还是本组的两个女孩子。

召唤师陈樱儿一副闷闷不乐的样子，似乎还在回忆昨天召唤出一只小羊羔的尴尬情景。

王原原则坐在那里擦拭着她那面巨大的盾牌，面上满是怜爱之色，就像在抚摸孩子的身体似的。

龙皓晨当然不会以为召唤师陈樱儿就只能召唤出绵羊。首先，她肯定就是那位召唤第一号，这就证明她的修为已经达到了五阶。其次，她能够闯入决赛，这就证明了她至少是召唤圣殿初赛的前十名之一。

昨天当生灵之门出现的时候，自己心中的那份震撼，龙皓晨是不会忘记的。虽然最后只是戏剧性地出现了一只绵羊，可是，那生灵之门真的就只能召唤出绵羊吗？恐怕没有那么简单吧。

没有思考太多，龙皓晨坐下后立刻闭上了双眼，让自己进入冥想状态。昨夜他灵力消耗太大，虽然身体的虚弱感随着皓月的进化消失了，但无法改变他的内灵力已经因爆灵丹而透支的事实，所以他必须尽可能地恢复一些内灵力。

夜华告诉过龙皓晨，魔法师的修为一提升，整体的实力就会以几何级数增加。简单来说，二阶魔法师肯定不是二阶战士的对手，但是，当魔法师达到五阶之后，就算是十名同级别的战士，都未必能够与之抗衡。

魔法师拥有强大的攻击力和控制战场的能力，一名优秀的魔法师是一个团队最主要的战斗力和爆发点。

第一场比赛在两名刺客之间进行，刺客与刺客之间的比拼，重在速度和控制，几乎可以说是谁先命中对手，谁就将获得最后的胜利。因此，这一场比赛结束得非常快，甚至在其他人还没看清他们要如何制胜的时候，比赛就已经结束了。

"第二场，黄毅对龙皓晨，出战。"

裁判的声音将龙皓晨从静修状态唤醒，另一边，那名一直十分沉默的魔法师也徐徐站起。他的相貌同样很英俊，脸上的线条甚至也和龙皓晨的一样柔和，只是他比龙皓晨略高一些。他虽然远没有林鑫那么高调，但举手投足仿佛都循着一定的章法似的。

龙皓晨目光闪烁，心中暗想，这个对手恐怕不好对付啊！从黄毅身上，他感觉到了类似于杨文昭带给他的威胁，只是还没有杨文昭带给他的那么强烈罢了。

"在骑士与魔法师之间的战斗中，为了公平起见，双方须拉开五十米距离。"裁判指挥着龙皓晨和黄毅保持好距离后，这才宣布道，"比赛开始。"

这一次，龙皓晨没有再选择用蓄势技能与魔法师战斗，而是选择了不断地靠近对方。和强大的攻击力和控制战场能力相比，魔法师的身体就要脆弱多了，他们一旦被骑士近身，基本就注定谁胜谁负了。

冲锋！龙皓晨速度陡增，左手的光耀之盾落入掌中，右手持的却换成了火剑。他的光剑在昨晚与尸巫老者的战斗中遗落了，因此，准确地说，他现在也只有一柄火剑而已。

光耀之盾本身有自我修护的能力，但昨晚受到重创后，也尚未完全恢复，上面依旧残留着那道惊人的裂痕。龙皓晨身上更是连甲胄都没有，因为骷髅王的那一刀彻底损坏了他那件光明属性的铠甲。

看到龙皓晨取出的装备，对面的黄毅虽然略微皱了皱眉头，他的动作却一点不慢，一柄又短又粗的魔法杖出现在他的手中。

法杖通体为黄色，不知是由什么材料所制，上面有一道道古朴大气的纹路，一颗棕黄色的球形宝石镶嵌在顶端。当黄毅取出这柄法杖时，顿时有一圈圈土黄色光晕散发出来。

低沉的咒语以一种奇异的节奏从黄毅口中传出，他手中的法杖朝着龙皓晨的方向一指，顿时，一道黄色光芒射入场地，扩散出一圈黄色光晕。

龙皓晨的感知力极为敏锐，他立刻就感觉到了危险，正在前冲的身体骤然而止，他脚尖点地，顿时做出一个横向闪避的动作。

"咚！"

一面巨大的土墙毫无预兆地骤然从地下钻出，如果龙皓晨继续保持之前的前冲之势，那么，他现在已经狠狠地撞击在这面土墙之上了。

一面接一面的土墙持续不断地从地下冒出，无论龙皓晨如何变换方向，总会有一面土墙挡在他身前，令他无法前进。不一会儿，他的视线就完全被这些土墙隔阻了。

每一面土墙都有两丈宽，三丈高，厚度超过两尺，想要击穿它们，绝不容易。

就在龙皓晨视线被阻的时候，黄毅的动作略微停滞了一下，一团黄色光芒从他胸口涌出。这团光芒好像没有攻击和防御的作用，只是飘浮在空中，而后落在了黄毅的左肩之上。隐约能够看清，那是一个背后长着一对透明翅膀的小人儿，它只有巴掌大，看上去极为可爱。但是，它口中发出的声音对于龙皓晨来说，可就不是那么可爱了。

小人儿口中清脆的吟唱声和黄毅口中低沉的声音保持着同样的节奏，但吟唱的内容截然不同。

同时听到两个声音，龙皓晨也是一愣，此时他刚刚绕过两面土墙，正好能够看到对面的那一幕。

土元素灵炉？

看到黄毅肩头的小人儿，龙皓晨顿时大吃一惊。

对于魔法师来说，最实用的就是元素灵炉，每一种魔法元素都有产生灵炉的可能。一旦拥有了元素灵炉，那么这种灵炉就能化为元素精灵辅助拥有者进行战斗。元素灵炉一般都可以进行三次进化，顶级的元素灵炉甚至能够进行四次进化。

在所有元素灵炉中，能够被骑士吸收使用的，就只有光元素灵炉一种。

元素精灵的实力和拥有者本人息息相关，拥有它其实就相当于多了一个施法者，而它所使用的灵力也是拥有者自身的。简单来说，就是元素精灵可以借助宿主的灵力施法，与宿主同时攻敌或者进行防御、辅助。随着元素精灵的进化，它们还能在增加魔法威力的同时降低灵力的消耗。

拥有元素灵炉的魔法师就像拥有圣引灵炉的守护骑士一样，任何团队都会表示欢迎。尽管黄毅的土元素灵炉还只是最低阶的，但在战斗中，对他的辅助作用已经很大了。他会的魔法，这土元素精灵也必定全会。

不能再让他拖延时间了，一旦他和土元素精灵的魔法实力全部发挥出来，龙皓晨就根本没有赢的可能了。

龙皓晨当机立断，不再试图绕过土墙，而是悍然发起了猛冲。他右手中的火剑光芒闪耀，太阳般耀眼的金色光芒骤然亮起。

正是曜日斩。

"轰！"

一面土墙在龙皓晨强大的曜日斩面前破碎了，他的冲锋没有丝毫停顿，速度猛增，改冲锋为突击，直扑对手。

液态灵力让曜日斩威能远胜往昔，曜日斩是四阶骑士最强的攻击技能，土墙术也是四阶魔法，二者的攻防正好相抵消。

面对龙皓晨的突然爆发，黄毅神色不变，一面接一面土墙不断地出现在龙皓晨面前，阻挡着他的前冲。

龙皓晨一刻不停，曜日斩接连使出。以他目前的身体状况，要是让黄毅和那土元素精灵将实力完全发挥出来了，那他几乎是必败无疑。

伴随着剧烈的轰鸣声，一面接一面土墙在曜日斩下破碎，龙皓晨迈开坚定的步伐向前冲，不断拉近彼此之间的距离。

感受到曜日斩的威力后，除了黄毅，第三组的其他人也都无比惊讶。这曜日斩似乎是惩戒骑士的技能吧？这里没有其他骑士，自然没有人知道龙皓晨是守护、惩戒双修的。

眼看着双方之间的距离已经拉近到只有二十米了，再向前一点，龙皓晨的远程攻击技能就会有命中对手的可能。

但是，也就在这时候，土元素精灵清脆的吟唱声戛然而止，一个巨大的土黄色光环出现在黄毅身前。

元素召唤类魔法？

龙皓晨心中一惊，身体前冲之势骤然停顿。

周围地面上的黄土以惊人的速度朝着那光环聚集而去，一个高达四米的庞大身躯赫然出现。那壮硕的身体直接朝着龙皓晨扑了过来。

这是土巨人，五阶元素召唤魔法。在五阶土系魔法中属于最高端的技能，难怪需要这么长时间的吟唱。

在将这个魔法释放出来时，黄毅的脸色都略微苍白了几分，灵力显然消耗了不少。而他肩头上的土元素精灵则不再吟唱，它身上散发出一道土黄色的光芒，将黄毅笼罩在内，竟是在帮他恢复消耗的灵力。

这是聚灵，元素精灵的天赋能力。它们能够凭借自身与自然中的元素的强大亲和力，帮助主人迅速吸收魔法元素，进行元素的补充。可想而知，拥有一个元素精灵，对于魔法师来说有多重要了。

龙皓晨面前的这个土巨人虽然不像他昨晚所对付的骷髅王那么恐怖，但是，它的防御力甚至还在骷髅王之上，至少它并不惧怕光属性，而现在的龙皓晨也并非灵力达到了巅峰的状态。

"铿！"

龙皓晨横盾，使出神御格挡。

只听"轰"的一声，土巨人被弹开，龙皓晨身上也多了一道光之复仇的金光，他的左脚向前跨出一步，火剑瞬间爆发。

正是光斩剑。

龙皓晨的动作极快，身体骤然拔高，脚下仿佛有光芒喷吐一般，一道带着炽烈的金色光芒的巨大光刃瞬间出现，狠狠地劈在土巨人身上。这一记光斩剑不但威能强大，更重要的是刃面宽厚。

"噗！"

土巨人身上顿时多了一道长长的口子。但是，龙皓晨的脸色竟有些变了。

光斩剑在土巨人身上留下的口子几乎从它肩膀处一直延伸到了胯下，可是，这道口子看上去十分恐怖，实际上仅仅深入了一寸而已。对于身高超过四米，身躯无比庞大的土巨人来说，这又算得了什么呢？而且，土巨人既然被称为最强五阶土系魔法，又岂会这么简单？只见它的双脚都散发着炽烈的土黄色光芒，吸收着周围的土元素以补充自身消耗，它身上的伤口也正以惊人的速度愈合着，几乎是转眼间，土巨人身上的伤口就消失不见了。

在所有元素巨人之中，土巨人最擅长的就是防御。

龙皓晨的瞳孔骤然收缩，他已经下定了决心。他能感觉到自己体内内灵力的匮乏。如果他现在有充足的灵力支持，那么，他就有信心利用技巧逐渐瓦解这个土巨人，但是，他现在已经没有那么多的时间了。

黄毅在一旁虎视眈眈，只要土巨人能够多拖延一些时间，让自己将灵力恢复到最佳状态，那么，这一战就不用继续了。龙皓晨现在连自身总灵力的一半都没有，虽然他的是液态灵力，但无法持久战斗。

"可惜了。"

龙皓晨看了一眼自己左手中的裂口已经变大的光耀之盾，身体在空中一个半转，火剑狠狠地劈在土巨人轰来的拳头上。

铿锵之声从土巨人身上响起，它的身体坚若精钢，龙皓晨的身体借助这反弹之力弹起，火剑狠狠地劈向土巨人的头部。

土巨人的防御力确实很强，但它的动作与龙皓晨的相比，显然就要迟缓一些了。火剑顿时在它头上留下了一道深深的痕迹。紧接着，令所有参战者震撼的一幕出现了。龙皓晨身在空中，左盾右剑，整个人在不断轰击土巨人的过程中盘旋起来，刺目的金色光芒宛如巨大的绞肉机一般，持续轰击着土巨人的身体。

这是斗杀旋圆剑，是龙星宇所创的强大攻击技能。

斗杀旋圆剑的精髓就在于借力、借势，从某种角度来说，它甚至有些像蓄势技能，不过是有攻击效果的加强版蓄势。它虽然最适合攻坚，但不适用来对付敏捷型的对手，因为只要不能持续命中对手，就无法继续积蓄攻击力。

很显然，土巨人并不具备快速避开斗杀旋圆剑的能力。哪怕是杨文昭，一旦被斗杀旋圆剑缠住，也没有任何能瞬间躲开持续攻击的办法，只能选择硬拼。

令全场震撼的一幕出现了，在半空中盘旋着的龙皓晨就像死神镰刀一般，不断地攻击着土巨人的身体。那土巨人只能笨拙地回击他，却又被不断借势、借力。

土石飞扬，土巨人的身体上不断被割开一道道口子，在斗杀旋圆剑的席卷之下，它的身体从上到下以惊人的速度瓦解着，居然就那么被龙皓晨绞成了粉末。

"噗！"

龙皓晨的最后一击彻底轰碎了土巨人的身躯，紧接着，一道匹练般的金光在斗杀旋圆剑最后收势的瞬间甩出，直奔远处有些呆滞的黄毅。

黄毅是一名二级魔导士，如果不考虑某个极不靠谱不会攻击的家伙，他就是魔法圣殿初赛真正的第一名了。土巨人这个魔法他刚学会不久，他没想到竟然能有五阶的对手以如此迅疾的速度将其毁灭。

那可是土巨人而不是土墙啊！

以土巨人的防御力，就算是面对六阶的对手，它应该也能抵挡一会儿吧？

两道黄色光芒几乎是不分先后地出现在黄毅身前，这两道光芒分别是他和土元素精灵释放出来的，都是土墙。

"轰！轰！"

两声轰鸣响起，那飞射而来的金光竟然接连将两面土墙摧毁，金光余势不衰，依旧朝着黄毅胸口撞去。

"嗡！"

一团土黄色光芒以黄毅手中的法杖为中心迸射而出，那道金光与土黄色光团碰撞在一起之后终于破碎了，而后化为数十片金色光芒四散飞射。

此时黄毅才看清楚，这向自己突袭而来的，正是之前在龙皓晨手上的光耀之盾。可惜，这面盾牌已经彻底毁了。

面对这样的情况，龙皓晨也毫无办法，斗杀旋圆剑固然强大，可是他手中只有一柄火剑，而这个技能的借势却是需要双武器的。因此，光耀之盾虽然起不到多少攻击作用，但他必须用它来完成这个技能。光耀之盾上的裂痕在不断扩大，终于到了即将崩碎的边缘，那已经是无法修复的损伤了，无奈之下，他只能用它使出最后一击。

与龙皓晨相比，黄毅的装备就要豪华得多了，土黄色光团正是他手中的法杖的附带技能——土元素护盾。

第35章
皓月出战

飞身落地之后，龙皓晨明显有些喘息，内灵力的不足令他出现了虚弱的感觉。

如果这是生死相搏，他会毫不犹豫地服用回灵丹，但这是比赛，他不愿意浪费丹药，更希望依靠比赛来激发自身潜能。

龙皓晨没有停顿太久，他释放出信念光环，而后猛然跺地，再次发起了冲锋。此时，他距离黄毅只有二十米左右了，只要能够在短时间内拉近距离，他就有获胜的把握。

但是，也就在这个时候，黄毅脸上露出一丝淡淡的微笑。

黄毅将法杖前指，口中咒语不停，一个圆形光环瞬间落地。那光环居然在地面上游走起来，转眼间就出现在龙皓晨脚下。紧接着，十根突刺同时从地下冒出来，形成一个囚笼，将龙皓晨困在其中。

土元素精灵的吟唱也刚好在这时完成，它与黄毅的配合堪称完美。半空中，一团黄色骤然出现，紧接着，数十块磨盘大的石头从天而降，直奔囚笼中的龙皓晨砸去。

如果龙皓晨手中还有盾牌，那么，他要抵挡这落石术或许不会很困难，但是，光耀之盾已毁，他哪里还有盾牌用来防御呢？

龙皓晨深吸一口气，眼神瞬间变得严肃起来，当那由突刺形成的囚笼将他困在其中时，他就知道，今日一战自己恐怕很难获胜了，但是，没到最后一刻，他绝不会轻言放弃。

龙皓晨的双手同时握住火剑剑柄，左脚横跨半步，双脚保持与肩同宽，拧腰，上挑。

他用坚定执着的目光盯着空中落下的石块，完成了一个个上挑的动作。

此时，龙皓晨的战斗技巧和强大的精神力都已彰显出来了。他没有动用任何灵力，完全是在凭借肉体的力量去挑动这些从百米高空坠落的石块。

他手中的火剑总能在间不容发之际命中石块侧面力量最薄弱的部位，借力打力，将其挑飞，而不是硬拼，这已经是最节约灵力的做法了。

而另一边，黄毅和他的土元素精灵又开始了冗长的吟唱，这次他吟唱的时间甚至比之前召唤土巨人时的时间还要长。

更为奇异的是，他和土元素精灵吟唱的节奏都很慢，他吟唱出一个音阶，土元素精灵就会接上一个音阶。这是魔法师的联合吟唱之法，是用以越阶使用魔法的一种秘技，对施法者之间的配合要求极高，可谓魔法师技能的精髓。此时，黄毅与和自己心意相通的土元素精灵共同吟唱，显然是最容易发挥联合施法效果的。

此时，三组的另外八名参赛者都看得出大局已定。无论黄毅和他的土元素精灵吟唱的是什么魔法的咒语，在这个时候，龙皓晨都没有打断他们的可能。而魔法吟唱的时间越长，威力自然也就越大，更何况还是越阶使用的魔法。

一块接一块的落石被龙皓晨挑飞，他惊喜地发现，自己的肉体力量果然有了很大的进步，持续抵挡这落石术虽然使得他双臂酸麻，但总算是节约了内灵力。

"轰！"

金色光芒再次出现，依旧是曜日斩。

龙皓晨接连使出两次曜日斩才将面前的突刺囚笼斩开一个缺口，从里面冲了出去。

"来不及了，你可以认输了。"黄毅淡淡的声音响起，他的脸上露出自信的

微笑，他的目光虽然温和，但隐隐带着几分骄傲。

龙皓晨没有再向黄毅发起冲锋，他发现脚下的地面似乎变得不同了，此时，原本的黄土地面上多了一层淡淡的黄色光泽，虽然并不强烈，但是确实存在。

黄毅微微一笑，道："不信吗？请看。"

他手中的法杖轻动，诡异的一幕出现了，他脚下的土地突然隆起，推动着他的身体升高了三米，紧接着，那隆起的土包竟然带着他的身体迅速后退，甚至比龙皓晨冲锋的速度还要快，几乎是顷刻间就将他和龙皓晨之间的距离拉开了百米。

无论是战士还是骑士，面对魔法师时最重要的就是距离，见距离骤然被拉开，龙皓晨也有些茫然。紧接着，他只觉得脚下的地面猛然一震，一个巨大的土包瞬间隆起，然后猛然一抖，他的身体顿时被抛起来。

龙皓晨赶忙将身体蜷缩在一起，一个翻转向地面落去，但是，又是一个土包鼓起，狠狠地撞向他。

"砰！"

土包再次将龙皓晨撞飞。令他绝望的是，他清楚地看到，整个比赛场地似乎都活过来了，无数土包就像波浪一般翻涌着，黄毅就那么静静地站在远处的制高点，面带微笑，甚至有些戏谑地看着他。

这是土系六阶魔法——土浪术。

土浪术是土系魔法师最强大的自保之法，不但可以帮助自身快速转移方位，还能用来攻敌、阻敌，是攻防一体的强大控场技能。只要对手还在地面上，几乎就无法逃脱这个魔法的控制，除非对手的实力强大到了能够硬生生地震碎这个魔法。

未等龙皓晨再次落下，他就已经再次被震飞。龙皓晨就像是浪尖上的一叶小舟，无数从四面八方涌来的土包不断冲击着他的身体，就算他的身体再强健，也不禁一阵气血翻涌。

裁判站在远处，默默地看着这一幕，现在，他只能等待龙皓晨认输。

看着在土包上挣扎的龙皓晨，黄毅也不禁有些佩服。这名骑士如此年轻，肯定比自己小，修为却已经达到了五阶，而且，他的意志还真是坚定呢！

可惜，他终究只是一名骑士，而自己最擅长的就是控制全场，这种一切尽在掌控中的感觉还真是美妙。

突然间，龙皓晨被撞飞的身体在空中停顿了一下，隐约中，黄毅看到龙皓晨身上不知道是什么位置亮起了一道紫光，紧接着，细密的紫色纹路出现，居然就那么硬生生地托住他的身体，使他没有再落下去。

"嗷！"

愤怒的吼叫悍然响起，一股令全场震惊的恐怖气息瞬间从那紫色纹路中扩散开来。

闪耀着的紫光在空中盘绕成瑰丽的奇特符号，不多时，一个庞大的身体悍然出现在龙皓晨身下，接住了他的身体。

"皓月！"

龙皓晨有些惊喜地呼唤了一声，与此同时，他伏在皓月宽厚的背上剧烈地喘息起来。内灵力近乎枯竭的感觉绝不好受，如果他再被土浪术抛几次的话，恐怕他就真的要受伤了。

是的，皓月来了。

感受到龙皓晨的危机，它自行传送到了他的身边。

一团炽烈的青色光芒出现在皓月身下，承载着它长达四米的身体。皓月跟龙皓晨在一起的时候，它的目光中满是亲近、撒娇和邀宠，可此时此刻，皓月的六只眼眸中只有冰冷。它悬浮在半空中，冷冷地凝视着远处的黄毅。

"坐骑？终于舍得放坐骑出来了。这是什么魔兽？飘浮术？"黄毅看到皓月后也吃了一惊。

三头蜥蜴？而且还这么巨大！这种魔兽在黄毅的印象中似乎并不存在。但那风系的飘浮术，他还是认识的。

黄毅在心中暗暗思忖："飘浮术不是飞翔术，那么庞大的身体，它能悬在空中多久？只要落下来，一样要受到我土浪术的影响，而且，我这土浪术还能持续十分钟以上。"

黄毅没有大意，从皓月出现的那一刻开始，他和他的土元素精灵就已经重新吟唱起了咒语。他自己吟唱的是陨石术咒语，土元素精灵吟唱的则是落石术咒语。

陨石术的特点是攻击力更强，虽然只有一颗陨石，但它能按照魔法师的心意进行攻击，和范围型的落石术配合在一起后，整体攻击力自然会大增。

他这边是两个在吟唱咒语，但是，皓月这边是三个，而且三个的属性都不一样。

低沉的声音同时从小光、小火、小青口中响起，它们吟唱的咒语连龙皓晨都听不懂。和人类完全不同的是，皓月发出的音阶短促、有力。

最先完成吟唱的是小光，一圈金色光环出现在它的大头周围。小光一仰头，向空中喷出一道刺目的金光，顿时，天空中竟然出现了一片光云，紧接着，一根金色光柱从天而降，落在了龙皓晨身上。

一股暖流瞬间传遍全身，龙皓晨只觉得自己体内的液态灵力像是沸腾了一般，正在以惊人的速度恢复、增加。

这是光耀天地，又被称为续灵术，守护骑士的五阶技能。这个技能的限制很大，只有在光系能力者之间才有用，属于一种转嫁灵力的法术。这种技能在骑士的秘技中，比蓄势还要冷僻。无论是守护骑士还是惩戒骑士，很少有人会学习这个技能。试问，谁没事儿愿意将自己的灵力转嫁给他人？

但是，小光会这个魔法，而且直接作用在龙皓晨身上。龙皓晨觉得，几乎只是一瞬间，自己的内灵力就恢复了五成以上，他顿时在皓月背上坐直了身体。

因为黄毅和土元素精灵是率先施法的，所以此时，落石术和陨石术已经同时完成。天空中，无数磨盘大的石块坠落下来，与此同时，远处一颗闪耀着黄色光芒的圆形石块带着呼啸声，也直奔龙皓晨轰击而来。

龙皓晨端坐在皓月背上岿然不动，他与皓月心意相通，自然知道皓月的三颗头在做什么。他手中的火剑斜指下方，金色光芒升起，正是蓄势！

小火朝天空发出一声怒吼，一个火红色的六芒星在它的头前一闪而逝，它那双火红色的小眼睛中也亮起了夺目的红光。

"轰！"

一根以皓月的身体为中心的巨大火柱骤然冲天而起，所有的落石几乎都在瞬间化为了灰烬。那飞射而至的陨石与之碰撞在一起，威力顿时大减。陨石最终来到龙皓晨面前时，小火大头一摆，硬是将那已经没有多少冲击力的陨石撞得飞了出去。

小青的魔法就在这一刻完成了，炽烈的青光在它身后亮起，青色的六芒星瞬间成形，紧接着，一股飓风从它背后席卷而来。

虽然那样子有点不雅观，像是它放了个屁，但是，效果绝对给力。

在这风柱术的推动下，皓月那硕大的身体顿时如同流星赶月一般直奔黄毅飞去。

没错，飘浮术是不能让人飞，可加上风柱术的辅助，要在短时间内破空滑行还是能够做到的。

皓月的三颗头配合得极为默契，小光为龙皓晨恢复灵力，小火防御，小青负责飞行。说起来时间算是较长，可实际上这些动作都是在极短的时间内完成的。

三属性魔兽？黄毅都有点看呆了，他的陨石术刚被破掉，皓月的身体就已经在他眼中变得越来越大。

"不好！"黄毅暗自惊呼一声，赶忙控制着土浪术逃跑。

他维持这土浪术也是要消耗灵力的，而且，在之前与龙皓晨的一系列战斗中，他的灵力消耗也相当巨大。此时，他已经无法再次攻击，只想先拉开距离，等龙皓晨落地后再说。

但是，龙皓晨又怎么会再给他机会呢？

龙皓晨的双脚在皓月背上一点，整个人如同箭矢般飞出，小青喷出一根小型风柱，冲击在龙皓晨脚下，令他的速度瞬间达到极限。

土浪术确实巧妙，黄毅赶忙控制自己脚下的土包，想要改变方向。

只见白光一闪，在黄毅的惊呼声中，一股强大的拉扯力已经将他拽起，下一刻，龙皓晨炽热的火剑就到了他面前。

那股拉扯力正是圣引灵炉的牵引之力。

之前，龙皓晨在接近到他身前二十米的时候就想过用这个技能，却被突刺囚笼阻隔了。此时，他自然不会放过机会。

皓月落地，粗壮有力的四肢猛然一蹬，冲向龙皓晨坠落的方向，小青张口一吸，一股吸力将他的身体横拉了一下，紧接着，它又吹出一个风团，风团承接着龙皓晨徐徐落地。

当黄毅清醒过来的时候，皓月那三颗狰狞的大头已经从三个方向凑到了他面前，喘着粗气，小火还用舌头舔了舔嘴，似乎觉得他很美味。

"不要吃我啊！我认输！"

第36章
好厉害的采儿

在黄毅的惊呼声中,全场一片震惊。

这一幕实在是太戏剧化了。黄毅原本已经占据绝对上风,谁也没想到,龙皓晨竟会在如此短的时间内扭转局面。

从皓月出现到比赛结束,只过了短短十余息的时间,但皓月的强悍实力已经彰显无遗。

尽管它并没有使用什么强大的魔法,但它的三颗头分别拥有三种属性,与龙皓晨的配合更是极为默契,简直就像是同时有三个魔法师在帮助龙皓晨一样。

土浪术悄然消失,场地内恢复了平静,皓月却有了新动作。

皓月的六目全都集中在了黄毅肩头的土元素精灵身上,小青一张嘴,一股强大的吸力就从它口中发出,那土元素精灵发出一声尖叫,下一刻就被它吸入口中了。

"不!"

黄毅大叫出声,原本对皓月这三颗大头的恐惧瞬间变成了绝望。

元素灵炉何等重要,失去了土元素精灵,他的整体实力相当于下降了四成啊!

"小青不可,快吐出来!"龙皓晨低喝一声。

小青明显有些不解地看着龙皓晨,小光和小火则吞咽了一口唾液,流露出不舍之色，却还是很通人性地拱了拱小青。

小青心不甘情不愿地张开嘴，"噗"的一声，土元素精灵砸到了黄毅身上。尽管这小东西因为受到了惊吓而瑟瑟发抖，身上更是沾满了口水，但黄毅还是大喜过望，毫不犹豫地将它收入了体内，土元素精灵身上的口水也随之转移到了黄毅胸口的衣襟上。

龙皓晨没好气地用手敲了敲小青的头，道："你们还真是什么都想吃啊！黄兄，抱歉。"

黄毅摇摇头，道："是我该说谢谢才对。我输了。"

说完，他感激地向龙皓晨行了一个魔法师之礼，这才转身向休息区走去。

"龙皓晨胜。"

别说其他参赛者了，此时连这位宣布结果的裁判都忍不住凑过来，上下打量起了龙皓晨身边的这只稀有魔兽。

拥有三种属性的魔兽不是没有，但长了三颗头的魔兽就极为少见了，而且，一般能够拥有三种属性的魔兽至少也有八级修为。

这位裁判是明眼人，他看得出来，龙皓晨这魔兽伙伴的气息并不是太强大，大约处在六级初阶。此外，它看上去已经是成年体了，要是这三头蜥蜴能够继续成长的话，以它这拥有三种魔法属性的天赋，必定能够帮助龙皓晨成为一名强大的骑士。

龙皓晨没有停留，而是直接通过契约将皓月送回了酒店的房间之中。魔兽传送是可以自己先定位好目的地的，尤其是龙皓晨和皓月是血契关系，所以他甚至可以定下多个传送点。

"今天总不会有事了吧？我这么快就结束了比赛，一定要先去等采儿。"

连续两次让采儿空等和担心，让他的心中充满了愧疚，因此，他赢了比赛之后，就迫不及待地离开了试炼场。今天这一战，也奠定了他在第三组的胜局，黄毅很可能是他在第三组中最强大的对手，赢了这一场，他后面的比赛就变得容易多了。

另一边，试炼场上即将进行第二组的比赛。

李馨坐在休息区里正担忧地看着即将开始的比赛，此时，她甚至比自己比赛时还要紧张。

比赛双方正在向场中走去，其中一方，正是昨天赢了林鑫的光头牧师司马仙。而另一边……

"嗒、嗒、嗒。"

熟悉的声音中，采儿手持青竹杖，正缓步走入试炼场。

司马仙看着渐渐走到自己面前的采儿，不禁皱起了眉头。

昨天他也看到了采儿和李馨的比试，采儿一上来就选择了认输，当时他就很奇怪，这个盲女竟然也能通过初赛？

而今天，采儿就变成了他的对手。

"司马仙对采儿，比赛开始。"

裁判宣布一声后便向后退去，四根辅助刺客的柱子随之升起。

司马仙没有直接出手，而是满心疑惑地向采儿问道："姑娘，你行不行啊？要不你认输吧。本来我就不喜欢跟你们女孩子战斗，你这样子，我也下不去手啊！"

"我要进攻了。"采儿冷淡的声音骤然响起。

下一刻，司马仙只觉得全身汗毛瞬间竖起，头皮发麻，一股令人窒息的森然杀机瞬间在试炼场内弥散开来。

采儿依旧是采儿，一名手持青竹杖的盲女，可在这一刻，在司马仙眼中，她变成了一柄无比锋利的利刃。

采儿身形一闪，就像突然出现在试炼场内的一道黑色闪电，司马仙只觉得眼前一花，采儿就已经到了他面前，青竹杖短的一端直接被当成匕首点向了他的胸口。

司马仙的反应还是很快的，发现眼前一花时，他就感觉到了不对，于是，他快速后退一大步，同时凭感觉将他那粗壮的法杖竖在了身前。

"当！"

司马仙只觉得一股大力瞬间涌来，而且还有一股森然寒意顺着法杖钻入自己的手掌之中，强大的穿透力令他全身一冷。而其他观战者只看到采儿宛如幽灵般瞬间前冲，青竹杖点在了司马仙的法杖上，司马仙的身体就向后滑了出去。

"五阶！"

司马仙在心中狂叫一声，若没有五阶的修为，她的灵力怎会如此强大？

绝不能让她近身，司马仙第一时间做出了正确反应，右脚狠狠地跺向地面，使出圣光爆震。那白色光芒在化为一圈光环的同时，又朝周围轰去。

果然，他的反应是正确的。采儿跟进之时，见到圣光爆震竟也略微停顿了一下。

司马仙将手中法杖横挥而出，圣光之锤爆发，直奔采儿当头砸去，与此同时，一道炽烈的金光从他身上升起，正是牧师用来护体的神圣之光。

"啊！"

司马仙怒喝一声，身体骤然膨胀，上身衣物纷纷开裂，整个人瞬间进入狂化状态。

上一战中他和林鑫的攻守互换已经令人大跌眼镜，此时，他竟然用出了狂化技能，更是令其他参赛者震惊不已。这家伙，真的是牧师吗？

司马仙的应对不可谓不好，可惜，他的对手是采儿。

采儿身体微微一晃，青竹杖前点，圣光之锤根本没有发挥出它的攻击力，就那么直接消失了。与此同时，采儿的身体也随着那一晃变得虚幻起来，司马仙根本无法捕捉到她的身影。

狂化状态的司马仙的攻击频率极高，力量也大得惊人，他用手中的法杖向采儿急速攻去。

但是，令人震惊的一幕出现了。面对如此强大的攻击，采儿不退反进，竟然就那么冲入了司马仙挥出的杖影之中。

"噗！噗！噗！噗！"

接连四声，四道青色光芒同时点在神圣之光的四个位置，神圣之光瞬间消散。

此时，司马仙心中惊骇不已，她真的是人而不是幽灵吗？明明看上去已经砸中她了，但是他根本没有触及实体的感觉。

就在这时，一声刺耳的尖叫近距离响起，司马仙只觉双耳一痛，脑海中出现了瞬间的恍惚。

也就在这个时候，采儿已经贴近到他身前两米范围内，青竹杖再次前点，青幽幽的光芒闪耀，只听"噗"的一声，青竹杖正好点在他的法杖前端。

那力量瞬间奔涌而至，比之前不知道大了多少。司马仙虽然处于狂化状态，但是在精神恍惚之下，铁掌直接砸在自己厚实的胸肌上。

紧接着，采儿手中的青竹杖横扫，"噗"的一下，将司马仙抽得飞到了五米开外，司马仙的身体顿时落在地上。

紧接着，黑影一闪，青竹杖长的那端已经抵在司马仙的咽喉之上。

诡刺、幽灵闪、魔音灌脑、霸王刺，采儿将四大刺客技能衔接得宛如行云流水一般，而狂化中的司马仙竟然没有半分抵抗之力。

采儿的灵力充满了穿透力，此时，倒在地上的司马仙只能用自身灵力去拼命化解采儿的灵力，哪还有什么反抗能力。

"你输了。"采儿淡淡地说了一句后，就将青竹杖收回，缓缓走向休息区。这是绝对自信的表现，因为她根本没有等裁判确认。

因为在昨天的比赛中采儿直接向李馨认输，所以有不少参赛者轻视她，此时，这些人的脸色都变得极为古怪。

司马仙虽然没有五阶的修为，但也有四阶八级以上了，他在狂化状态之下，与五阶强者也有一拼之力，可是，在采儿面前，他没有半点机会。

从采儿出场到比赛结束，时间太短暂了。

但采儿的静若处子，动若脱兔和她的强大攻击力确实震撼了在场所有人。

要知道，自始至终，她都没有借助那些柱子，而且她还是一位盲人啊！刺客第一号，果真是名副其实。

"采儿胜。"

裁判宣布结果的同时，司马仙也从地上爬了起来。

他用手摸了摸光头，再看采儿时，目光已经变得有些异样，他喃喃地说道：

"原来刺客可以这么强大啊！"

这一战对司马仙的影响很大，面对同年龄对手，这还是他第一次毫无还手之力。

其实，现在的司马仙有点像光明属性的狂战士，毕竟牧师前期的攻击技能太有限了。不过，他的肉体再强大，又怎能与刺客圣殿千年难得一见的超级天才轮回圣女相比呢？

林鑫呆呆地看着采儿走回休息区，眼睛都直了。他现在最想对采儿做的就是"抱大腿"。

当然，他绝对没有其他想法，只是纯粹地想"抱大腿"。

司马仙的战斗力，林鑫昨天可是领教过的，他无论如何也想象不到，这个之前和龙皓晨在一起时看上去那么娇弱，而且还失去了视觉的小姑娘，竟然强大到了如此恐怖的程度。

太强了，简直是太强了。如此强者，这一届猎魔团选拔赛中还有谁能与她抗衡？

李馨心中的震撼一点也不比林鑫的少，林鑫想不到的事情，她一样想不到。此外，在昨天和她的比赛中采儿还故意认输……就算自己拥有玫瑰独角兽，可自己赢得了采儿吗？弟弟啊！你这是从哪里找了一个和你一样可怕的小姑娘啊！

以前李馨一直都觉得龙皓晨是这个世界上天赋最高的人了，可眼前这小姑娘的年纪恐怕还没有龙皓晨大吧，修为竟然已经到了五阶。她对付司马仙时游刃有余、从从容容，分明未尽全力。如果将来她真成了弟弟的小女朋友，那绝对是一件大好事。

"姐姐，我先走了。"采儿来到李馨身边，轻声说道。

李馨微微一笑，道："去等他吗？"

"嗯。"

"快去吧。你这么厉害，我也不用为你的安全担心了。"李馨微笑道。

"嗒、嗒、嗒。"

在所有人的目光中，采儿从容离去。

在接下来几天的比赛中，龙皓晨在第三组可以说是一帆风顺，并没有遇到什么麻烦，甚至不需要皓月出场，就连胜了五场。

其中有三场胜利是那几位刺客"贡献"的，另外两场则是与牧师的对决，那两人直接认输了，龙皓晨绞杀土巨人的情形他们看得很清楚，那种程度的攻击力又岂是他们能够抵挡的？

小组赛中，每个人都有九场比赛，龙皓晨已经胜了七场，基本确保了出线的资格。他在最后两天的小组赛中，将分别对阵王原原和陈樱儿这两个有些奇怪的小姑娘。

在这一组中，龙皓晨和黄毅都展现出了自己强大的实力，但要说最引人注意的，并不是他们，而是那个召唤师小姑娘陈樱儿。

在连续输了三场之后，她又连续胜了三场。她的战斗方式很简单，就是召唤生灵之门。正如龙皓晨判断的那样，这姑娘根本无法确定自己能召唤出什么来。在面对黄毅的一战中，她那生灵之门中悍然钻出了一只八级高阶的绿龙，吓得黄毅直接认输，因此，这姑娘从此直接成了第三组的最不确定因素。

试问，他们这些年轻人中，谁能和八级魔兽抗衡？

王原原的表现也很抢眼，她竟然和龙皓晨一样获得了七场胜利，但是，在最后两场中，她将分别与龙皓晨和黄毅比拼。

因此，龙皓晨基本锁定了一个出线名额，另一个出线名额就将在王原原和黄毅之间产生。从目前的表现来看，黄毅虽然落后两场，但他追平王原原成绩的可能性还是很大的，而且，只要他击败王原原，根据双方的胜负关系，他就能超越对方和龙皓晨一同出线。

第三组这边有个奇葩的随机召唤师，而第二组那边还有一个更奇葩的选手，那就是林鑫。

七场比赛下来，林鑫一负六平。

没错，除了面对光头牧师司马仙时他因为时间问题而输掉了比赛之外，他在接下来的六场比赛中都与对手战成了平手。因为，他虽然不会攻击，可也没有人能破得了他的防御，就连拥有玫瑰独角兽的李馨也是一样。

可惜，第八天的比赛即将开始，他今天要面对的对手是采儿。

采儿在第二组一枝独秀，取得了六胜一负的好成绩。

李馨也凭借着强大的玫瑰独角兽，获得了五胜一平一负的好成绩，她输的那一场，是败给了灵魂圣殿的那位召唤师。不过，这位召唤师第二天就遇到了采儿，直接被采儿重伤，导致后面连输数场。

为此，灵魂圣殿方面还向刺客圣殿提出了抗议。

可是，这种抗议有用吗？

如此一来，光头牧师司马仙就成了这一组的第三名，七战五胜二负，另外一场就是输给了李馨。

玫瑰独角兽的优势确实是太大了，再加上李馨本身是惩戒骑士，经过多场实战后，她与进化后的玫瑰独角兽配合得越来越默契了。

这一组中，采儿最后两场将分别面对林鑫这个不会攻击的魔法师和一名战士，基本上大局已定，她和李馨将会双双出线。

李馨很清楚，如果不是有采儿，自己未必能够从这一组成功出线，对这个神秘莫测的小姑娘，她是越来越喜欢了。

五天来，龙皓晨没有再闹出什么故事，每天都与采儿结伴同行。他们的年龄毕竟都还太小了，手牵着手同行一段，对他们来说就已经是十分幸福的事情了。他们之间的交谈虽然不多，但是已经熟悉了对方的气息。

李馨并没有将采儿实力强悍的事情告诉龙皓晨，这是人家自己的事，让他自己去发现好了。

龙皓晨也没有问，因为在第一天的比赛中，采儿就向李馨认输了，龙皓晨便先入为主地认为采儿的失明导致她在战斗上不太行，心中怜意更甚。

小组赛进入第八天。

清晨，李馨一边吃着早饭，一边打趣龙皓晨，道："弟弟，你每天都送采儿回去，你带她去哪里玩了啊？"

同样在吃饭的夜华也看向了龙皓晨。龙皓晨认识采儿这件事李馨自然不会向他隐瞒，而且她还将采儿的实力告诉了他。

夜华自然不会反对自己的宝贝徒弟认识这位刺客圣殿的未来之星。一个盲女，实力竟然这么强，这本身就是个异数。更何况夜华有先天内灵力低下的缺陷，所以他对采儿有一种同病相怜的感觉。

虽然他并不觉得龙皓晨这么早就有了一个疑似女朋友的朋友是件好事，但昨天发生的一件事让他改变了主意。

"玩？我就只是送她回去啊！"龙皓晨说道。

李馨顿时瞪大了眼睛，道："不是吧，弟弟。你就这么跟女孩子约会啊？这也太不浪漫了吧。就算因为赛程紧张，你不能带人家去玩什么，也总要请她吃个饭吧？也好多交流交流，熟悉一下她家里的情况什么的。"

"请她吃饭？"龙皓晨一呆，道，"可是，我没钱啊！"

他确实是没钱，他真是恨不得把一个金币掰成两半花。皓月进化后，饭量更大了，他那点钱，全都填了皓月的肚子。

李馨拍拍他的额头，哭笑不得地道："你这个傻弟弟，没钱你不会跟姐姐要啊？笨死了。给。"

她一边说着，一边从怀中摸出一袋金币，扔给了龙皓晨。

"姐，我不能要你的钱。"龙皓晨伸手就要将钱袋赶紧还回去。

李馨眼睛一瞪，道："干什么？找揍啊你？快收起来，弟弟花姐姐的钱不是应该的吗？我可是一直都拿你当亲弟弟看待的，难道你不当我是亲姐姐吗？你要是敢还回来，姐姐可就生气了，以后都不理你了。"

"我……"龙皓晨顿时不知该说些什么才好了。

夜华说道："收下吧。馨儿这也是为了你好。那个采儿姑娘，你要对人家好一点。如果有可能的话，等到决赛结束，猎魔团选人时，尽可能和她一组吧。"

就在昨天，某个神秘兮兮的老头找到夜华，跟他密谈了一个多时辰。这个老头走了之后，夜华在很长一段时间里都沉浸在哭笑不得的感觉中。因为这位骑士圣殿的大人物来找他，竟然是为了告诉他，要尽可能撮合龙皓晨和采儿。虽然他没明说，但那意思也表现出来了，那就是采儿对刺客圣殿有着非同寻常的意义。要是龙皓晨真的能和她在一起，那不仅两人能相互促进，还会对骑士圣殿与刺客圣殿之间的友谊大有好处。

不过，以夜华的性子，他自然不会真的去给徒弟做媒人。他今天提这一句，也就是向龙皓晨隐晦地表示一下他一贯的态度——自己并不会反对龙皓晨和采儿在一起。

龙皓晨收好金币，心中顿时多了几分羞惭。他暗想："是啊！我认识采儿这么久了，居然都没有请她吃过东西。"

魔法试炼场，第二组比赛的场地。

按照抽签的结果，今天第二组第一个出场的就是采儿，而她的对手正是林鑫。

"采儿对林鑫，双方出场。"裁判高声喊道。

采儿缓缓站起身，正当她准备走出去时，林鑫已经站了起来，高声喊道："认输，我认输了。"

这还是自第二组比赛开始以来，第一次有人尚未入场就认输。

林鑫朝着采儿微微一笑，虽然他知道采儿看不见他，但是他还是挥了挥手。他无论如何都是进不了前十六的，既然如此，还不如做个好人，送上一份人情给采儿。

更何况，他可不认为自己能挡住采儿的攻击。

林鑫虽然不会攻击魔法，但他是一个聪明绝顶的人。

采儿是什么职业的？人家是刺客！

有用青竹杖当武器的刺客吗？绝对没有。

所以说，从比赛开始到现在，采儿从未拿出过真正属于刺客的武器。要是她真的出手了，谁知道那攻击力会强大到什么程度！他可不想因为自己的防御够强而成为第一个试验品。

第三组这边，龙皓晨今天也是第一个出场的，只不过，他就没有采儿这么轻松了。

王原原站在龙皓晨对面，右手提着那比她的身体还要大上许多的重盾。她看着龙皓晨的时候，眼中充满了兴奋。

她知道，只要自己能赢了眼前这一场，那么，第三组第一的位子就是自己的了。虽然前十六名在决赛时还要抽签，但小组第一名只会遇到其他小组的第二名，能以第一名的身份出现在决赛中的话，对她而言将十分有利。

不过，她也知道眼前这个家伙很不好对付。那天龙皓晨战胜黄毅时召唤出的坐骑，虽然现身时间极短，但给她留下了极为深刻的印象。

"比赛开始。"裁判宣布一声后就缓缓退开了。

王原原手中盾牌一横，挡在自己身前，朝着龙皓晨喝道："召唤吧，把你那坐骑召唤出来。"

龙皓晨摇了摇头，道："那不公平。如果你的实力真的能强过我，那么我会考虑的。"

他虽然原本只希望通过这次大赛来增加自己的实战经验，但现在情况变了。修为能够在比赛中突破五阶，这是他没想到的。然而，现在不但他突破了，就连皓月也完成了第二次进化，这就让他真的拥有了去争夺总决赛前三的实力。进入前三后，那可是会有灵炉作为奖励啊！

此外，他答应林鑫的事还没有完成，如果能够在这一届猎魔团选拔赛上完成当然是最好的，因为他并不喜欢自己欠着别人的感觉。

王原原听了他的话后不禁微微一愣，缓缓收起原本握在左手中的一块宝石，向龙皓晨点了点头，道："既然如此，那我们就公平一战好了。"

她说罢大喝一声，瞬间就朝龙皓晨冲了过来。她的速度虽然比不上刺客，但是，她每一次落地，都会发出巨大的声响，自身的气势也会随之提升，银色的灵力升腾而起，令她皮肤表面都蒙上了一层银色的光芒。

五阶？液态灵力？

龙皓晨心中一凛，因为在之前的比赛中，王原原表现出的都是四阶巅峰左右的修为，这还是她第一次展现出来五阶的实力，也不知道是她以前隐藏了实力，还是她刚刚有了突破。

正像某位战士圣殿大能评价的那样，王原原绝不是一名传统的盾战士，她这巨大的盾牌完全是当重斧来使用的。

在距离龙皓晨不到十米时，王原原用左脚狠狠踩地，整个人腾空而起，抡起巨大的重盾，直奔龙皓晨当头斩来。那副样子，简直比男战士还要彪悍。

龙皓晨左手握着一面精铁盾，右手则拿着火剑。

选择精铁盾，是因为它便宜。失去了光耀之盾后，他也去圣盟大拍卖场看过，可是并没有买。原因之一是他的金币还要供皓月以后吃饭，另一个原因就是好的武器实在太贵了，贵得让他只是看了几眼就回来了。

一面普通的魔法装备级别的盾牌就要上千个金币，哪怕是合金盾牌也要上百个金币。无奈之下，龙皓晨只得花了十个金币买下了手中这面精铁盾先凑合着用，还花了二十个金币买了一柄重剑，放在勿忘我戒指中备用。

现在他只想等到决赛结束以后赶快去骑士圣殿把初赛的奖品领了，前十名似乎都能得到一件灵魔级装备呢。要是把这东西卖了，应该足以给自己凑上一套魔法装备了吧？

真是一金币难倒英雄汉啊！

龙皓晨骨子里骄傲得很，他肯定不会去向李馨和夜华要钱花。

突击！

面对腾空而起正朝着自己使出重斩的王原原，龙皓晨用出了突击技能。当然，他并没有正面冲向王原原，而是朝着她的侧面发起了突击。速度陡增之下，他正好躲开王原原这一击。

"轰！"

巨大的盾牌狠狠地斩在地面上，银色的灵力瞬间扩散，产生一圈扭曲的震荡波，王原原手中的盾牌一半都没入了地面之中。这一击的威力，足以媲美龙皓晨用圣剑发出的光斩剑了。

龙皓晨虽然避开了王原原的攻击，但是那扩散的银色灵力还是对他产生了一定的影响，以至于他在自己的突击技能被打断后，未能在第一时间发起攻击。

王原原一击不中，凌厉的攻势不减，盾牌猛然朝着龙皓晨的方向一甩，大片的黄土顿时化为茫茫飞沙，直奔龙皓晨笼罩而去。随后，王原原手腕一抖，那巨盾便瞬间飞出，直接横着斩向龙皓晨，重盾破空的"呜呜"声宛如死神的叹息一般令人胆战心惊。

龙皓晨的腰就像折断了一般，上身向后一倒，王原原的巨盾就这样带着呼啸声从龙皓晨头顶瞬间划过。

也就在这一刻，龙皓晨右脚点地，开始反过来突袭王原原。

此时王原原的盾牌已经不在手中，正是攻击她的最好时机。

盾挡冲击！龙皓晨的精铁盾直奔王原原撞去，而这个时候，王原原那巨盾要转回来至少还要一息时间。

"哼！"

王原原冷哼一声，银光骤然一闪，她竟然朝着龙皓晨毫不犹豫地撞了过来。令龙皓晨吃惊的是，就在下一瞬间，巨盾已经毫无预兆地出现在她手中，局面也变成了双方同时使用盾挡冲击撞向对手。

"砰！"

龙皓晨应声飞出五米开外，在巨大的力量作用下，他手中的精铁盾已经碎成了铁块。

龙皓晨在装备上实在是太吃亏了，而且，他吃惊地发现，自己面对王原原时竟然一点便宜都占不到，甚至还吃亏了。要知道，自己的外灵力可是由皓月的血脉增强过的啊！足以见得这姑娘的力气之大！

因为每天都要和采儿约会，所以龙皓晨并没有仔细观察过王原原的战斗情况。此时，他才明白，这姑娘能够获得七场胜利，凭的是她的真本事。

那银色灵力……难道是她拥有的稀有的空间属性？

龙皓晨刹那间就醒悟了过来。如果不是空间属性，巨盾又怎么会突然回到她手中？

震退龙皓晨后，王原原也是一愣。

她与龙皓晨的内灵力是差不多的，在这种情况下，用同样的技能彼此对撞，比拼的就是外灵力和装备了。毫无疑问，龙皓晨那精铁盾处于绝对下风，但是，在碰撞的那一刻，王原原感觉龙皓晨就像是一只突然爆发的狮子，爆发力极为强大，以至于她也被震退了半步，没能继续使出后面的攻击技能。要是他有和自己同等的装备，那就算他不敌，估计也不会被撞飞吧？

虽然王原原心中这样想着，但她手上可没停下来。

她朝着身形不稳的龙皓晨冲了过去，手中盾牌一晃，幻化出三道光影，试图罩住龙皓晨的身体。

虽然龙皓晨手中只有单剑，但他眼中的光芒骤然变得凌厉起来，经过之前的试探，他对王原原已经有了几分了解，此时便不再保留。

突刺！

龙皓晨的火剑上闪耀起一团夺目的剑芒，"噗"的一声，刺在了王原原的重盾边缘，同时，他口中喃喃地念着咒语，双手握剑，在突刺之后，立刻使出了一个曜日斩。

"轰！"

曜日斩竟准确地捕捉到了那三道盾影中真实的一道，与之进行了剧烈的碰撞。

这一次，王原原竟然吃了一点亏。

两个人的内灵力修为虽然差不多，但她毕竟被刚才那一击分散了力量，不过她那巨盾的品质明显在龙皓晨的火剑之上，所以只被震退了一步。同时，这一击也吹响了龙皓晨反攻的号角。

龙皓晨左手一抬，他购买的那柄精铁重剑就已经出现在手中，与此同时，他的咒语吟唱已经结束。

一个高约一米的光影悄然悬浮在龙皓晨背后，光影的双翼展开，竟然是光明天使的模样。接着，一圈金色光晕从这天使身上洒下，落在了龙皓晨身上，顿时，将他整个人都染上了一层金色。

这是五阶守护骑士技能——天使祝福。

最近这几天，夜华刚刚教给他这个技能。

天使祝福并不是秘技，所有守护骑士都可以学习。这个技能在实战中作用极大，因为它是一个范围型技能，不仅能增强自身的攻击力，也对队友有利。在持续消耗灵力的情况下，它能够让所有攻击和防御都附带上光属性效果，而且不会影响其原本的属性。它的光属性增幅虽然远不如圣剑，但在持续时间和作用范围上更胜一筹，是守护骑士引领团队对付魔族时必不可少的技能之一。

此时，龙皓晨手中的火剑和精铁重剑都染上了炽烈的金光。使用天使祝福，除了能增强他自身的攻击力之外，最重要的就是能帮助他好好保护自己的武器。要是火剑再有所损坏，他还拿什么武器参加后面的比赛啊！那精铁重剑在天使祝福的作用下，也勉强能算是一件魔法武器了。

纯白之刃，闪电刺！

龙皓晨双手中的重剑同时爆发，数十道剑光以无比凌厉的攻势刺向王原原。

王原原没想到龙皓晨居然会在盾牌损坏之后换成使用双剑，她在准备不足的情况下，只得后退一步，将巨盾挡在身前，把自己的身体完全遮挡住。

第37章
巨灵神之盾

龙皓晨要的就是这效果，他左脚点地，腾身而起，在一连串的金铁交击声中，在火剑完成闪电刺的下一刻，曜日斩再次闪亮，狠狠地轰在重盾之上，他腾起的身体也借助这一击上升到了王原原的头顶。

"不好！"王原原此时也已反应过来。她这重盾最适合的是中短距离攻击，并不擅长近身作战。她在防御方面并不擅长，被龙皓晨逼到了如此之近的地方，她原本的节奏显然被打乱了。

龙皓晨的曜日斩沉重有力，逼迫得她不得不再退一步，而这个时候，龙皓晨的斗杀旋圆剑已然爆发。

王原原能够从众多战士中脱颖而出，技能自然不止于此。这姑娘面上闪过一抹狂野之色，在这个时候，她并没有借助自己武器上的优势进行防御，反而将盾牌猛然向上一扬，由单手持盾变为双手，同时她双脚脚尖点地，整个人就像一个巨大的陀螺原地旋转起来，强烈的银光也在刹那间笼罩了她手中的巨盾。

旋盾裂空击！

顿时，银色光芒释放。龙皓晨吃惊地发现，自己的斗杀旋圆剑落在那急速旋转且散发着强烈银光的巨盾上后，竟然总是会滑开。不但无法将斗杀旋圆剑的绞杀威能全部发挥出来，甚至也无法借力，使得他这秘技威力大减。那巨盾却坚如磐石，没有半分被破坏的迹象。

一丝羡慕出现在龙皓晨心中,这盾牌虽然大了点,但品质真好啊!

眼前这一幕绝对是绚丽的,龙皓晨和王原原两个人,一个在空中横向旋转绞杀,一个在地面上直立旋转抵挡。金色与银色灵力疯狂爆发,相互碰撞。强大的爆发力令裁判都不得不靠近他们,准备随时插手,避免两个人之中有人受到真正的伤害。

在旋转的过程中,龙皓晨身上还不断爆发出一圈圈光晕,他在使用斗杀旋圆剑的情况下,竟然还接连释放出了信念光环、强击光环,令自己的攻击力持续提升,这要有多强的精神力才能做到啊!

看上去王原原完全抵挡住了龙皓晨的攻击,她的盾牌也没有半分损坏,但是那持续的压迫令她旋转的双脚渐渐陷了下去,就像是一个陀螺渐渐钻入了地面。

"啊!"

王原原突然爆发出一声刺耳尖叫,手中急速旋转的盾牌上,骤然冒出了一根直径超过一米的巨大银色光柱。

在猝不及防之下,龙皓晨的斗杀旋圆剑顿时与其狠狠地撞了一下,整个人被冲击得飞向高空。

那银色光柱内蕴含着极其强大的撕裂力量,幸好他有天使祝福这个辅助技能护体,再加上他及时释放出了一个灵光罩,略微地抵挡了一下,这才没有真正受伤。

"噗!"

龙皓晨踏在地面上,接连向后退出四五步,这才勉强站稳了身形。另一边,王原原也从她自己钻出来的土坑中跳了出来。

这是裂空炮,是强大的空间属性战士秘技,拥有强大的瞬间爆发力,只不过王原原在极其被动的形势下,没能完全发挥出这一击的威能。可就算如此,她也凭借这一击和旋盾裂空击破掉了龙皓晨的斗杀旋圆剑。

不过,此时王原原的情况看上去不太好!

她原本英气勃勃的脸明显有些苍白,还不停地喘息着。她连续施展了两个最强大的技能，这对她灵力的消耗同样是巨大的。

从龙皓晨还维持着天使祝福就能看出，论消耗情况，拥有光明之子体质的龙皓晨要比王原原好得多。

"你是惩戒骑士？"王原原一脸疑惑地看着龙皓晨。

龙皓晨微微摇头，道："守护骑士、惩戒骑士的技能我都会一些。"

王原原有些喘息，道："看来，正常打的话，我真的不是你的对手，不过，我不会就此认输的。我要用全力了，你也召唤出你的坐骑吧。你这身垃圾装备是没法跟我这巨灵神之盾抗衡的。"

自家知自家事，看上去她没吃亏，可是，在刚才这接连的碰撞之下，她的灵力消耗已经超过一半，而看龙皓晨那样子，似乎根本就没有消耗多少。因为他那斗杀旋圆剑最霸道的地方就是能借力打力，所以对自身灵力的消耗很小，而王原原的两大攻击技能都要消耗大量的灵力。

她一边说着，一边翻转左手，手里顿时多出了一块硕大的宝石，在空间灵力的强烈银光的照耀下，她那握住宝石的手都被染成了灿烂的银色，她毫不犹豫地将宝石塞入盾牌上的第一个孔洞之中。

接着，她又飞快地取出两块宝石，塞入盾牌上的第二个和第三个孔洞。

这些宝石看上去都是一样的，通体呈淡淡的金色，却绝不是光明属性的那种金色，而是带有红色光泽的金色。

当第一块宝石镶嵌上去之后，金色的光晕开始扩散，那巨盾也开始散发出无尽的威严与高贵的气息。

远处的主席台上，负责监督比赛的六大圣殿的六位强者几乎同时起身，眼中都充满了震惊。

龙皓晨肯定不认识这是什么，可他们又怎会不认识呢？这分明是自一万三千年到六千年前这段辉煌年代中保留下来的强大武器装备才有的辉煌气息啊！这面盾牌目前所散发出的气息波动已经到了辉煌级装备的顶端级别，距离传奇级装备仅一步之遥。

此时，王原原镶嵌在盾牌上的宝石只有三颗，如果镶上了全部九颗呢？这面巨盾会不会超越传奇级别，成为史诗级别的装备？

镶嵌上三块宝石后，在那巨大的盾牌上渐渐出现一个奇异的脸谱。那脸谱十分狰狞，在赤金色的光芒笼罩下，由红、黄、白、蓝、灰五色组成，强大的压迫力正是从那脸谱上散发出来的。位于它正面的龙皓晨只觉得这股气势竟像有形之物一般，不断地冲击着自己的身体。

王原原握住巨盾，缓缓将其举起，顿时，那赤金色光芒也笼罩在了她的身上。

王原原身上没有甲胄，她被这赤金色光芒笼罩之后，无论是衣服上还是皮肤上，都出现了奇异的光泽，一股仿佛来自远古蛮荒的气息从她身上瞬间爆发。

龙皓晨的感知力远超常人，他能清楚地感觉到，此时王原原的身上蕴含着无比强大的爆发性灵力，随时都有可能发起致命一击。

龙皓晨额头上紫光闪耀，九道紫色纹路盘绕闪耀，根本不需要咒语，他右手向前一指，额头上的紫色纹路扩大，光芒一闪，皓月已经凭空出现在他面前。

看到皓月，王原原的眼睛顿时亮了起来。她知道，这才是完全状态的龙皓晨。此时的她也是最强的状态，不是她不想多镶嵌几块宝石上去，而是因为这祖传的宝石，她只有三块。

"我乃巨灵神后裔，这面巨灵神之盾，是先祖从辉煌年代流传下来的血脉武器。虽然现在无法令其发挥出全部的战斗力，但我这巨灵神之盾也已经无限接近于传奇级装备了。你小心了。"

话音一落，王原原右脚在地面上重重一踏，轰然巨响中，整个试炼场都剧烈地颤动了一下，她整个人如同一团金色火焰，直奔龙皓晨扑去。

所谓的血脉武器，指的就是只有第一个拥有这件武器的人的直系血脉亲属才能继承的特殊武器。这种武器无论强弱，在市面上都没有什么价值可言，毕竟，再好的东西用不了，也只能当摆设。

众人能够清楚地看到，刚刚被王原原踏过的地面上竟留下了一处直径有半丈，深度超过一米的凹陷，可见她这一踏的力气有多大。

面对巨灵神之盾爆发出的强大压力，皓月却像是什么都没感觉到似的，它扬起头，发出一声咆哮。

龙皓晨和它心意相通，他身形一闪，就落在了皓月背上。在天使祝福的作用下，皓月身上也蒙上了一层淡淡的金色光泽。龙皓晨右手火剑一挥，一道光斩剑朝着王原原直劈而去。

皓月四米长的身体显得极为灵巧，小青喷出一口青色气流，用飘浮术减轻自身重量，同时做出一个横向跳跃的动作，带着龙皓晨横移两丈。

王原原手中的巨灵神之盾横扫而出，当它碰上光斩剑时，奇异的一幕出现了。光斩剑竟瞬间破碎，化为点点金光消失在空气之中。而就在接触的一瞬间，龙皓晨能够清楚地感觉到，那巨灵神之盾竟在以肉眼难辨的速度在极小范围内剧烈震荡着，光斩剑就是被它击碎的。

王原原脚尖点地，追上皓月，重盾随之劈了下来。

皓月的三颗头在它身体横移的时候就开始了吟唱，眼看王原原的攻击即将到达，三道光芒几乎同时从皓月身上弥散而出，竟是三面元素之盾。

青色的是风，红色的是火，金色的是光，三面元素之盾上还都附带着天使祝福的光明属性。

龙皓晨双剑向上一架，身体瞬间停住，使出神御格挡。

王原原此时的速度虽然很快，皓月也完全可以躲开，但龙皓晨还是选择了硬碰硬，因为他想试试这巨灵神之盾的攻击力究竟能达到怎样的程度。

"轰！轰！轰！当！"

接连四声轰鸣令全场皆为震撼。

三面元素之盾竟然只是让那巨灵神之盾的攻击停顿了三下就纷纷破碎了，巨灵神之盾最终还是与龙皓晨交叉挡在头顶的双剑狠狠地撞击在了一起。

龙皓晨全身剧震，一道金色光芒也在他身上亮起，正是光之复仇。而他身下的皓月则接连向后退出数步，在地面上留下了几个深深的脚印。

精铁重剑完全破碎，火剑虽然没碎，但也已从中弯折，看那模样，估计没法再用了。而且，此时的龙皓晨感觉双臂一阵酸麻，体内气血翻涌，险些受伤。可以说，他和皓月联手才勉强抵挡住了这一击。

太强了！这种力量恐怕足有数千斤。

这一记碰撞，龙皓晨无疑吃了大亏，但是，这亏并没有白吃。通过这最直接的碰撞，他对王原原手中的巨灵神之盾有了几分了解。

首先，那疾速震荡应该是巨灵神之盾附带的技能，若没有这个技能的存在，它想要连破三面元素之盾也不是那么容易的。其次，这面盾牌最大的威能在于力量。它似乎能够直接使王原原的外灵力暴增，而它自身又奇重无比，这才能产生如此威力。

不过，在碰撞的那一刻，王原原的脸上分明泛起了一层潮红，而且，一盾击退龙皓晨后，她那巨大的盾牌也直接砸入地面，一大半没入了地面之中。现在，她正用力向外拔那面盾牌，没了之前那如臂使指般的轻松，显然，以她的修为，想要驾驭这面盾牌并不是一件容易的事情。

此时，骑士的优势就展现出来了。龙皓晨的双臂确实已被震得酸麻，并且武器也已经破损，但是皓月并没有直接受创。

此外，在龙皓晨以神御格挡抵挡住巨灵神之盾的时候，皓月身体上挺，帮助龙皓晨化解了一部分力量。

后退几步之后，趁王原原还在拔盾牌，皓月身体一蹿，就到了王原原身边。它粗壮的尾巴直奔王原原双腿扫去，同时释放出大量火球、风刃，疯狂地向她轰去，集中攻击她持盾的双手。小光则念出咒语，光耀天地再次释放，补充龙皓晨的灵力。

王原原的消耗确实不小。她并不是第一次使用巨灵神之盾，但是，她忘记了一件事——以前在使用巨灵神之盾的时候，她的内灵力都是十分充沛的。

之前与龙皓晨一连串的碰撞令她消耗极大，而刚刚借助巨灵神之盾发出全力一击后，她就发现，在没有足够内灵力支持的情况下，自己竟然无法完全掌控巨灵神之盾。皓月的连续攻击又实在是太快了，以至于她被打了个手忙脚乱。

王原原横向一拉巨灵神之盾，试图躲到盾牌后面去，以巨灵神之盾的威能，要挡住这些普通魔法应该不在话下。

她也确实做到了，小火和小青的大量魔法全部在巨灵神之盾的高频震荡之下消散了，但是，皓月极为狡猾，它头部释放的这些魔法只是为了迷惑王原原，下面的大尾巴却及时地卷住了王原原一条腿，然后猛然向后一拉。

王原原虽然在巨灵神之盾的帮助下力量大增，但皓月的力量也不小，在皓月的全力拉扯之下，王原原惊慌失措，效果一下子就显现了出来。

王原原的身体柔韧度原本就极强，这一拉，她整个人顿时向下一倒，做出了一个十分困难的劈叉动作，甚至还想要拉过盾牌去斩皓月的尾巴。可是，龙皓晨不给她这个机会了。

在皓月发动的同时，龙皓晨得到了小光那光耀天地技能的加持，灵力疾速恢复，双臂的麻痹也渐渐缓解了。

小火和小青释放出的那些魔法不只是为了掩护皓月尾巴的攻击，同时，也是为了掩护龙皓晨腾起的身形。

"噗！"

龙皓晨闪到王原原背后，一记掌刀切在王原原的脖子上，王原原只觉得眼前一黑就晕了过去，她那巨灵神之盾自然也就无法被拉过来了。

龙皓晨一把扶住晕倒的王原原，心有余悸地看着她旁边这面巨盾。他知道，如果王原原对这面盾牌的掌控力再强一点，恐怕今天失败的人就是自己了，因为，他是不可能让皓月与这面盾牌以死相拼的。

不过，死物终究是死物，巨灵神之盾现在的威能虽然已经接近传奇级装备的威能，可它终究还是需要人来掌控的，而皓月对龙皓晨的帮助就要大得多了。

相比于平等契约，血契的好处也越来越明显了，他和皓月之间的精神联系要密切得多，哪怕只是意念一动，彼此就都能感觉到，因此，在战斗中的配合也就更加默契了。

虽然赢了王原原，但龙皓晨的脸色并不怎么好看。他所有的装备已经全部被毁坏了，一件都没剩下。

皓月已进化为三头形态，龙皓晨自己也突破到了五阶，本来他还有信心冲击一下本届比赛的前三名的。

然而，刚才巨灵神之盾的恐怖威力告诉了龙皓晨强大装备在战斗中的作用。

可是，他没钱啊！他怎么购买装备？等进入淘汰赛后，没有称心的装备，他要如何面对其他各组强者？

"龙皓晨胜。"

龙皓晨将一个圣光罩罩在王原原身上，他下手并不重，数息之后，王原原便从昏迷中醒了过来。

王原原翻身跃起，很不服气地看着龙皓晨，哼了一声，道："要是一开始我就用巨灵神之盾，你未必是我的对手。"

她一边说着，一边将盾牌上的那三块宝石又拆了下来。

龙皓晨很认真地点了点头，道："你说得对。不过，胜负之数尚未可知。看你的样子，显然还并不能完全掌控这件装备，它对你的消耗也很大。只要我能坚持一段时间，你还是很难获胜的。"

王原原知道他说的是实话，便向他点了点头，道："你挺不错。我一定会和你一起进入决赛的。"

这位彪悍的姑娘一边说着，一边托着自己的巨盾转身朝休息区走去，同时直接朝着休息区的某位魔法师看去。

黄毅此时的脸色着实有些难看，他最后一场的对手就是王原原，谁赢谁就能以第二名的身份出线。尽管第三名也有出线的可能，但谁不想将命运掌握在自己手中啊！

刚才王原原的彪悍表现他也看到了，他在心中悲愤地想："王原原能不能不要这么猛啊！连辉煌级装备都出来了，还是最厉害的那种。我能搞得定吗？"

那巨盾的威能足以抵消他在灵炉上的优势了。

毕竟，他的土元素精灵还从未进化过。

经此一战，龙皓晨已经正式出线，而且是以小组第一名的身份提前从本组出线，率先进入了前十六名。

龙皓晨将皓月传送回酒店房间后，有些闷闷不乐地走出了试炼场。

他已经一件武器都没有了，这可怎么办啊？

不过，他心中的郁闷很快就消失了。

"采儿，今天又是你比较早啊！"龙皓晨笑着迎了上去。每当他看到她时，就会忘了心中所有的不快。

虽然在那次之后，采儿依旧一直戴着面纱，没有再让他看到她的相貌，但龙皓晨从未提出过要再看看的要求。

龙皓晨快走几步，来到采儿身边，很自然地拉起她的小手。

听到他的声音，采儿眉眼处的线条也明显变得柔和起来，她轻声说道："今天的比赛还顺利吗？"

龙皓晨呵呵一笑，道："还行吧。今天的对手挺强大的，是一位女战士，她的盾牌很厉害，可以当攻击武器使用，而且还能装上宝石增强威能，说是什么巨灵神后裔。"

经过了刚刚这一战，龙皓晨有了不少感悟，所以他有些兴奋地将自己与王原原战斗的过程讲述了一遍，却没有提自己的武器已经损坏的事，倒不是因为别的，他只是不想让采儿为他担心而已。

"赢了就好，这么说，你已经是小组第一了。"采儿微笑道。

龙皓晨点了点头，道："是啊！只是不知道在淘汰赛上还会遇到什么强者。对了，我们认识这么久了，除了送你回去之外，我们都没做过别的，要不……"

说到这里，他停顿了一下，拉着采儿的手停下脚步，略微凑近了些，想看清采儿脸上的神色。他心中想着，要是采儿着急回家的话，他就不说出想请她吃饭的话了。

可是，采儿会错了意，面纱内的脸已经变得一片通红，心跳也骤然加速。身为刺客的她，从未像现在这样惊慌失措过。

"他……他要做什么？他要看我的相貌吗？还是要抱抱我？或者，他……他……"

采儿的心已经乱了，被龙皓晨握住的小手顿时冒出了汗水。

龙皓晨看到她突然神色大变，也吓了一跳，赶忙伸手过去摸她的额头。

采儿是看不到的，在心神混乱的情况下，她对外界的感知也变得模糊了许多。龙皓晨的手掌刚摸到她的额头,她就下意识地向后躲去,惊呼道:"啊,不要!"

她毕竟还没做好准备啊!

就在她身后不远处有个小小的石阶,惊慌之中,她的脚被石阶绊到了,整个人顿时向后倒去。

龙皓晨吓了一跳,他虽然完全不明白采儿这是怎么了,但还是下意识地走上前,一把扶住了她。

"小心。"

采儿此时羞得连脖子都红了,她能够清晰地感觉到龙皓晨身上的熟悉的气息。

身为一名从小就开始修炼的刺客,她的身体感知是极为敏锐的,因为只有这样,她才能够感知到所有细微的危险。但此时,她羞涩不已,身体微微一软,双腿险些站立不稳,脑海中有些空白。

龙皓晨也有些发呆,此时天气不冷,大家穿的衣服都不多,当他搂住采儿的腰时,感受到了一种从未有过的美妙感觉。

这短短几秒对他们来说却像是几个世纪一样漫长。还是采儿率先反应过来,她赶忙挺腰站起,用手中的青竹杖挡住龙皓晨,微怒道:"你……你……"

龙皓晨呆呆地说道:"采儿,你没事吧?我、我只是想请你吃个饭。你这是怎么了,生病了吗?是不是发烧了?你的脸好红……"

这下轮到采儿发呆了。

"原来、原来他只是……我竟然想歪了……"采儿脸上的羞红不但没有减淡丝毫,反而比之前更深几分。

采儿用青竹杖在龙皓晨身上轻敲一下,低声说道:"坏蛋,我先回去了。谁要跟你吃饭。"

说完,她以青竹杖点地,几个闪身就失去了踪迹。

龙皓晨竟只看到她身影一闪。

"好快的身法啊!刺客的速度真令人羡慕。可是,采儿这是怎么了?她为什么叫我坏蛋啊？"龙皓晨呆立片刻后，才带着几分不解返回酒店。

他感知敏锐，能感觉到采儿并不是真的生他的气了，可他不明白，她为什么跟逃跑似的走了。

龙皓晨返回酒店后，还没进房间，就听夜华的声音从隔壁房间传来："皓晨，你过来。"

"老师怎么知道是我回来了？"龙皓晨心中一动，赶忙走到夜华的房间前，推门而入。

夜华的房间里除了他之外，还有两个人。一名须发皆白的老者端坐在他的对面，这名老者的背后还站着一名年轻人。

这年轻人龙皓晨认识，可不就是那天认自己为主人后就再也没有见过的韩羽吗？

夜华虽然是坐在那里的，却显得十分恭敬，只有半边屁股坐在椅子上。夜华这个样子，龙皓晨还是第一次看到，以他对夜华的了解，这绝对是夜华发自内心的情绪表现。

"这老人是谁？是韩羽的长辈吗？是因为那天韩羽说要做我的扈从骑士，现在又反悔了？"龙皓晨心中一凛，却没有说什么，而是默默地走到夜华背后站定。

韩羽自然也看到他了，只不过，现在的韩羽表情十分平静，丝毫没有之前的高傲。

那坐在夜华对面的老者正是骑士圣殿圣骑士长韩芃，他看到龙皓晨后，眼睛顿时一亮，微笑道："夜华，你真是培养出了一个好徒弟。本来我还想让你向他转达我的意思的，既然他这么早就回来了，那就不必了。皓晨，今日的比赛可还顺利？"

听到他的声音，龙皓晨顿时瞪大了眼睛，他的记忆力也和感知力一样好，虽然此时的这个声音很温和，但他立刻就辨别出了这曾经带给他深刻记忆的声音。

"您……您是初赛时主席台上的那位圣骑士长？"龙皓晨失声说道。

韩芡微笑颔首，道："是啊！难为你记得我的声音。"

夜华瞥了龙皓晨一眼，道："你还没回答圣骑士长大人的问题呢。"

龙皓晨赶忙恭敬地说道："在今日的比赛中，我侥幸获胜了。"

"侥幸？"韩芡有些惊讶地看着他，道，"说来听听，你们那一组还有谁能让你用出'侥幸'二字？"

龙皓晨点了点头，当下将自己与王原原一战的情况简单地讲述了一遍，并且着重描述了王原原的巨灵神之盾。

"辉煌级装备。"韩芡脸色一变，眉头微皱，道，"巨灵神传承我听说过，他们这一脉居然还有血脉延续下来，这对我们人类来说是大好事。看来，这姑娘在未来一段时间内，也将成为战士圣殿着重培养的目标。我可以肯定，巨灵神一脉传下来的血脉武器至少都是史诗级的。不过，我并不记得辉煌时代的巨灵神有盾牌，看样子，那小姑娘的巨灵神之盾应该是一件残破武器。不过，就算如此，她要是能完成九孔镶嵌，这盾牌也必然能达到史诗级。可惜的是，这种九孔镶嵌形成灵力力场的铸造方法现在已经失传了。"

这位圣骑士长绝对见多识广，知识面非夜华所能相比。

"不错，真不错，面对这样的装备你都能取胜，真是给咱们骑士圣殿争得了荣耀。"

韩芡很是满意地点了点头。

"小皓晨啊！我这次来，就是专门来找你的。我也不瞒你，老夫名叫韩芡，韩羽是我的孙子，但是，这臭小子在猎魔团选拔赛上的表现实在是太让我失望了。那天我让他拜你为主，做你的扈从骑士，并非虚言。今天我将他带来了，扈从骑士的手续我也帮他办好了。从现在开始，连续五年内，他都只能是你的扈从。他的生命，他的一切都由你支配。小羽。"

韩芡向韩羽示意了一下。

韩羽赶忙上前几步，微微躬身，伸出了自己的左手。

龙皓晨赫然看到，在韩羽左手掌心有一个特殊的符号，不过他并不认识。

韩芡道："这就是扈从骑士契约符文，时间暂定为五年，你需要将一滴鲜血滴在契约符文中央。契约成立后，五年内，他绝不能违背你的任何命令，同时，你只需要用意念就能掌控他的生死。"

龙皓晨看着韩芡认真的样子，忍不住说道："圣骑士长大人，不用了吧。我看韩羽兄也只是一时大意而已。"

韩芡缓缓站起身，沉声道："他何止是一时大意？这小子是有一些天赋的，但是，他的性格有着严重的缺陷，骄狂任性，不堪大任。你却不同，在你身上，我看到了骑士所有的荣耀。你不要以为他做你的扈从骑士，是你得到了好处，实际上，他得到的才更多。他跟着你，不但能加入你所在的猎魔团，而且，他跟随在你身边，也能向你学习很多东西。五年的磨砺，或许真的能让他走上正轨，成为一名优秀的骑士，而这也正是我的目的。所以，作为他的爷爷，我请求你，收下他这个扈从。"

韩芡一边说着，一边右拳横胸，竟向龙皓晨行了一个标准的骑士礼。

龙皓晨吓了一跳，赶忙还礼，道："圣骑士长大人，您别这样，折杀我了，我答应就是。"

夜华在一旁始终没有吭声。韩芡毫不掩饰地说出了自己让韩羽成为龙皓晨扈从骑士的目的，光明磊落，没有半分隐瞒的意思，单是这一点，就足以令人折服了。更何况，能多一名五阶守护骑士在身边，对龙皓晨的人身安全也大有裨益。

鲜红的血液缓缓滴落，落在扈从骑士契约符文中央。

尽管这些天来韩羽已经完全想通了，可是，真到了要正式成为人家扈从骑士的这一刻，他还是忍不住闭上了双眼。

鲜血滴落在韩羽掌心后，瞬间就化为一团淡淡的红光消失了，紧接着，一圈红色光晕从符文中扩散而出，蔓延到韩羽全身。

韩羽打了个寒战，下意识地睁开双眼。还没等他向龙皓晨喊出"主人"二字并行礼，突然，从那符文之中又出现了一圈金色光晕。

刹那间，韩羽只觉得全身三百六十万个毛孔由内而外瞬间张开了，那完全是发自内心的温暖的感觉，宛如将身体泡入温泉中一般舒适。

这是怎么回事?

别说夜华和龙皓晨了,眼前这种情况,就连见多识广的韩芫都是第一次见到。

韩芫不禁被吓了一跳。

韩羽自己也有些发蒙,但是,这份舒爽感不是假的,他能够感受到,自己与龙皓晨之间已经有了一丝若有若无的联系,而且十分亲近,就像亲人一般。

第38章
天赋压制共享

"这……这是主骑士对扈从骑士的天赋压制共享！不会吧……"

韩芡瞪大了眼睛看着龙皓晨，就像是看怪物似的，眼中的震惊根本掩饰不住。

韩芡深吸一口气，将目光转向自己的孙子，脸色一下子变得凝重起来。他的右手在空中点向韩羽，只是一瞬间，龙皓晨就看到韩芡的手指变成了晶莹剔透的金色。

这是光耀之体，骑士七阶技能。

韩芡手掌震颤，五指微动，一道道轨迹玄奥的光芒就那么从他的掌中扩散开来，瞬间化为一个复杂的纹路，直接烙印在韩羽的胸口位置。

顿时，韩羽身体一颤，胸口处有一道金光喷射而出，缓缓竖起，成为一根金色光柱，随后，光柱徐徐上升。

韩芡的目光死死地盯着上升的光柱，他脸上的神色也变得越来越激动。

夜华和龙皓晨都有些摸不着头脑。韩芡刚刚使用的能力他们不认识，也不明白究竟发生了什么。片刻之后，金色光柱终于停住，不再向上升，而此时韩羽的双手已经不自觉地紧握成拳。

"真的，竟然真的是这样。八十，八十啊！"

韩芡蓦然回首，看向龙皓晨的目光变得无比怪异起来，他上下打量着龙皓晨，仿佛在看一件稀世珍宝。

龙皓晨被他看得有些不自在，忍不住问道："圣骑士长大人，发生了什么？"

韩芨深吸一口气，右手一挥，一层金色光幕已经将房间内的一切笼罩在内。他接下来的话，令夜华、龙皓晨师徒二人大吃一惊。

"小皓晨啊小皓晨，你可真是令我震撼得无以复加。先天内灵力九十七点，光明之子！没想到，在进入黑暗时代后的第六千年，我们骑士圣殿终于出了一位光明之子。哈哈哈哈哈哈！"

龙皓晨和夜华都目瞪口呆地看着他，如果说出这番话的是别人，这师徒二人就要准备战斗了。可是，在他们面前的是骑士圣殿圣骑士长，那可是在举手投足间就能轻轻松松将他们毁灭的超级强者，而且，他们也不认为韩芨会对他们不利。

"您……您是怎么知道的？"

龙皓晨呆呆地问道。人家都已经说出具体数字了，他再掩饰也没什么用，索性问出了心中的疑惑。

韩芨的心情根本无法平静，眼中的兴奋如火一般熊熊燃烧着，只听他道："就是在扈从骑士契约上，你露出了破绽。扈从骑士与主骑士之间关系密切，签订契约时，需要双方的血脉保持联系，所以才需要你的一滴鲜血。而在扈从骑士契约成立的时候，如果主骑士的天赋远远超过扈从骑士，那么，扈从骑士的天赋将有所提升，契约结束后，这种天赋提升才会随之消失。

"所谓的'远远超过'是有一个量的，达到这个量之后才会出现我刚才所说的天赋压制共享的情况。而这个量就是先天内灵力差距超过三十点。也就是说，在主骑士的先天内灵力比扈从骑士高出三十点的情况下，扈从骑士的天赋就会随之提升，这个提升能使双方的先天内灵力差距减半。

"小羽的先天内灵力是六十三点，也算是相当不错了。可他现在的先天内灵力高达八十。也就是说，他提升了足足十七点先天内灵力。十七点，翻倍之后就是三十四点，再加上六十三点，我自然就能算出来你的先天内灵力了。九十七点，这可是九十七点先天内灵力啊！真没想到，在我有生之年，竟然还能见到拥有光明之子体质的强者。"

龙皓晨傻了，夜华也傻了，韩羽却在傻笑。

夜华喃喃地说道："我……我怎么从未听说过扈从骑士还能有这样的好处？"

韩芡说道："扈从骑士本就不多，而且扈从骑士契约也有数种，能够产生这种天赋压制共享的，就只有我种下的这种从上古精灵文中研究出来的符文。别说你没听说过了，就算是在圣殿骑士级别的骑士中也没有几个人知道，而且，它对于绝大多数人来说都没什么用，咱们圣殿自然也没有宣扬的必要。"

夜华的身体突然不受控制地颤抖起来，颤声问道："圣骑士长大人，这、这个契约的主骑士可以拥有几位扈从？"

韩芡毫不犹豫地说道："两位吧。因为这个契约会产生一定的精神联系，如果扈从过多，会影响到主骑士自身的精神力，就会对他不利了。所以，我们认为，主骑士最多拥有两名扈从会比较合适。"

只听"扑通"一声，龙皓晨单膝跪倒在地，道："圣骑士长大人，我请求您，为老师也种上一个契约符文吧，老师才是真正的天才啊！"

韩芡听他这么一说，顿时有些愣住了。

夜华却一脸激动地看着龙皓晨，道："不！皓晨，这会让你无法再拥有扈从骑士的。"

龙皓晨微微摇头，道："老师，自己强大才是最重要的，弟子有韩兄一人辅助便已经足够。如今既然能够在天赋上帮您，弟子义不容辞。"

"等等，等等，我怎么不明白你们这是什么意思。"韩芡疑惑地看着这对师徒。

夜华叹息一声，垂首说道："圣骑士长大人，属下先天内灵力只有九点。"

"什么？"

韩芡惊呼一声，声音之大，震得夜华龙皓晨师徒的耳朵嗡嗡作响，幸好有他之前释放的神圣光明内灵力阻挡，声音才不至于扩散出去。

韩芡这一惊真是非同小可，这惊讶的程度，一点也不比知道龙皓晨先天内灵力有九十七点时低。

九点先天内灵力意味着什么？那应该意味着永远都无法突破二阶才对，可是夜华不但突破了，而且还是一名大地骑士啊！

这一刻，韩芡才明白为什么龙皓晨会说夜华才是真正的天才。天才指的可并不只是天赋高的人，一个先天内灵力只有九点的人，却能修炼到大地骑士层次，这份执着、坚持与智慧，又岂是"天才"二字所能概括的？

韩芡深吸一口气，死死地瞪着夜华，道："你怎么不早点向上通禀此事？"

夜华苦笑道："先天内灵力九点又不是什么光荣的事，只会让人耻笑而已。"

"耻笑个屁啊！笨蛋。你想没想过，在我们人类中有多少先天内灵力低于十点的人？占了绝大多数！如果他们都能像你这样修炼成五阶强者，那对于我们人类来说意味着什么？"这些话韩芡几乎是吼出来的。

这一下，夜华震撼了。他这一生，一直在努力地与天斗，外界的嘲讽渐渐让他养成了孤僻的性格，说得不好听些，就是一切以自我为中心，完全沉浸在自己的世界之中。

此时听了韩芡的话，他才突然明白，原来自己这几十年来的苦心修炼不仅仅能对自己有帮助。自己研究出来的这些修炼方法虽然不适合龙皓晨这个小怪物，但是，适合那绝大多数天赋不够的人啊！

韩芡一抬手，让一道金光将龙皓晨从地上托了起来，道："你的请求我答应了。现在我甚至比你更想知道，在你这老师身上还能出现怎样的奇迹。夜华，把你的左手伸出来。"

"是。"

此时，夜华兴奋得就像当初亲自收龙皓晨为徒时一样，因为，困扰了他一生的天赋问题，终于能解决了！

十分钟后，一个与韩羽掌心上的符文一模一样的符文出现在夜华掌心。

夜华和龙皓晨根本就没讨论什么扈从骑士契约的问题。他们是师徒，亲如父子，就算夜华变为了龙皓晨的扈从骑士又如何？难道龙皓晨会要求他做什么吗？师徒之间那份绝对的信任，让他们根本不需要进行任何交流，就可以做出决定。

又是一滴鲜血落下。

夜华的感受几乎要比韩芫强十倍。当那金色光晕出现在他身上的时候，他甚至因为过度的舒爽而出现了痉挛，险些昏迷过去。

他和龙皓晨之间的灵力差距高达八十八点，得到天赋压制共享后，他自身的先天内灵力就从九点提升到了五十三点，虽然依旧算不上天才，可是，对于他来说，这份天赋的提升足以改变他未来的命运啊！

此时，他对光元素的感知力增强了数十倍，感受着体内的内灵力因为天赋变化而产生的变化，夜华忍不住泪水横流。他一把抱住龙皓晨，竟放声大哭起来。

几十年来，他忍受着无尽的嘲笑，忍受着被老师驱逐的痛苦，忍受着一切的一切，是一种不屈的精神支撑着他一步步走过来的。

此时此刻，困扰了他几十年，使他不得不一直与之拼斗的最大阻碍终于消失了，他心中压抑着的情绪顿时如大河决堤般爆发出来。

看着夜华放声痛哭，韩芫站在一旁，并没有阻止，以他的老辣，怎会看不出夜华多年以来压抑的情绪呢？此时，让他释放出来是最好的选择。

内心的通透，对他未来的修炼会有极大的好处。

虽然他年纪已经不小了，但是，凭借他的修炼方法，他未来的成就依旧不可限量。

光明之子再强，强大的也只是他一人，而夜华却能帮助六大圣殿强大起来啊！

夜华这一哭，就是整整一刻钟，他哭得双目通红，泪水沾湿了龙皓晨的肩头。好不容易，他才渐渐克制住了自己的情绪。

他转过身，"扑通"一声，跪倒在韩芫面前："圣骑士长大人，谢谢您。"

韩芫微微一笑，摇了摇头，道："不用谢。如果你不嫌弃的话，就不用回皓月城了，以后你就跟着老夫吧，老夫愿把多年来的修炼经验传授给你。"

夜华是一代鬼才，何等聪明，他赶忙再次拜下，道："弟子拜见师傅。"

韩芡呵呵一笑，双手将他扶起，道："是老夫占了你的便宜才对。未来的你，必将成为咱们骑士圣殿一颗耀眼的新星，成就恐怕不会在你这宝贝徒弟之下。"

龙皓晨眼看老师拜了师傅，也赶忙上前，恭敬地说道："弟子龙皓晨拜见师祖。"

韩芡那叫一个志得意满，他本就是爽朗的性格，顿时很没形象地哈哈大笑起来。

一旁的韩羽看着眼前这一幕，原本还存留在内心的一丝阴霾已荡然无存。

先不说自己的主骑士是爷爷的徒孙，单是龙皓晨能够凭借这天赋压制共享把他的先天内灵力直接提升到八十点这一点上，就已经让他考虑是不是应该跟爷爷商量一下，好把这扈从骑士的时间延长一些了。

看上去，夜华的先天内灵力提升了四十多点，得到的好处最大，可实际上，韩羽得到的好处甚至还要超过他。

原本韩羽的先天内灵力是六十三点，虽然已经算是天才了，但未来想要成为一名神印骑士还是有一些困难的。在骑士圣殿的记载中，能够成为神印骑士的强者先天内灵力几乎都超过了七十点，如果没有这样的天赋，就要付出数倍的努力才有可能了。

先天内灵力七十点为光之天使体质，先天内灵力八十点则为神圣庇佑体质。也就是说，通过龙皓晨的天赋压制共享，他的天赋直接上升了两个档次。只要不死，他要突破到九阶只是时间问题！

这让韩羽如何能不兴奋？成为扈从骑士怎么了？能在天赋上得到这么大的提升，就算是当二十年的扈从骑士，也是值得的啊！

"真没想到，此行竟然会有这么多收获。哈哈。"韩芡很是得意，接着道，"好了，说正事吧。皓晨，之前你在初赛阶段获得了前十的名次。按照规定，咱们圣殿是要奖励你一件武器的。我听在你们第三组那边监赛的人说你的武器损坏严重,既然如此,你就提前去取了咱们骑士圣殿给你的奖品吧。

"圣殿奖励的武器的品质是要看你的运气的。明天一早,韩羽会带你前往圣殿藏宝阁,他会告诉你该怎么做。反正你现在已经坐稳了第三组头名的位置,明天的比赛也就不用参加了。你老师已经拜我为师,你也成了我的徒孙,老夫回去后也要分别给你们准备一份见面礼,明天就让人给你送来。我韩芡的徒孙怎么能连身装备都没有呢?小羽,从现在开始,你就是皓晨的扈从了,该怎么做,你自己明白。"

韩羽赶忙恭敬地说道:"是,爷爷。我一定会向主人认真学习,不会再让您失望了。"

韩芡走后,夜华迫不及待地在自己的房间中修炼起来,龙皓晨则带着韩羽回了自己的房间。

"韩兄,你看这样好不好,以后你就直呼我的名字,别总是叫我主人,我觉得有些别扭。"龙皓晨很是恳切地说道。

韩羽立刻坚决摇头,道:"这怎么行。礼不可废,我是您的扈从骑士,自然要称您为主人。"

他现在已经下定决心了,以后要跟着龙皓晨。光明之子啊!跟着他太有前途了。韩羽现在对爷爷简直是佩服得无以复加,爷爷这眼光也太厉害了,成为光明之子的扈从,这是荣耀而不是耻辱。

龙皓晨劝说了半天,韩羽却说什么都不肯答应。无奈之下,龙皓晨只得给他安排了个住处,让他先住了下来。

第二天一早,韩羽就带着龙皓晨前往圣殿藏宝阁了。出发前,龙皓晨让李馨转告采儿,今天自己可能会回来得很晚,让采儿不要等他了。

圣殿藏宝阁是圣盟大试炼场的一部分,它和圣盟大试炼场一样,是由六大圣殿共同执掌的。

圣殿藏宝阁位于圣盟大试炼场后面一个看起来并不起眼的地方。从外面看,这只是一座普通的六边形建筑,占地面积似乎也就数百平方米,最多也只是像一座豪华些的民居而已。

门前,两名穿着布衣的老者正坐在椅子上聊天,看上去十分悠闲。

"给两位前辈请安。晚辈韩羽,奉韩芡圣骑士长之命,带本圣殿大地骑士龙皓晨前来选取奖品。"韩羽说道,然后恭恭敬敬地上前行礼。

龙皓晨也不敢怠慢,跟他一起向那两名老者见礼。

这两名老者一胖一瘦,胖老者有些秃顶,大腹便便,上身衣襟大开,袒胸露怀。瘦老者则像一根竹竿一般,看那模样,仿佛一阵风吹过都能将其刮倒。

"嗯,令牌。"瘦老者淡淡地说道。

韩羽赶忙走过去,递上一块令牌。

瘦老者点了点头,道:"你在这里等着,龙皓晨,你跟我来。"

"是。"

龙皓晨答应一声,跟着瘦老者向藏宝阁里面走去,韩羽则静立在门口。

瘦老者将龙皓晨带入藏宝阁内。一进门,龙皓晨就仔细观察起了这圣城最重要的地方之一。

藏宝阁内的厅堂很小,只有一百平方米左右,地面上有一个占据了整个地面的六芒星图案,周围的六面墙壁上都有一幅巨大的壁画。壁画的主角都是人,六面墙,六个人。这六幅画上的人看上去都很年轻,从他们身上的装扮来看,正是分属六大圣殿的职业者,其中牧师圣殿和灵魂圣殿的人都是女性。

瘦老者走到那六芒星中央的位置后停了下来,转身上下打量了龙皓晨几眼,哼了一声,道:"原来你就是龙皓晨,也没看出有什么好的地方。"

龙皓晨愣了一下,道:"前辈,您认识我?"

瘦老者很是不客气地说道:"不认识。"

他说完这句话后,脚下微动,在六芒星那朝向画着骑士的那面墙壁的尖角上踩了下去。龙皓晨并没有感受到任何灵力波动,那面墙壁却已经亮了起来。

瘦老者右手一抬,隐约之间,龙皓晨似乎看到他手中有一个类似于徽章的东西朝着那面墙壁闪烁了一下,顿时,那面墙壁上光华流转,上面的骑士仿佛活过来了一般。

"骑士圣殿的,接人了。"瘦老者喊了一声,突然抬起一脚,直接踢在了龙皓晨的屁股上。

他的动作实在太快了,以至于龙皓晨根本没有半点反应,只觉得全身一麻,根本催动不了灵力,整个人已经直接朝着那面有骑士图案的墙壁上撞去。

龙皓晨吃惊得险些叫出来,就在他以为自己这下起码要撞得全身剧痛时,突然,周围的一切变得虚幻了,他的身体竟然就那么没入墙壁之中。

看着墙壁上的骑士图案,瘦老者哼了两声,道:"十四岁的大地骑士,勉勉强强吧,也没看出有什么特别好的地方。亏了,亏了。那丫头怎么就那么犟呢,难道真要便宜这骑士圣殿的小崽子?真想捏死这小子。"

瘦老者一边说着,一边优哉游哉地走了出去,之前坐在他对面的胖老者嘿嘿一笑,问道:"怎么样?"

瘦老者瞪了他一眼,道:"不怎么样。配不上我家采儿。"

胖老者哈哈一笑,道:"这你别跟我说,你应该去跟杨老头说。"

瘦老者重新坐下,看都不看一旁的韩羽,哼了两声,道:"我早晚要找杨老头算账。这一辈子,那老东西净占我便宜了,最后居然还要让他下面的小崽子占我这么大个便宜。"

胖老者笑道:"这我可要说句公道话了,又不是给杨老头的孙子,和杨老头有什么关系?"

瘦老头脸上的神色突然变得古怪起来,只听他道:"说起这个,我倒是觉得有些爽。杨老头那孙子,还不如刚才那个呢。哈哈,前几天,那臭小子可是差点被我家丫头给废了。你没看到杨老头来找我时那精彩的表情。哈哈,这么多年了,第一次看他吃瘪。可老夫这心情还没好多久,就听说采儿居然是为了刚才那个臭小子才那么做的。这都是什么事儿啊!我刺客圣殿就跟欠了他们骑士圣殿似的。"

韩羽站在一旁竖起耳朵听着,他已经隐约听出了几分端倪。

正在这时,瘦老头猛地一回头,道:"听什么听,滚远点。"

瘦老头随手一挥,韩羽只觉得一股大力传来,整个人便宛如腾云驾雾般飞出了数十米。

这一下吓得他后心直冒冷汗。他可是有五阶修为，居然一点反抗能力都没有，这两个老头究竟是谁啊？这实力恐怕和爷爷差不多了吧？以他们的修为，怎么会在这里守门？

瘦老头不屑地说道："黄鼠狼下耗子，一窝不如一窝。韩芡那小子养的这个孙子更不成器。"

胖老头撇撇嘴，道："再怎么不成器，骑士圣殿年轻一代的整体素质也是冠绝联盟的，这你不能否认吧？"

瘦老头傲然道："狗屁，他们都加起来也比不上我家采儿。"

胖老头嘿嘿一笑，道："小姑娘总是要嫁人的。而且，刚才进去的那小子就不错，好像年纪也和你家采儿差不多大吧？"

瘦老头神情一呆，道："死胖子，你想打架是不是？"

胖老头靠在椅背上，道："你要真肯找个地方跟我来一场正规决斗，也不是不可以，偷袭就算了。"

瘦老头哼了两声，又坐回到椅子上，不再吭声。

龙皓晨的身体已经没入墙壁，这让他震惊万分。他只觉得有一股强大的吸力正不断从四面八方撕扯着他的身体。而这个时候，他已经恢复了对自身灵力的控制，于是赶忙催动灵力护体。

正在这时，不知道从什么地方伸出一只大手，一把抓住了他的肩膀轻轻一拉，虚幻而黑暗的世界骤然消失，他只觉眼前一亮，整个人就已经到了另一个地方。

这是一处充满了鸟语花香的地方，前方似乎是一片山谷，隐约有淡金色的雾气笼罩在山谷的入口处，周围生长着花草树木，清新的空气扑面而来。

天空中飘着几朵白云，略带湿润的清新空气沁人心脾，让他感觉说不出地舒服。

山谷入口就在他前方百米处，一侧陡峭的岩壁上赫然有四个大字：骑灵山谷。

这就是骑士圣殿的藏宝地吗？龙皓晨目瞪口呆地看着眼前的一切。以他目前

的认知能力，他根本无法理解这里的一切。

"欢迎你，小朋友。"一个浑厚的声音突然出现在龙皓晨背后。

龙皓晨赶忙转过身，顿时看到自己身后站着一名老者，似乎刚才就是他将自己拉扯过来的。而在他身后，则有一扇奇异的光门。

这扇光门与陈樱儿释放的生灵之门有些相像，只不过光门周围的纹路要复杂得多，也没有动物的浮雕，而是众多的上古精灵文。

"很奇怪是不是？"

那老者身材修长，一头银发披散在背后，穿着简单的白色长袍，在这优美的环境中，大有几分仙风道骨的感觉。他的天庭饱满，虽然脸上已经留下了岁月的风霜，但一双眼眸依旧炯炯有神。适中的身材不显健壮，而他站在那里竟像是一根擎天巨柱。

"您好，前辈。"龙皓晨赶忙向他恭敬地行了一个骑士礼。

老者微微一笑，道："老夫杨皓涵，你可以叫我杨爷爷。"

龙皓晨赶忙恭敬地再次行礼，道："您好，杨爷爷。"

杨皓涵微微一笑，拍拍他的肩膀，道："是不是觉得这里的一切都很奇怪？这里是骑灵山谷，其实，这个地方并不是咱们骑士圣殿所创，而是从辉煌时代流传下来的，是上古精灵族所建。不只是我们这里，其他五大圣殿的藏宝阁也是如此。简单来说，这是上古精灵大能凭借对天地至理的掌控，创造出的另一处平行空间，它依附于我们原本的空间而存在。后来，在黑暗年代初期，被我们人类的大能接收，进行了一定的修整与改变，就变成了现在的样子。"

虽然龙皓晨还是不太明白，但他联想起自己在骑士圣山上见到的一切，顿时若有所悟。

杨皓涵微笑道："坦白说，如果不是我们人类大能在黑暗时代掌握了一些上古精灵族遗留下来的财富，恐怕，我们人类已经不复存在了。"

龙皓晨心中一动，却没有去问什么，这显然是关系到六大圣殿的机密，如果眼前这位杨爷爷想说的话，他一定会告诉自己。

"去吧，山谷中有你的奖励，但也会有考验等着你，你要做好准备。进入山谷后，会有岔路，你循着最左侧的岔路进去，就会得到你的机缘。"

"谢谢杨爷爷。"龙皓晨恭敬地答应一声，便朝着骑灵山谷的方向走去。

百米距离转瞬即至，龙皓晨一步迈入那浓浓的淡金色雾气之中。

进入淡金色的雾气内，龙皓晨的感觉顿时又不一样了。之前清新的空气似乎突然变得厚重起来，瞬间而至的是如山如岳的压力，他原本轻快的脚步因此变得沉重起来。

体内液态灵力受到刺激自行护主，龙皓晨身体表面随之罩上了一层金色光泽。

自从突破到了五阶之后，龙皓晨明显感觉到自己修炼的速度慢了下来。他原来一天能够提升数十点的灵力，而现在一天只能提升个位数的灵力值。

十天左右的时间，他现在的内灵力大约是两千零三十点，反倒是因为皓月的进化，他的外灵力似乎有了不小的提升。

与王原原一战，令龙皓晨认识到外灵力的重要性。

很明显，王原原的外灵力应该是远超常人的，否则，她也不能轻而易举地运用巨灵神之盾。在没有能与之相比的武器的情况下，如果不是皓月，他还真不是她的对手。

现在，他体内液态灵力的运转和以前修炼时有了极大的不同。以前在修炼时，是他的内灵力围绕着圣引灵炉旋转，现在却变得截然相反。

金色的液态灵力形成一圈灵力环，就像是护城河一般，静静地围绕在圣引灵炉周围，圣引灵炉却在缓慢地旋转着。伴随着龙皓晨修炼时提炼出的液态灵力的增加，液态灵力总是从那圣引灵炉中被甩入外圈的液态灵力环之中。

龙皓晨也知道自己的修炼不能操之过急，之前在即将突破时，之所以每天能够提升数十点灵力，原因之一，是他吃了林鑫给的聚灵丹，另一个原因，就是他在战斗中不断激发自身的潜能。而突破后，修炼液态内灵力要复杂得多，同时，他被激发出的潜能也消耗得差不多了。如今，稳扎稳打，逐步提升才是最正确的选择，他今年才十四岁，有的是时间。

龙皓晨给自己定下的目标是在十八岁之前冲击辉耀骑士，二十五岁之前冲击圣殿骑士。冒进显然是最不可取的，夜华也在这方面跟他多次强调过。

淡金色的雾气内虽然压力极大，但龙皓晨凭借着强大的精神力，他能感觉到，这里的光元素的浓郁程度远超外界。

雾气并不是由湿润的水汽组成，而是湿润的光元素。也就是说，这里的光元素似乎直接就是液态的。

可惜，虽然这些光元素并不排斥龙皓晨，但他吸收不了它们。因为当他想要试着吸收这些光元素时，周围压力瞬间暴增，他的护体灵力险些消散，吓得他赶忙收敛心神，同时释放出一个圣光罩，这才避免了自身防御崩溃的危险。

龙皓晨不敢再有所异动，只得小心地前行。

时间不长，前方景物突然变得清晰起来，其他几个方向依旧朦胧，但左侧出现了一条通路。

这条通路只有三米宽，两侧都是高耸入云的悬崖峭壁，峭壁光滑如镜，以龙皓晨现在的修为，显然是攀登不上去的。

应该就是这里了吧。龙皓晨略微观察了一下，就迈向这条通路。

出了淡金色雾气的范围，压力随之稍减，龙皓晨的身体陡然一轻，他感觉到体内内灵力略微涌动了一下。

这条通路蜿蜒曲折，所以他看不到尽头有什么。

龙皓晨沿着通路一直向前，大约行进了一刻钟，突然间，前方出现了十余条岔路，每一条岔路两侧都是悬崖峭壁。

"这肯定不会是天然形成的，不然这也太鬼斧神工了。"龙皓晨震撼地看着那一条条分岔路，心中暗暗想着。

"怎么办？杨爷爷并没有告诉我还有岔路，我该怎么选择？难道还是选择最左侧的那条吗？"龙皓晨脚下停住，开始思索起来。

他虽然年纪不大，但是性格沉稳，并没有盲目地进入。

不知道为什么，他的心中升起了几分不安的感觉。

龙皓晨将之前杨皓涵对他说的话仔细地回忆了一遍，没有放过任何一个字。强大的记忆力在此时起到了重要的作用。

"杨爷爷说过，我还要经过考验才能获得奖励，难道眼前就是考验吗？"龙皓晨一边想着，一边立刻盘膝坐下，闭上了双眼。

之前穿过雾气的时候，他消耗了一定的灵力，既然要面对考验，那么，保持最佳状态显然是十分重要的。

在这骑灵山谷内，光元素本就比外界浓郁，虽然此地的光元素不如刚才雾气中的浓郁，但是也相当充沛。

凭借着光明之子的体质，只是一会儿的工夫，龙皓晨就恢复到了巅峰状态。

正在这时，龙皓晨突然心神微动，他感到一股精纯至极的光元素气息轻微地波动了一下。

"嗯？"龙皓晨猛然睁开双眼，目光瞬间锁定了一个方向。

第39章
蓝雨

那精纯至极的光元素波动虽然只是一闪即逝,但凭借着强大的感知力,他还是瞬间记住了那个方向。

在他面前的岔路一共有十条,而他选择的是从左起的第三条。

龙皓晨没有再犹豫,站起身,大步地朝着第三条岔路走去。

龙皓晨走入岔路不到一百米,之前出现的感觉再次出现。"没错,就是这个方向。"龙皓晨心中暗想,"有如此浓郁光元素波动的地方,自然就应该是我此行的目的地了。"

继续行进片刻,当他拐过一个弯,突然,前方出现了一扇奇异的光门。

这扇光门与之前将他传送到这里的那一扇不一样,相比而言,要小了许多,高约两米,宽一米,呈椭圆形。光门内散发着淡淡的金色光芒,但边缘是水蓝色的。

"这是……难道我要踏入这光门之中吗?"龙皓晨停下脚步。

站在光门之前,他顿时发现之前精纯至极的光元素波动正是从这光门之中传出来的。

只不过并不是持续散发,而是偶尔出现一下,毫无规律可言。

身为光明之子,龙皓晨天生就对光元素有着极强的亲和力,光元素对他也同样如此。只要感受到有光元素存在,他就会下意识地排除危险的情况。

犹豫片刻后，龙皓晨深吸一口气，迈步走入光门之中。

这一次，他并没有感觉到任何不适，只觉得周围尽是一片柔和的光芒。只是一晃，他就又有了脚踏实地的感觉，下一刻，虚幻的一切又重新变得真实。

这是一个洞窟，周围都是不规则的岩石。龙皓晨刚刚才感觉到自己回到了真实世界，可一跨入这里，眼前的一切又变得虚幻起来。

一蓝一金两道光芒骤然亮起，将整个洞窟照亮。

蓝色光芒如同浩瀚的大海，晶莹透亮。

金色光芒则如清晨的太阳，温暖而明亮，充满朝气却并不刺眼。那是旺盛的生机，是驱走黑夜的光明。

"这是什么？"龙皓晨的目光瞬间变得迷离了，这两种至纯的颜色那么美，美得令他沉醉。

尤其是那金色，当他第一眼看到的时候，只觉得自己仿佛又回到了当初父亲帮他完成神圣觉醒的那一刻，体内的液态灵力也随之自行散发出来，令他的身体忽明忽暗。

他的进入似乎也吓到了那充斥在整个洞窟内的金色光芒与蓝色光芒，两色光芒同时停顿了一下，但是，它们传递给龙皓晨的感觉截然不同。

蓝色光芒带着惊讶和试探，而那金色光芒在短暂的停顿后，立刻涌出强烈的亲切感，骤然朝着龙皓晨扑了过来。

龙皓晨什么都没有做，只是默默地站在那里，顿时金光扑面。当他的身体被那金光笼罩时，他只觉得全身都变得温热了，体内内灵力运转的速度也骤然加快，有一种说不出的舒服。

虽然此时他眼前只有这金色，但那越来越强烈的亲切感，让龙皓晨心中尽是满足。

他感受着那无尽的纯净之光，整个人都沉浸其中。

隐约中，龙皓晨的身体在这金光包裹之下，竟然渐渐变得通透起来，任由那金色光芒在他身体内穿过、盘旋。

如果有人看到这一幕，一定会震撼得惊呼出声。

这是光耀之体,大地骑士七阶象征性的强力,化身为光,与光融合。

此时的龙皓晨才只有五阶,而且是刚刚踏入五阶而已,他却做到了。

哪怕是那些完整的光耀之体,也不能让外来的光轻易透体而过,可他就是做到了。

这就是光明之子体质,对光的亲和力令他对一切光元素都有着绝对的信任。而光元素也将他当成光明的主宰,将他当作光明之神的孩子看待,亲切,柔和,充满了无尽的亲密。

不知道过了多长时间,那金光悄然退去,龙皓晨的身体也恢复了正常,但是,就在这个时候,危机感却骤然传来。

龙皓晨猛然睁开双眼,他看到了一个蓝色的身影。

看到这个身影时,他不禁吓了一跳,因为,这蓝色身影看上去竟然和他一模一样,只不过身体是蓝色透明的,似乎是之前的蓝光凝聚而成的。强大的压力骤然从那身体中传出,下一瞬间,它的双臂已然抬起,两柄蓝色重剑就那么从它双手之中延伸出来,使出突击。

此时此刻,龙皓晨身上没有任何武器装备,而且他刚刚才从之前的美妙感觉中清醒。他下意识地激发了手腕上的灵光护腕,一个圣光罩升起,淡金色的光芒硬生生地挡住了那蓝色身影的一击。

"噗!"

巨大的冲击力撞击得龙皓晨瞬间后退,那一双蓝色重剑同时发动了闪电刺,宛如雨打芭蕉一般,冲击着圣光罩。只是一秒的时间,圣光罩破碎,蓝色身影挺身而上,直扑龙皓晨。

有了这短暂的缓冲,龙皓晨得以反应过来,双手同样在身体两侧一分,两柄略显纤细的金色长剑出现在他手掌之中。

正是凝灵成兵。

这是以灵力化成的武器。

虽然他根本不知道攻击自己的是什么,可是,他能清晰地感觉到此时自己面对的似乎就是自己。

在这种情况下,没有武器如何抵挡?

凝灵成兵指的就是以灵力凝结而成的兵刃,只有修为达到五阶之后才能做到。龙皓晨现在不过是大地骑士一级,使出来还十分勉强,而且,凝灵成兵对自身的灵力消耗巨大,不到万不得已时,他是绝不会动用的。以他的光明之子体质,凝聚出这两柄细剑,直接消耗的内灵力超过五百点,而且,在战斗过程中,灵力还会继续消耗。

面对蓝色身影的闪电刺,龙皓晨手中的一双细剑也动了起来,金色光影闪过,他竟然以剑破剑,在没有使用任何技能的情况下,将那蓝色光影的所有攻击都挡了下来。

蓝色光影似乎就只会闪电刺这样的攻击,它速度陡增,万千道蓝色剑影宛如水银泻地般瞬间攻来。

在这一刻,龙皓晨只觉得自己似乎又回到了当初的枭蚁巢穴中一般,手中双剑上下翻飞,整个人却始终保持在冷静状态,不管对方的攻击速度多么迅疾,他都一一挡下。

龙皓晨发现,对方的攻击力并不怎么强,凭借凝灵成兵,他就能够轻松地抵挡下来。

但是,尽管龙皓晨没有使用任何技能,他自身的灵力也依旧在迅速消耗着。按照这样的情况下去,局势对他似乎不怎么有利。

就在这时,龙皓晨突然发现了一些奇怪的地方。

他的感知力比普通人敏锐许多,在抵挡住蓝色身影狂风骤雨般进攻的同时,他还有时间去观察对方。

他发现,那蓝色身影的颜色似乎暗淡了许多,每发出一次攻击,它的身体也会更加暗淡几分。

这段时间参加猎魔团选拔赛,龙皓晨也经历了不少比赛,有输有赢,尤其是与强大对手的对战,对他增加实战经验有着极其重要的作用。

龙皓晨领悟到,在战斗中,不但要时刻关注自己的情况,更加重要的是要关注敌人的情况,不过,并不是观察敌人的进攻技能,而是观察敌人的身体以及灵力强度。

他也正是在不断的实战中，逐渐养成了这个观察的习惯。

蓝色身影第一次发动闪电刺时，威力明显是最强大的，但是，当它破开了自己的圣光罩时，攻击力似乎就下降了很多。

圣光罩显然是不可能伤害到对方的，那么，它的攻击力为什么会突然下降呢？而当时自己的情况又是怎样的呢？

这么一联想，龙皓晨就发现了其中的奥妙。

这蓝色身影的灵力强度似乎和自己相差无几，自己的灵力下降，它的灵力就会随之下降。

之前自己用出了凝灵成兵，自身灵力大量消耗，所以它的灵力也降低了，攻击力自然受到了一定影响，此时亦然。

"既然如此，那我只需要纯粹防御就可以了啊！"

就在龙皓晨思索的工夫，突然，那蓝色身影略微停顿了一下，身体一下子腾入空中，急速旋转，正是斗杀旋圆剑。

"它复制了我的技能？"龙皓晨心中大惊，他自己就会斗杀旋圆剑，自然知道这个技能发挥出威力后有多么强大。

但是，在这个时候，龙皓晨笑了。他脚下飞速后退的同时，口中急速吟唱咒语，双手金剑也举了起来。

在这一刹那，他强大的精神力骤然爆发，心分三用。

他左手的光剑上接连荡漾出三个光环：信念光环、守护恩赐、强击光环。右手光剑上则亮起了炽烈的白光，正是圣剑蓄势。

龙皓晨的修为提升到五阶后，再使用圣剑时，他已经不需要咒语，只需要圣剑灵力积蓄的过程。与此同时，灵光护腕上的圣光罩释放，挡住了那蓝色身影的第一击。

同时，他口中的咒语也已经飞快完成，正是天使祝福。

紧接着，一声嘹亮的龙吟从龙皓晨身体周围响起，在灿烂的金光掩映之下，他双手持剑，身体周围的光明内灵力顿时化为鳞片，正是升龙击。

升龙击是守护骑士和惩戒骑士都能学习的攻击技能，龙皓晨修为突破到五阶，自然也从父亲的传承指环中学到了。然而，在用出这一击的时候，他右手的圣剑并未完成。

"噗！"

双方在空中狠狠地碰撞在一起，但是，只是一瞬间，那蓝色身影已然溃散，化为无数蓝色光点向四周散去。

"砰！"

龙皓晨双脚落地，上身微微一晃，眼前一阵发黑。刚才那短短时间内，他用出了众多技能，就算是有那异于常人的精神力，他也有些支撑不住了，此时脸色一片苍白。

此时，他手中凝灵成兵的双剑已然散去，自始至终，他右手的圣剑技能都没有凝聚完成。但是，他赢了，他就那么战胜了蓝色身影。

龙皓晨做到这些很简单，他能获胜，就在于他对那蓝色身影的正确判断。

这蓝色身影复制了他的技能和灵力强度。

技能不变，但灵力强度是随时根据他的变化而调整的。在这种情况下，只要龙皓晨一直抵挡下去，那么，这蓝色身影的攻击就永远不会停止。一个不慎，他就会被其乘虚而入。

但是，如果没有灵力了呢？这蓝色身影还凭借什么攻击？

龙皓晨接连用出那么多技能，并不是为了战胜对手，而是要将自己剩余的灵力尽快消耗掉，在灵力消耗殆尽时，他发动了最后的技能。

没有灵力作为后盾的斗杀旋圆剑自然禁不起升龙击的冲击，所以，那蓝色身影随之散去。

这一切看上去简单，实际上却是智慧与实力的结合。

如果不是龙皓晨之前挡住了蓝色身影那狂风暴雨般的攻击，而且自身没有受伤；如果不是他判断正确后当机立断……这一战谁胜谁负，还很难说。

尽管那蓝色身影并没有真正的杀气，但龙皓晨也隐约感觉到，如果自己败了，恐怕会失去什么。

一切都归于黑暗。

所有的光影都消失了，黑暗之中，只有龙皓晨轻微的喘息声。

忽然，就在龙皓晨正前方，一道光芒亮起。

在那光芒的照耀下，周围的一切也随之清晰起来。

洞窟，依旧是洞窟，只是比他最早看到的要小了许多。在龙皓晨面前，有一个不大的圆形平台，那道闪亮的光芒就是从这平台中央亮起的。

那是一柄剑，一柄悬浮于平台上的剑。剑刃向下，剑柄在上。

与传统的骑士重剑相比，这柄剑要略微小一些。刃长约三尺六寸，从剑锷到剑柄末端，总长约一尺二寸，合共四尺八寸。

它的剑刃是金色的，却是暗淡的金色，剑脊上有许多细密的铭文，这些铭文组合在一起，形成奇异的芙蓉花形状，一直归拢到剑锷处。

不过，剑锷处的颜色却发生了变化，不再是金色，而是深蓝色。剑锷宽厚，雕刻成龙头状，那金色剑刃就像是从龙口中喷吐而出的一般，而向下延伸的剑柄则是龙身。尽管龙身和龙头的大小似乎有些不成比例，却有着一种奇异的协调感。

深蓝色的剑锷上闪烁着柔和的蓝色光芒。在剑锷正中，也就是龙眼的位置，两侧各镶嵌着一颗椭圆形的，比金币大一点的金色宝石。

剑柄最后收拢的龙尾有三条寸许长的分岔，看上去十分锋利，分岔合拢之处，两侧则各镶嵌着一颗水蓝色的宝石。

看到这柄剑，龙皓晨的眼睛几乎瞬间就直了。自从成为一名骑士，他见过的武器装备不少，尤其是对他最常用的重剑关注得最多，可是，他却从未见到过哪一柄剑能铸造得如同眼前这柄剑这般绚丽。

更为重要的是，他似乎能感觉到这柄剑在呼吸，它像是有生命一般。他刚刚踏入洞窟，便感受到那金色光芒与蓝色光芒的气息再次出现，只不过比之前要更加柔和。尤其是剑刃上绽放着的金色光芒，更是牵引着龙皓晨向它一步步地走去。

太美了，它真的是太美了，完美无瑕。

当龙皓晨神志略微清醒一些的时候,他惊讶地发现,自己竟然已经登上了平台,就站在这柄剑的前方。

他用力地吞咽了一口唾液,心中暗自想着,这就是骑士圣殿奖励给自己的初赛奖品吗?哪怕只是看,他也能感受到这柄剑的珍贵之处。

龙皓晨小心翼翼地抬起右手,缓缓握住近在咫尺的剑柄。

刹那间,龙皓晨只觉得一股巨大的吸力牢牢地拉扯着自己的手掌,紧接着,剧烈的刺痛就从掌心传来。

龙皓晨心中一惊,却没有试图松开手掌,因为他清楚地感觉到,这柄剑传递出的气息在告诉他,它不会伤害自己。

一滴滴鲜血顺着龙皓晨的手掌向下滑落,滑入剑柄,流至剑锷处那金色的宝石处。

鲜血继续向下流淌,浸湿龙身,直至流到龙尾处蓝色的宝石上。

"嗡!"

下一瞬间,剧烈的震动出现了,长剑猛然间发出万道霞光。龙皓晨几乎是下意识地将那长剑高举过头。

金光居中,蓝光盘绕,化为一根巨大的光柱直冲洞顶,强大的灵力波动在瞬间爆发。

清凉温润的气流瞬间钻入手掌,只是一刹那,龙皓晨掌心的疼痛就消失了。与此同时,六个字按先后顺序徐徐出现在他心中。

"蓝雨·光之芙蓉。"

这是它的名字。

骑灵山谷外。

杨皓涵一直静静地站在原地,看向山谷方向,此时,他身边还多了一个人,正是骑士圣殿圣骑士长韩芡。

"殿主,您说他能收服那柄剑吗?这么多年了,无数人尝试过,却都失败了,这其中也包括他的父亲。"

杨皓涵微微一笑,道:"希望他能成功。蓝雨·光之芙蓉这柄剑,是辉煌年代留传下来的。本是双剑,后被一位神匠大能合二为一。这柄剑自生剑灵,并且被上古精灵王族设下了心灵风暴封印,所有靠近它的人都会被拉入封印之中接受考核,而能够通过的考核者,才有得到它的可能。

"没有人知道这蓝雨·光之芙蓉的威力能够达到什么程度。按照上古精灵王族留下的记载,他们称这柄剑为'奇迹之剑',从它被铸造完成后,还从未有过一位主人,哪怕是那位铸造它的大能也不行。因为没人能够得到剑内双剑灵的认可,所以高等精灵王族才用心灵风暴封印,将其收藏在这里,等待有缘人。

"据说,这柄奇迹之剑最神奇的地方就在于,只要它认可了主人,那么,它就只会为其所用,就像血脉装备一样。无论主人实力如何,它都会拥有相对应的实力,双剑灵会伴随着主人的成长而成长。你可曾听说过可成长的武器装备?而且是不需要任何镶嵌附加和铭文附加的情况下自行成长。这一点,就算是神器,恐怕也无法做到吧。"

韩芡眼中充满了惊讶,道:"不愧是奇迹之剑。这么说,如果皓晨这孩子能够得到它的认可,这柄剑就能够一直用下去了。"

杨皓涵失笑道:"别问我。没有人拥有过这柄剑,也没有任何关于它的使用方面的记载,这个谁说得好呢?"

韩芡呵呵笑道:"殿主,这次你可是大出血了啊!"

杨皓涵微微一笑,道:"这柄剑本来也没人能用,让他试试有何不可。圣月那老小子,连轮回之剑都给了轮回圣女。我们骑士圣殿也出了一位光明之子,只是一柄蓝雨·光之芙蓉,难道还不舍得拿出来吗?我们可不能被人家比下去了啊!

"真没想到,星宇竟然有这么一个儿子。只是令我想不通的是,他应该发现了自己的儿子是光明之子体质,为什么不把他送来圣殿着力培养呢?"

韩芡说道:"或许,是为了心性吧。"

"嗯?"

杨皓涵略微一愣,转瞬之间就醒悟过来了,道:"你是说,星宇想让这孩子通过在外界的磨砺来逐步增强实力,这样能具有更强的生存能力?"

韩芃微笑点头，道："至少从目前来看，这个孩子在我眼中是一名绝对合格的骑士。像他这样的年纪，真是难得。好的天赋也要出现在适合的人身上，才能绽放出最璀璨的光彩啊！"

他刚说到这里，远处，骑灵山谷中，一道璀璨的光芒冲天而起。

金光与蓝光交融，金光在中，蓝光盘旋其外。刹那间，映照得天空中的蓝天白云都为之变幻。

"真的成功了。"杨皓涵眼中流露出一丝惊喜。

韩芃则张大了嘴，道："这也太快了吧，这……"

杨皓涵哈哈一笑，道："我已经料想到会如此了。这孩子是光明之子体质，蓝雨·光之芙蓉虽然是双属性，却是以光为主。光属性遇到光明之子体质，会进攻他吗？别急，等着吧，他还需要一个融合的过程。"

韩芃有些愁眉苦脸，道："唉，这么一看，我给他准备的其他装备可就有些拿不出手了啊！"

杨皓涵眼含深意地看了他一眼，道："你刚刚才给我解释了，怎么自己却想不通了呢？我们不能拔苗助长啊！依靠他自己的努力一步步向前，最终才能超越我们。对了，星宇那边有消息了吗？"

韩芃轻叹一声，摇了摇头，道："还没有。他与阿难一战之后，阿难重伤，他却消失了。"

杨皓涵点了点头，道："告诉相关人等，将这件事列为本殿最高机密，尤其是不能告诉皓晨这孩子，我不希望他的心性因此而受到影响。星宇留给我的信中说，如果他与阿难一战后无法回来，在皓晨突破七阶之前不能告诉他。"

韩芃叹息一声，道："真不明白，龙殿主为什么非要去挑战第七魔神，他完全可以不答应那次的挑战。"

杨皓涵摇了摇头，道："不，他必须去，这是他的责任。如果在有生之年，你能突破到九阶，你也会知道这份责任是什么。继续让下面的人去调查阿难受伤的情况。"

"嗯。"韩芃点头。

杨皓涵心中暗叹:"星宇啊星宇,为什么你在留下的信中,不肯告诉我们这小皓晨竟然是光明之子体质呢?难道是为了给我们个惊喜吗?放心吧,无论你出了什么状况,我都会帮你看好你的儿子,让他成为下一个你,不,甚至要超越你。光明之子,或许,有坐上第一张神印王座的可能吧。"

龙皓晨沐浴在金光与蓝光之中,他渐渐进入了一个奇异的状态,隐约中感觉到自己的身体里多了些什么,整个人也似乎浸泡在温热的泉水中,有种说不出的舒适。

不知道过了多长时间,龙皓晨才渐渐清醒过来。

这时,他惊讶地发现,自己竟然站在骑灵山谷外的入口处,前方不远处就是飘动的金色雾气。

"嗯?"

龙皓晨下意识地看向自己的右手,右手中却空空如也,只不过,他的手臂还保持着高举的姿势。

剑呢?我的蓝雨·光之芙蓉呢?

龙皓晨立刻神色焦急地向四周看去,剑没有找到,却看到了一个人。

杨皓涵面带微笑地看着他,道:"别找了,它在你身体里。"

"在我身体里?"龙皓晨惊讶地看着杨皓涵,道,"杨爷爷,这是怎么回事?"

杨皓涵微笑道:"这是一柄奇迹之剑,鉴于你在初赛中的优异表现,咱们骑士圣殿决定让你尝试一下能否通过它的考验。结果你自己也知道了,你通过了,所以,它就是你的了。"

龙皓晨疑惑地问道:"那您说的它在我身体里又是怎么回事?"

杨皓涵微笑道:"别着急,我会将我所知道的关于蓝雨·光之芙蓉的一切都告诉你。

"这柄剑究竟有什么威能,连我也不知道,因为它从制造出的那一天起,就从未被人使用过。但根据圣殿这些年的研究,可以肯定的是,这是一件灵器。"

龙皓晨惊讶地问道："灵器？什么是灵器？"

杨皓涵说道："灵器，就是通灵的武器。相信你接受过它的考核了，没错，那就是它的剑灵对你进行的考核。剑灵虽然并不具有真正的灵智，却有它的本能。一件武器拥有器灵就拥有了无限可能。蓝雨·光之芙蓉本身潜能无限，但是，你应该也知道，越是强大的武器装备，想要使用它，也就需要越强的能力。这柄剑却不需如此，因为，它会伴随着你的成长而成长。现在的它，应该已经与你的身体融为一体，它自身的能力会滋养你的身体，而你的灵力也会促进它不断地成长。简单来说，这是一件可进化武器。现在，你可以凝神内视找找看。"

龙皓晨闻言赶忙凝神内视，这一内视之下，他立刻就发现体内出现了奇异的变化。

原本旋转着的圣引灵炉和自身液态灵力并没有什么变化，而且在考核时消耗殆尽的灵力也已经完全恢复。

奇异的是，就在圣引灵炉上方，悬浮着一柄迷你小剑，看那样子，可不正是蓝雨·光之芙蓉吗？

此时，它正泛着柔和的蓝金两色混合的光泽。龙皓晨这一内视立刻发现，那蓝雨·光之芙蓉沐浴在自己的液态灵力气息中，似乎隐隐吸收着自己的液态灵力，不过吸收的量并不大，更多的是受到灵力气息的滋养。

而它本身散发出的光芒却徐徐弥散，散入自己体内的每一个角落，刺激着自己的身体不断产生出柔和而温暖的感觉。

这种感觉很轻微，如果不是凝神去感受是发现不了的，但是他隐约感觉到，这光芒似乎在强健着自己的身体。

"生命最需要的就是光和水。对于植物来说，只要有光和水，它们就能生存。而人类的需求虽然更多，但光和水同样是人体最需要的。根据我们多年的研究和判断，它应该能够增强你的外灵力，但这需要循序渐进，并非能一蹴而就的。"

杨皓涵的声音传入龙皓晨耳中，将他从凝神状态中唤醒。

龙皓晨睁开双眼，他缓缓抬起自己的右手，试图用意念与圣引灵炉上的小剑联系。他只是心神微微一动，顿时，光芒一闪，手中已经握住了那龙形剑柄，金色剑刃就像是从剑柄的龙口中喷吐而出一般，顿时，金光闪耀。

契合！

当蓝雨·光之芙蓉再次出现的时候，龙皓晨第一个感觉就是契合，与他第一次握上这柄剑时的感受已经完全不同。此时此刻，他只觉得这柄剑就像是自己身体的一部分。

一些奇异、玄奥的东西正在自己的意识中徐徐出现，似乎是这柄剑在告诉自己什么。

杨皓涵微微一笑，道："回去吧，慢慢体会。明日十六强决赛即将开始，老夫预祝你能够取得好成绩。"

"明日？"龙皓晨心中一惊，道，"不是说小组赛结束之后可以休息两天吗？"

杨皓涵莞尔道："小家伙，你在这里已经有三天了。你以为，与一件灵器进行融合是那么容易的吗？你能够在三天内完成，已经证明你与它的契合度相当惊人了。你老师那边有圣殿的人通知，不需要着急。"

竟然已经三天了？

龙皓晨惊讶之下赶忙告别杨皓涵，并在杨皓涵的指引下，重新迈入了那扇巨大的光门之中。

光芒一闪，龙皓晨穿墙而出，已经重新回到了圣盟藏宝阁那不大的厅堂之中。

周围空荡荡的并没有人出现。

此时，龙皓晨明白了，这里根本不需要什么守卫，没有特殊手段是不可能进入藏宝阁内的。而实际上，有资格进入圣盟藏宝阁对本圣殿进行打理的，任何一座圣殿也就那么寥寥数人而已。

走出藏宝阁，外面依旧是两人看守，却并不是那天一胖一瘦的两名老者，而是两位身穿布衣，看上去憨厚老实的中年人，也就是四十多岁的样子。两个人看到龙皓晨后，充满善意地笑了笑。

他们真的平凡无奇吗？龙皓晨有些小心地探察了一下他们的情况，却骇然发现，这两位中年人给他的感觉居然很神秘，似乎没有半分能力，又似乎高深莫测。

不愧是圣盟总部啊！在这圣城之中真不知道有多少强者。龙皓晨匆匆向两名中年人行礼后，这才快步离去。

"主人。"

韩羽的声音响起，他从一旁迎了上来。

"你一直在等我？"龙皓晨惊讶地看着他。

韩羽点了点头，道："我是您的扈从骑士，自然要一直跟着您了。"

很显然，他已经完全摆正了自己的位置。

龙皓晨很阳光地笑了笑，没有多说什么，带着韩羽一起返回了酒店。

令龙皓晨有些郁闷的是，无论是老师还是姐姐，都在房间中修炼。他其实最想问问李馨这几天采儿的情况如何，可也不好打扰他们修炼。无奈之下，他只能返回房间，自己也去修炼了。

关于蓝雨·光之芙蓉，他还有许多需要了解的地方，否则自己又如何发挥出它的威能呢？

清晨。

夜华敲开了龙皓晨的门。

再次见到老师，龙皓晨吓了一跳。因为他吃惊地发现，老师脸上原本的阴郁竟然完全消失不见了，反而有种意气风发的感觉，似乎就在这短短的几天时间内年轻了十岁。

"老师，您……"

夜华呵呵一笑，他脸上的肌肉不再那么僵硬，开口道："我突破了，我的灵力终于突破三千点了！以前，我一直像是催眠一般告诉自己，天赋如何并不重要，而这几天，我才第一次体会到天赋在修炼中的重要性。这么多年的积淀，终于有了厚积薄发的机会。皓晨，谢谢你。"

"不……不。"龙皓晨顿时有些羞窘,道,"老师,这是我应该做的,能帮到您就好。"

夜华微笑道:"好了,咱们师徒之间就不说那些客套话了。等你此次比赛结束之后,老师也会留在圣城跟随你师祖进行修炼。而你也要加入猎魔团去历练了,这些装备是你师祖给你的,它们对你会很有用。"

第40章
十六强战

夜华一边说着，一边拿出一个像手镯一样的东西，朝着龙皓晨身边的地面一指，顿时，光芒闪烁，数件装备出现在那里。

毫无疑问，这手镯也有类似于勿忘我戒指的作用。

这种储物手镯虽然少见，但韩芃是骑士圣殿圣骑士长，能够拥有自然毫不奇怪。

装备？龙皓晨差点惊呼出声。

失去过后才更知道珍惜，龙皓晨之前失去了所有装备，那份无奈他有深刻的体会。

此时，一看到有装备可用，龙皓晨顿时眼睛大亮，迫不及待地向那些装备走去。

那是一套全身铠甲，一柄剑，一面盾牌。

这三件装备全都为银色，上面散发着淡淡的光明气息，与自己之前的铠甲、光剑和光耀之盾应该是一个层次的装备，最多也就是略强一些而已。

不过，就算是这样，也令龙皓晨大喜过望了。

失去了盾牌和光剑后，龙皓晨可是没少打听魔法装备的价格，但每一件都要上千金币，这令他望而却步。所以，一看到现在能够凑齐一套装备，他就很满足了。

夜华微微一笑，道："这套装备名叫圣灵套装，包括圣灵铠、圣灵盾、圣灵剑。单独拿出来，都是魔法装备级别，但胜在是套装，组合在一起，能产生圣灵光环，根据你的意念控制友军。光环笼罩范围达到直径二十米，能够在体表形成一层圣灵护体，防御力足以媲美圣光罩，而维持这个光环，每息只需要消耗五点灵力。这是一套非常不错的守护骑士装备，对团队作用不小，所以，这套装组合起来，足以媲美灵魔级装备了，比老师送你的那件灵光护腕还要好一些。"

"太好了！"龙皓晨兴奋地蹲下身体，先将圣灵剑和圣灵盾收入勿忘我戒指中，然后不客气地穿戴起圣灵铠来。

夜华脸上露出一丝淡淡的微笑。

这孩子真是秉性纯良，一点都没有因为圣骑士长送出的只是魔法级装备而嫌弃，他眼中的兴奋是不会假的。

"老师，您要是见到师祖，一定要替我谢谢他老人家。我一定会凭借这身装备为咱们骑士圣殿争光的。"

龙皓晨本就英俊，穿上这一身银色甲胄后，顿时更增几分英气。这身圣灵铠不重，确实比他原本的铠甲品质更好一些，而且带有头盔，可以将面部也遮挡起来，所以防御更加全面。

夜华拍拍他的肩膀，道："好了，和你馨儿姐姐一起去圣盟大试炼场吧。从今天开始可就是淘汰赛了，每个人都只有一次机会，老师预祝你旗开得胜，马到成功，争取挺进前三名。"

"保证完成任务。"龙皓晨右拳捶胸，向夜华行了一个标准的骑士礼。

他说完这句话后，师徒二人不禁都笑了起来。

另一边，霸占了龙皓晨床铺蜷缩在那里的皓月缓缓抬起三颗大头，晃了晃身体，沉重的身躯顿时压得床铺传来吱吱嘎嘎的声音。

"少不了你的。"龙皓晨向皓月呵呵笑道。

新得了铠甲，龙皓晨相当兴奋，连吃早饭都是穿着甲胄去的。

他吃饱喝足，在夜华的目送下，与李馨一起朝着圣盟大试炼场走去。

至于扈从，是没有资格去观战的，所以龙皓晨让韩羽留在酒店修炼。

"姐，采儿这几天怎么样？她没有生我的气吧？"龙皓晨向李馨问道。

李馨扑哧一笑，道："看你那小心翼翼的样子，这还没确定关系呢，就这么紧张人家。以后一定是个妻管严。"

龙皓晨脸上一红，赶忙辩解道："姐姐，我们只是普通朋友啊！"

李馨笑道："好、好，普通朋友是吧。那你自己去打听她的情况好了。"

龙皓晨顿时有些急了，拉着李馨的手臂，道："姐，我错了。你快告诉我吧。"

李馨白了他一眼，道："露馅了吧。好了……好了，姐姐保证你今天能够见到她就是。"

龙皓晨再怎么问李馨也不肯说出他什么时候能见到采儿了。不久之后，姐弟二人已经再次来到圣盟大试炼场。

十六强决赛在骑士试炼场进行，所有进入前六十名的参赛者都可以前来观战。两人才到门前，就碰上了熟人。

两名男子正好也从不远处走来，在入口处交验自己的参赛号牌，正是杨文昭和黄毅。看上去，他们两个人是早就认识的。

"杨兄、黄兄，你们好。"虽然是竞争对手，但是大家都已经认识了，所以龙皓晨还是主动向二人打了声招呼。

杨文昭看到他，顿时脸色一变，苦着脸道："我可是不太好啊！我现在就盼着抽签的时候别抽到你。"说完，他匆匆进去了。

看着他那如遇鬼魅般的模样，龙皓晨不禁有些发愣。

杨文昭这是怎么了？这还是那天那个不用坐骑就战胜自己的强者吗？难道他竟然变得没信心面对自己了不成？

杨文昭自然不是怕他！

如果是正面交锋，杨文昭甚至有信心与采儿一战，但刺客最强大的地方显然不是在正面战场上。

他实在是不想被采儿这种级别的刺客惦记上，尤其是自己爷爷都没有因为那天的事而追究什么，那刺客姑娘的背景有多么惊人可想而知。

黄毅看到龙皓晨倒是表现好多了，面带微笑地向他打了个招呼。

"黄兄，那天比赛我有事没去，你和王原原最后谁出线了？"龙皓晨好奇地问道。

黄毅略显得意地道："侥幸、侥幸。王原原实力确实很强，正面碰撞的话，我肯定不是她的对手，所以就用了点巧技。我和我的精灵伙伴联合施法，趁着她装好宝石准备发动巨灵神之盾的时候，就完成了土浪术。说起来真不怎么光彩，全场比赛，我凭借土浪术一路逃跑，最终耗尽了她的灵力，才勉强获胜。我还要谢谢你，如果她没有一上来就用出消耗巨大的巨灵神之盾，只是正常比拼的话，还真不知鹿死谁手。"

听他这么一说，龙皓晨就明白了，黄毅这是利用了王原原的惯性思维。那个姑娘的实力确实强大，没能进入前十六，龙皓晨也觉得有些可惜。

"哼！真是不要脸！"正在他们说话的工夫，背后突然传来一个怒气冲冲的声音。

两个人回头一看，可不正是王原原吗？

在她身边的，是陈樱儿。

陈樱儿的脸色也不怎么好看，小姑娘快走几步来到龙皓晨面前，向他比了比自己的小拳头："你看不起我吗？最后一场居然都不来。"

龙皓晨无奈地说道："当然不是，那天我正好有事，我向你道歉。"

陈樱儿向他吐了吐舌头，没等她再开口，就被怒气冲冲，险些用眼神杀死黄毅的王原原拉着手走进了试炼场。显然，经过初赛这段时间，这两个姑娘有了不错的交情。

黄毅心有余悸地看着王原原身后斜背着的那面巨灵神之盾，无奈地摇摇头，道："我就祈祷着猎魔团轮盘的时候，可别抽到与这姑娘一组。不会防御的盾战士，而且还那么冲动，真是怕了她了。"

李馨拍拍龙皓晨的肩膀，道："进去吧。时间不早了。"

"等等我！"

一声急促的呼唤响起，姐弟二人回头一看，又碰上了熟人。那可不正是不会攻击的奇葩魔法师林鑫吗？

"恭喜、恭喜。恭喜贵姐弟同时进入前十六。"林鑫满脸笑容地跑过来。

李馨却对他没什么好脸色，道："有什么好恭喜的，我们可受不起你的恭喜。"

林鑫一呆，赔着笑说道："这是怎么了，李馨姐，我可没做什么啊！"

李馨怒道："你还没做什么？你一个攻击魔法都不会，居然哄骗着我弟弟答应你进入前三就选你入队，你难道不知道一名强大的魔法师对团队的重要性？"

她这话一说出口，旁边的黄毅率先瞪大了眼睛，道："什么？你不会攻击魔法？"

他一把揪住林鑫，脸色比李馨还要难看得多。

林鑫拍开他的手，道："不会攻击魔法怎么了？哥有药。"

当初，他凭借的就是自己对魔法的强大控制力，再加上用丹药买通了黄毅，这才坐上魔法圣殿初赛第一的宝座。

此时，黄毅一听说他不会攻击，脸色能好才怪。

龙皓晨拉住还想和林鑫理论的李馨，淡然道："姐，你别这样。如果不是事出有因，当初林鑫也不会拿丹药给我了。他的丹药对我帮助很大，我应该谢谢他才对。林兄放心，如果我进入前三，一定会遵守承诺的。"

"那采儿怎么办？"李馨几乎是脱口而出。

龙皓晨顿时愣住了。

是啊！采儿也进了前六十，刹那间，他的脸色变得苍白起来。如果自己进入了前三，只能选择林鑫，采儿怎么办？

不久前的承诺他记得十分清楚，他答应过要守护她一辈子的。

林鑫看着有些失神的龙皓晨，心头顿时一沉，脸上露出一丝略带无奈的苦笑，轻轻地摇了摇头，却没有再说什么，只是拍拍龙皓晨的肩膀走了进去。

那姑娘虽然强悍，却目不能视，一想到这里，林鑫就觉得他说不出什么了。

李馨也看出龙皓晨脸色不好，赶忙出言安慰道："现在还不是想这些的时候,总得等你真的成为前三了再想。"

龙皓晨心中略微释然,点了点头,道:"我们先进去吧。"

今天骑士试炼场内的气氛明显要隆重了许多,场地内情况虽然不变,主席台上却是人头攒动,分明来了不少人。毫无疑问,他们都是各大圣殿的高层。

此时,本届猎魔团选拔赛的前六十名已经来了四十多人,他们都坐在休息区那边,参加今天前十六名淘汰赛的参赛者则坐在最前面。

虽然其他人不需要参赛,但是他们依旧都来观看比赛,原因之一,是希望能通过观战来学习前十六名的强者们战斗的方式和积累经验。此外,更加重要的是,等到淘汰赛结束后,就将进行轮盘组队了,谁不希望多了解一下有可能成为未来本队队长的人有着怎样的能力呢?

龙皓晨一进入休息区就快速地寻找起来,不少人的目光都落在了他身上,尤其是骑士们以及第三组的参赛者们。

龙皓晨对于其他人的目光完全视而不见,他很快就找到了自己的目标。

采儿静静地坐在第一排边缘的角落处,青竹杖竖在身前,靠在她的肩膀处。她整个人都显得很安静,在龙皓晨眼中,那就是纯净柔美的化身。

因为在获取蓝雨·光之芙蓉的时候,龙皓晨完全沉浸在其中,并没有许久未见到采儿的感觉。

现在,他见她坐在那里,赶忙和李馨一起快步朝她走去。

原本安静的采儿分明是听出了他的脚步声,略微低下了头,双手也下意识地握紧了青竹杖。

"采儿。"龙皓晨叫了她一声,在她身边坐了下来。

"嗯。"采儿轻轻地答应一声,就抿着嘴不肯说话了。

"采儿,这几天我去圣盟藏宝阁了,昨天晚上才出来。"龙皓晨轻声地解释。

"嗯。"采儿又是同样地答应一声。

"采儿,那天你是怎么了?"龙皓晨问出心中疑惑。

这一次,采儿连"嗯"都不"嗯"了,只是静静地坐在那里,但是,她的耳根都红了。

龙皓晨虽然有几天没有出现，但李馨已经告诉采儿他去做什么了，所以采儿自然不会着急。她每次想起那天被龙皓晨搂住，以及她自己的误会，都会羞红脸，心跳也会随之加速。

此时她再次听到龙皓晨的声音，又怎会不害羞呢？

龙皓晨哪知道小姑娘的心思，愁眉苦脸道："采儿，你怎么生气了？我、我没做什么啊！你要是生气了，告诉我为什么，好不好？我也好改。"

李馨坐在一旁，忍不住掩口偷笑起来。

这对小情侣还真有意思，采儿那样子分明是羞涩，哪里是生气？说不定那天两个人干什么了呢。

不过，感受着他们之间那纯纯的情愫，李馨心中多少有些羡慕，她在心中暗想，什么时候，也能有一个人像弟弟关心采儿这样来关心自己呢？

龙皓晨并没有着急太久，正在他摸不着头脑的时候，一只柔软的小手却悄悄伸了过来，握住了他的手。

柔嫩温暖的小手握在手中，龙皓晨先是愣了一下，紧接着心中大定，焦急尽去，然后美滋滋地坐在那里，就算他在感情方面再无知，现在也知道采儿并没有怪他了。

在这重要的淘汰赛阶段，自然没有人会迟到，一会儿的工夫，十六名参赛者已经来齐了。

坐在第一排的人，龙皓晨认识得并不多。除了他、李馨和采儿之外，也就只有黄毅和杨文昭，还有两名他未曾交手过的骑士，那两位自然也是初赛阶段的五阶强者。

龙皓晨略微观察了一下，第一排正好坐了十六个人，其中，骑士圣殿竟然就占据了五个席位，牧师圣殿却一个都没有，可见骑士圣殿在六大圣殿中排名第一并非无因。

突然间，他感觉到有些不对，扭头向采儿看去，疑惑地问道："采儿，这第一排似乎只能是参加今天淘汰赛的人坐吧，你……"

李馨终于忍不住笑了，道："傻小子，你有时候还真是笨得可以啊！谁说采儿就不能参加淘汰赛了，她可是我们第二组的头名。"

"啊？"龙皓晨吃惊地瞪大了眼睛，险些松开那只柔嫩的小手。

采儿微微抬起头，轻声道："你也没问过我啊！我是一名刺客。"

这个消息对龙皓晨来说绝对震撼，他自然知道采儿是一名刺客，可是，她看不见啊！

看不见的她，竟然能在第二组获得第一名的成绩。

这意味着什么？

龙皓晨顿时有些茫然了。

"各位，欢迎来到骑士试炼场。"

正在此时，一个熟悉的声音在试炼场内响起。龙皓晨抬头看时，只见骑士圣殿圣骑士长韩芫不知道什么时候来到了试炼场内，正朝休息区这边说着话。虽然他没有使用任何扩音的魔法道具，但每个人都能清晰地听到他的声音。

"首先，我要恭喜进入前十六名的参赛者。进入前十六，意味着你们已经能够从联盟获得一份奖励。在此次大赛结束后，可以从圣盟藏宝阁中选取一份最适合你们的秘技。之后你们每通过一场淘汰赛，奖励都会随之增加。至于没有进入前十六名的参赛者们，你们也不需要气馁。你们能够通过初赛，进入前六十名，已经证明了你们的优秀，你们也将成为未来猎魔团不可或缺的一分子。

"咱们圣殿联盟从来不搞什么形式主义，我就不多说了。下面，进入前十六名的参赛者入场，进行抽签。从这一刻开始，运气也将成为你们能否继续前进的重要因素，而我也始终认为，运气也是实力的一部分。"

采儿悄悄地抽回了自己的小手，扶着青竹杖站起身。龙皓晨知道她当着这么多人的面有点害羞，不好意思让自己拉着，自然也不会说什么。随后，坐在第一排的十六名参赛者鱼贯而入，走入试炼场内。

其他四十四名参赛者虽然不需要参加接下来的个人赛，但他们的心情同样紧张。

毫无疑问，每一场淘汰赛都将是强强对决，比赛也必然极为精彩，而且还关系到不久后的轮盘组队、他们都想看看，最终谁能力挫群雄，站在巅峰的位置。

工作人员再次检查了参赛号牌，确认了他们的身份之后，十六人进入试炼场，围绕在韩芡身边站成一圈，此时，又有五位老者走入场中，站到韩芡身旁。

这五位老者中包括刺客圣殿侠客堂堂主，掌控着刺客圣殿最强大的三十六位侠隐刺客的副殿主影随风。魔法圣殿副殿主，圣魔导师，魔导团团长林辰。

当然，龙皓晨并不知道，这位老爷子还是林鑫的亲爷爷。

此外还有牧师圣殿副殿主，枢机主教，祭祀殿殿主弱水。

战士圣殿副殿主，狂战堂堂主，战帝级强者任我狂。

最后一人是穿着一袭绣有金色符文黑色长袍的老妪，和弱水的柔和相比，她显得有些霸气，眼中神光湛湛。她的身材不高，但是进入试炼场后，就属她带给众人的压力最大。龙皓晨仔细感受后，发现那竟然是一股近乎洪荒巨兽的恐怖压迫力。

这位就是灵魂圣殿副殿主，灵幻堂堂主，灵帝级召唤师三水。

正像众人感受到的那样，或许，这位三水婆婆不是六位副殿主中修为最强的，但是，她绝对是这六人中最可怕的一个。

韩芡微微一笑，道："众位，我们开始吧？"

其他五人点了点头，表示同意。

虽然他们有六人在这里，但其他五人只是照例履行监督之责，抽签由韩芡一人主持。

那众人都曾多次见到的光球再次出现，从空中徐徐落下的同时不断扩大，渐渐变成一个巨大的金色光环。当它落在地面上时，正好将十六名参赛者和六名副殿主隔绝开来。副殿主们在光环之内，十六名参赛者则在光环之外。

韩芡手上金光一闪，顿时，整个光环光芒大亮。

"将你们的一只手放在光环上，抽签即将开始。你们尽可放心，小组赛的第一名只会与其他小组第二名抽在一起。"

按照韩芨所说的,众人将手放在光环之上。

圈内的其他五位副殿主都缓缓闭上了眼睛,用他们强大的精神力感受着抽签的过程。

最紧张的反倒是韩芨,身为骑士圣殿副殿主,他当然希望本圣殿的参赛者们能够更进一步。这次骑士圣殿有五人进入前十六名,算得上史无前例。在其他圣殿面前,韩芨那绝对是大有面子,要是这五人都能进入前八,那将是多么美妙的事情啊!

抽签开始。

十六只手全部落在金色光环上面,之后它迅速闪亮并高速旋转起来,瞬间将十六名参赛者的身体都染成了金色。

渐渐地,光芒一道接一道亮起,每一名参赛者身上的金光都开始发生变化,而变化主要就在于金光的强弱。

"嗡!"

光环光芒收敛,龙皓晨等十六人也各自看向自己身上的光芒。

光环内的五位副殿主同时睁开了眼睛。

除了弱水之外,其他四位副殿主多少都有些幸灾乐祸的神色,韩芨的脸色却是变得无比难看。

事实已经证明了一切,就算没有那五位副殿主监督,也不会有人来质疑这次抽签的公平性了。

骑士圣殿的五名参赛者竟然凑成了两对半,也就是说,无论这一轮比赛结果如何,骑士圣殿最多也只有三人能进入前八了。

那两名龙皓晨不熟悉的五阶骑士抽成了一对,他们身上金光的深浅完全一致,而另一对正是龙皓晨和李馨这姐弟二人。

龙皓晨的神色瞬间变得惊愕起来,他看着李馨,脸色十分难看。他怎么也想不到的是,自己依旧保持了这令人哭笑不得的运气,八分之一的机会,自己竟然还是抽到了姐姐。

圣魔导师林辰咳嗽一声,拍拍韩芨的肩膀,道:"韩兄果然不愧是光明的使者，这次的抽签公平、公正，我们魔法圣殿绝对认同。"

影随风和韩芡最熟，更是毫无形象地笑了出来，道："老韩，你们骑士圣殿确实很强，不过，这运气嘛，啧啧……"

韩芡脸色一阵发青，恶狠狠地瞪了他一眼。

战帝任我狂哈哈一笑，道："影子，你也不要这么说。这个抽签结果对骑士圣殿还是很有利的，前八名他们至少占了两个，挺进前三的机会不就大大增加了吗？"

三水这位灵帝级召唤师冷哼一声，道："你们这些家伙，除了会幸灾乐祸之外还会干什么？有本事你们也弄五个人进前十六给人家看看。老韩，谢了啊！我们灵魂圣殿没有参赛者同组，运气确实不错。"

除了骑士圣殿之外，在这一届选拔赛上大出风头的是灵魂圣殿！

除了那连自己都不知道会召唤出什么却能使用生灵之门的陈樱儿，竟然还有两名优秀的召唤师挺进前十六，而且两人都还是四阶的，可见召唤师的强大。

根据刚刚的抽签结果，这三位召唤师接下来要面对的都是其他圣殿的对手，也难怪冷着脸的三水灵帝心情大好了。

韩芡的心在滴血啊！

淘汰赛这还没开始呢，骑士圣殿这边就相当于少了两个人！

不过，当着这么多小辈们的面，他也不好发作，但脸色一阵红一阵白的。他转过头，道："看看你们，一个个小人得志的样子，你们再看看人家弱水，多淡定！"

弱水有些无奈地轻叹一声，道："我不淡定也不行啊！我们牧师圣殿一个进入前十六的人都没有，这抽签结果如何，和我没有太大关系。"

"呃……"韩芡顿时语塞，狠狠地说道，"都回休息区，按照身上金光颜色由浅到深的顺序开始比赛。第一组留在场地中。"

说完这句话，他头也不回就向主席台方向气哼哼地走去，此时，那巨大的金色光环也徐徐升起，最终消失在大家视线之中。

"姐，我……"龙皓晨刚想对李馨说些什么，李馨却一脸笑意地摇了摇头，道:"傻弟弟,你这是干什么啊!有什么可为难的。难道我遇到别人就能继续前进吗?我能进入前十六,还多亏了采儿相助,我已经很满足了。我原本都没想过自己能进前十六,抽签遇到你,其实对我来说,这是最好的签位,反正也是输,能够送你进入八强,难道不是最好的情况吗?"

"可是……"龙皓晨还想说什么,却再一次被李馨打断了。

"傻瓜,有什么好可是的,难道你认为四阶的我能赢得了五阶的你?还是说我的玫瑰独角兽能赢得了皓月那小怪物?虽然,它也进化了。"

大部分参赛者开始朝休息区走去,采儿还等在龙皓晨身边,听他们这对姐弟的交谈内容。

"呃……这个,第一组比赛的好像不是你们吧?"一个有些无奈的声音在一旁响起。

龙皓晨和李馨扭头看去,只见杨文昭和另一名女性召唤师正有些怪异地看着他们,而这二位身上的金色光芒颜色相同,都属于最浅的那一类。

那位女召唤师身上的魔法袍是带斗篷的,此时又微微低着头,所以看不清她的相貌。

"哦,抱歉。"龙皓晨向他点了点头,赶忙和李馨、采儿一起返回休息区去了。

殊不知,杨文昭也是松了口气。

至少,他没有抽中龙皓晨或者采儿。就算他没有之前的心理阴影,这两个对手也非常不好对付。

"采儿,你的对手是谁啊?"李馨向龙皓晨身边的采儿问道。

采儿摇了摇头,道:"我看不见颜色,不知道哦。"

听了她的话,龙皓晨顿时感到一阵强烈的自责,他只顾着苦恼自己和李馨被抽在一起的事,却忘了采儿看不见而不知道比赛的顺序。于是,他充满歉意地握住她的小手,道:"别急,我去找工作人员问问。"

就在龙皓晨去询问工作人员的时候,十六进八的第一场比赛已经开始。

杨文昭依旧没有召唤出自己的坐骑,而是一双重剑左右张开,朝着对面的召唤师闪电般冲去。

　　骑士与召唤师之间的比赛，双方要拉开五十米距离。杨文昭对面的召唤师手握一柄绿色法杖，飞快地吟唱着咒语，与此同时，她脚下步子不停，身体迅速后退。

　　杨文昭的冲锋速度相当快，可就算是这样，在他刚刚冲过二十米距离的时候，对面的女召唤师就完成了她的第一次召唤。

　　一个绿色光点从法杖前端飘落，在它落地的一瞬间，一圈绿色光环随之荡漾开来，顿时，一根根粗壮的藤蔓从地下钻出，瞬间蔓延开来。

　　这竟是一位植物召唤师。

　　此时，如果杨文昭不想要和这些藤蔓硬碰硬的话，他就必须要绕路。杨文昭自然不会这么选择，他选择义无反顾地向前冲去。

　　灿烂的金色光芒在两柄重剑之上闪烁，他脚下的步伐再次加快，化冲锋为突击，手中双剑挥舞，两道光斩剑同时掠出，贴地疾飞。

　　那藤蔓虽然坚韧，但在光斩剑面前就显得很脆弱了，数根藤蔓顿时被切开。

　　杨文昭的强悍实力在这个时候彰显无遗。

　　他悍然冲入藤蔓丛中，没有再使用技能，一双重剑挥舞得密不透风，任何冲入他剑芒中的藤蔓都会被瞬间绞碎。在观众看来，他只是速度稍缓，就穿过了藤蔓阵地。

　　真是势如破竹。

　　而这个时候，对面的女召唤师已经完成了第二个召唤魔法。

　　面对杨文昭的冲锋，这位召唤师毫不惊慌，这一次，只一片墨绿色光芒弥散开来，顿时，大片大片的荆棘冒出地面，不但阻挡住杨文昭的去路，更是将他困在其中。

　　铿锵之声瞬间响起，杨文昭的前冲之势居然被阻挡了下来。

　　这些看上去比藤蔓纤细许多的墨绿色荆棘居然坚硬如铁，虽然依旧无法和杨文昭一双重剑抗衡，但是令他只能一步步向前踏进，再也无法以突击的速度前进。

龙皓晨已经向工作人员询问过了，确定了采儿的对手是另一名召唤师。此时，他也被场中的比赛吸引住了。

龙皓晨最不熟悉的就是召唤师的战斗方式。

到目前为止，他就见过召唤师陈樱儿的生灵之门。而与杨文昭比赛的这位，显然要比陈樱儿靠谱得多，接连两个召唤魔法释放的速度都特别快。

"当！"

正在这时，杨文昭脚下突然一顿，一声剧烈的撞击声响起，他的身体也随之晃动了一下，然后竟然停顿了下来。

龙皓晨的视力还是相当不错的，他清楚地看到一根尺余长的红色尖刺从杨文昭剑上弹起。

这偷袭相当出其不意。

因为休息区在上方，因此，龙皓晨能够看到，那位召唤师并没有借助这些荆棘的保护而后退，她依旧在荆棘丛中。

而在她身边则多了一株足有一人高，两人才可以合抱过来的奇异植物。

这株植物通体长满尖刺，顶端有一朵红色大花。刚才那根红色尖刺就是从它身上甩出去的。

杨文昭的实力如何龙皓晨很清楚，那根红色尖刺能够将他震退，其攻击力之强可想而知。

龙皓晨集中精神仔细注视，发现那奇异的植物正在剧烈地抖动着，然后身上的红色尖刺快速凝聚，集中在一起，最后居然化为一根尺余长的尖刺猛地射出，目标直指杨文昭。

好家伙！

召唤物居然还能这么用？

龙皓晨这下算是大开眼界了。

"当！"

又是一声剧烈碰撞，红色尖刺再次阻挡杨文昭身体的同时，周围的铁荆棘也以惊人的速度从四面八方向杨文昭围去。

看那样子，居然是这位召唤师占了上风。

然而，女召唤师的咒语并没有停止。

在她身前，一株株豆荚状的植物渐渐生长起来，豆荚十分巨大，比之前那顶花带刺的植物还要大上几分。

也不知道它们是如何锁定杨文昭的，只见豆荚状的植物缓缓弯下，直到快贴在地面上时才骤然甩起，每一个豆荚中都甩出三颗人头大小的绿色豆子，居然像投石机投的石头一般砸向杨文昭。

第41章
冷厉无双

这样也行?

这种豆荚状植物一共长出来四个豆荚,这一下子,就有十二颗绿色豆子砸了出来。

在这位女召唤师身边,还迅速长出一株黄色的植物。这植物就有些奇形怪状了,看上去像珊瑚,一长出来就有一阵阵黄色雾气弥散而出。

这雾气倒是没有什么直接的攻击力,但是,凡是被它沾染上的植物,就像是吃了兴奋剂一般疯狂生长,朝着杨文昭疯狂攻击。

"噗噗噗噗噗噗噗……"

一连串的怪异声响起,杨文昭自然不会被那些豆子砸中,但是,每一颗豆子被他刺破后都汁液飞溅,他的防御终究没法刀枪不入,所以,他的身上顿时沾染了不少豆子的汁液。

这些绿色的汁液带着植物清香,并不含有毒素,但是极其黏稠。沾染上一些汁液后,杨文昭顿时觉得自己的动作变得迟缓了许多。

在之前的比赛中,一般只是杨文昭压制别人,他什么时候被别人压制过?眼前这种感觉对他来说不但陌生,而且让他极为不爽。

主席台上,韩芡看着坐在身旁不远处的灵帝三水,惊讶地说道:"这姑娘不错啊!召唤速度竟是这么快,她手中的法杖应该不是凡品吧。"

三水哼了一声，道："不要输了就找借口。晓沫这丫头天生对植物有强大的亲和力，据说有一定的精灵血统。法杖再好，也要使用的人强大才行。"

"输？那恐怕很难啊！"韩芡微笑着摇了摇头，道，"这丫头虽然不错，但想赢这场比赛那是不可能的。文昭可是我们骑士圣殿最有可能争夺第一名的人选。"

坐在三水身边的圣魔导师林辰突然探出头来，道："咦，我记得不久前说你们骑士圣殿有个参赛选手被人行刺，身负重伤，该不会就是他吧？"

三水顿时笑了，而且笑得很开心。

韩芡一脸羞恼，道："小林子，打脸是吧。行，你等着。"

林辰哈哈一笑，道："我好怕啊！"

影随风坐在一旁淡淡地说道："就算杨文昭这小子曾经受伤，那也是被我们刺客圣殿的人搞的，你有什么好笑的。我看，这届比赛的四强里恐怕看不到你们魔法圣殿的人了。"

六大圣殿从技能上分为三类近战和三类法术，彼此之间多少都有些竞争。论关系，自然是近战亲近战，法术亲法术了。

下面的参赛者们自然想不到这些大人物们居然也会斗嘴，此时，场中的杨文昭爆发了。

对面这位植物召唤师比他想象中还要难缠得多，她周围的植物突然变得疯狂起来，还有那不知道什么时候就来偷袭一下的红色尖刺，再加上身上又沾上了黏稠的绿色汁液，令杨文昭有些暴躁了。

炽烈的金色光芒从杨文昭身上瞬间升腾而起。

这一刻，他的内灵力不只是向外散发，炽热的金色光芒更是呈现出火焰状，在他身上亮起。那些限制了他速度的绿色黏液顷刻间消失不见，周围依旧有扑来的荆棘，但进入火焰范围内的全部化为灰烬。

光明之火？

龙皓晨心中一惊。

这个技能在父亲留给他的传承指环上也有记载，但是，他现在还没有进行修炼。按照父亲留下的注解来看，这个技能需要五阶二级以上的灵力才能使用。

光与火本就是不分家的。太阳之火灼热，纯粹的光之火焰温度极高，而以自身液态灵力为燃料爆发出的光明之火更是有灼烧一切黑暗的能力。这个技能也属于秘技的一种，而且是所有五阶惩戒骑士必学的，对于惩戒骑士来说作用极大。

光明之火威力极大，虽然含攻击、防御、驱除负面效果三大功效，但是，在强大的威力背后，它的消耗极其巨大。引动这个技能就需要二百点液态灵力，每持续一息就需要消耗三十点液态灵力。哪怕是五阶骑士，在使用它的时候，也坚持不了太长时间。

毫无疑问，火对植物的杀伤力极大，那些铁荆棘虽然在黄色雾气的刺激下变得无比疯狂，可在这光明之火面前迅速枯萎了。

杨文昭口中发出一声长啸，脚尖点地，再次突击。

炽热的光明之火将一切近身植物焚烧殆尽，这样一来，他手中双剑只需要去抵挡那依然强劲的红色尖刺就可以了。而且，有光明之火的灼烧，那尖刺的威胁程度也是大减。

隐藏在植物丛中的女召唤师显得有些慌了，她既然能准确地命中杨文昭所在的位置，自然能够感受到他此时突击的速度。

一连串急促的咒语从她口中吐出，同时手中法杖向地面上一指，顿时，两株宛如樱桃般的火红色植物迅速生长出来，而她自己的身体却突然以极快的速度横移。

仔细观察能够发现，在她腰间不知道什么时候多了一根藤蔓，而这藤蔓的源头在她最早释放出的召唤魔法那一边。此时，在藤蔓拉扯下，她的身体迅速横飞，铁荆棘自然让开一条通路，速度竟比杨文昭的突击还快。

下一刻，杨文昭就已经到了她之前所在的位置，一眼就看见那依旧在喷吐尖刺的植物和那几个豆荚。

人呢？

杨文昭微微一愣，但他手上动作可不慢，两柄重剑带着炽热的光明之火朝着面前这些植物扫去。

这些植物的威能虽然都很大,但防御力差了许多,毫无疑问,瞬间枯萎。

杨文昭的打算很清楚,他这个对手只是一名四阶的召唤师,灵力有限,而且又不是液态灵力,只要将她的召唤物尽可能毁坏,她就失去了与自己抗衡下去的资本。

就在他将这些攻击植物清扫掉的时候,两颗硕大的红色果实出现在他视线中。这两颗红色果实足有南瓜大小,而且依旧在以惊人的速度膨胀着。

一丝危机感悄然涌上心头,杨文昭飞速后退的同时,双剑一挥,两道光斩剑组成一个交叉十字斩,朝那红色果实劈去。

唉,有的时候,某些人就是比较手欠。

换了龙皓晨,或许就不会劈出这两剑,因为已经感觉到了危险,远离才是最正确的做法。

但杨文昭是一名纯粹的惩戒骑士,攻击的想法早已根深蒂固,所以,接下来他就很悲惨了。

"轰隆!"

巨大的轰鸣声令整个骑士试炼场都剧烈地颤抖了一下,所有人目瞪口呆地看着眼前的一切。只见一团蘑菇云从铁荆棘中央的位置爆发,随后升腾而起。

早已躲得远远的女召唤师下意识地摘掉自己头上的斗篷,露出一张宜嗔宜喜的小脸,吐了吐舌头,道:"这暴戾樱桃的威力还真是不小哦,不会炸死他了吧?"

远处主席台上,韩芡腾地站起了身。不只是他,这些观战的大人物们也都随之站了起来。因为他们都知道杨文昭的真正身份是什么,之前被刺客圣殿刺伤已经令骑士圣殿为之发怒了,要是真有个好歹,恐怕……

"三水!"韩芡愤怒地叫道。

三水婆婆脸部肌肉抽搐了一下,道:"这个……我真的不知道这丫头什么时候能召唤出这种东西了,我可没教过她啊!"

"喀喀、喀喀……"

连声的咳嗽从场中传来，一道狼狈至极的身影从铁荆棘中钻了出来。

杨文昭那模样实在令人有些忍俊不禁，原本那一身漂亮的铠甲此时变成了焦黑色，头盔也被炸飞了，头发被爆炸的高温灼烧得卷曲着，脸上更是黑一道红一道的。身上的铠甲多处破损，手臂也不例外，隐隐露出血迹。他那样子，简直就像个落魄的乞丐。

"我、我……"杨文昭此时的郁闷简直无法用言语来形容。

如果他不用剑劈，那只能在原地爆炸的暴戾樱桃或许伤不到他，可是，他这一劈就相当于直接将其引爆了。

虽然他已经往后退了，但这暴戾樱桃的爆炸力确实强大。幸好他身上还燃烧着光明之火，还来得及全力挥舞双剑护住要害，不然的话，这剧烈的爆炸恐怕就真的要将他重创了。

不过，就算如此，他全身没有哪一处不疼。

看着对面的少女，他的眼中顿时充满了愤怒。

金光再现，一个圣光罩升腾而起。并不是说惩戒骑士就一点治疗、辅助技能都不会，圣光罩可是每一位骑士必备的治疗技能。

杨文昭的一双重剑重新散发出刺目的金光，他恶狠狠地盯着不远处露出脸庞的女召唤师，大步向对方冲去。

"好了、好了，你还能打啊！那我认输了。"白晓沫有些无奈地说道。

正像杨文昭预料的那样，她的修为毕竟只有四阶，在之前一连串的施法中，自身灵力已经消耗大半，已经不可能再像之前那样布置战术了。

既然如此，她干脆直接认输。

冲锋的脚步骤然而止，杨文昭只觉得胸口处憋着一股气。

这算是赢了吗？

哪个赢了的人像自己这么狼狈的？

他一脸的悲愤，心中暗想，自己简直就是"悲情"这两个字的代言人，能不能不要这样啊！

可是，人家已经认输了，他总不能冲过去继续攻击吧！

杨文昭好后悔，后悔自己没有召唤坐骑出来。

杨文昭暗暗发誓，在接下来的比赛中，他再也不托大了，一定要召唤出坐骑，全力以赴。看着自己一身的焦黑，他的心和之前的韩芃圣骑士长一样，在滴血啊！

"杨文昭对白晓沫，杨文昭胜，进入八强。"裁判的声音随之响起，也同时结束了这第一场比赛。

尽管那位女召唤师白晓沫输了，可是，她这奇特诡诈的战斗方式也给在场所有人留下了深刻印象，更有人忍不住大呼过瘾。

明眼人都看得出，白晓沫的植物召唤有着极强的控场能力，要是能拥有这么一名队友，无论是群战还是单挑，都是极好的帮手。更何况她才四阶啊，就让五阶的杨文昭如此狼狈。

等她进入五阶之后，不知道会强大到什么程度！

仅仅是十六进八的第一场比赛，就令所有观战的参赛者为之震撼，那些没能出线的参赛者心中的不服气也少了许多。

不过，接下来的第二场比赛令他们有些失望了。

第二战上场的正是李馨、龙皓晨姐弟二人。两个人根本就没打，一上场，李馨就向裁判表示认输了。

在以往猎魔团选拔赛十六强赛场上，这种情况还是相当少见的。

毕竟，能走到这一步十分艰难，每向前一步，在联盟猎魔团中的地位都会有所提升，哪怕是自认实力不如对手的参赛者，大多也会选择拼上一拼。不过，比赛规则中可没有不许认输这一项，所以，裁判也只能宣布龙皓晨获胜，进入八强。

对于李馨的认输，主席台上的韩芃是相当满意的，至少她没有消耗龙皓晨的灵力。

因为，接下来的比赛依旧是每天进行，如果在前一天比赛中消耗过大，显然会影响接下来的比赛。

李馨的认输并没有影响后面比赛的精彩程度，接下来的四场比赛都称得上精彩纷呈，比赛双方不拼到最后一刻绝不轻易认输，获胜的一方自然都付出了一定的代价。

毕竟，能够走到眼前这一步的参赛者，实力差距并不会太大。

"采儿，该你上场了。"龙皓晨有些紧张地握着采儿的小手。

采儿轻轻地点了点头，低声道："我不会有事的。"

龙皓晨本想将她一直送到场地中，却被采儿拒绝了，她手握青竹杖，独自一人缓慢地走向试炼场内。

看到盲女采儿出场，观战的参赛者们心情各不相同。他们的心态截然相反，基本分成了两派。

一派自然是质疑，一个眼睛看不见的姑娘竟然也能进入十六强？

另一派则是紧张与兴奋并存，因为他们都是曾经见证过采儿强大实力的人，尤其是刺客圣殿的那些刺客们，甚至欢呼出声。

凭借着初赛强势的表现，采儿已经得到了他们所有人的认可。

采儿缓步走入场地，慢慢站定。在之前的比赛中，她的对手并没有碰到过她，所以，眼中顿时流露出几分疑惑和不解。

这姑娘是刺客圣殿的？

采儿的对手是一名大约二十岁的青年，中等身材，手握一柄棕红色的魔法杖，是灵魂圣殿三名中进入前十六的另一名四阶大召唤师。

在之前的比赛中，灵魂圣殿的表现可圈可点——

白晓沫虽然未能出线，却弄得很可能冲击本届挑战赛榜首的杨文昭狼狈不堪。

另一位五阶控兽使则较为轻松地进入前八。

而眼前这位，则是今天最后一个出场的灵魂圣殿弟子。

"刺客圣殿采儿，对战灵魂圣殿方竹。因职业原因，双方拉开距离四十米，场地内升起四根柱子。双方准备。"

伴随着裁判的声音，地面上徐徐升起四根粗大的柱子，采儿和那位名叫方竹的召唤师也各自徐徐后退，直到拉开四十米距离。

此时要说紧张，没有人能超过休息区的龙皓晨，他紧张地注视着场中的情况，恨不得自己冲上去代替采儿比赛才好。

看着他的样子，李馨忍不住微笑道："傻小子，别那么紧张，放心吧，不会有事的。采儿的实力我可是见过的，恐怕就算是你也未必能赢得了她哦。你等着看好了。"

"嗯。"龙皓晨答应一声，但实际上，他根本就没怎么去听李馨的话。

关心则乱，无论别人怎么说，他心中的紧张也不会减少半分。他只是在不断地想着：采儿看不见啊！而且她那么柔弱，要是受伤了该怎么办。

龙皓晨已经想好了，要是采儿被对方所伤，就算是违背比赛规则，他也要立刻冲进去帮她治疗。

此时，他已经开始默默地准备圣光罩了。

"比赛开始。"

伴随着裁判一声令下，十六进八的第七场比赛正式开始了。

方竹虽然没有见过采儿，但他并没有因为对方是盲女而小看对手。能够凭借四阶修为走到这里，除了实力超乎常人，他的心志同样坚毅，行事也极为谨慎。

方竹手中棕红色法杖向前方一指，一声清亮的鸟鸣响起，一只身长约一米、通体为青色的大鸟破空飞出。

这是没有经过任何咒语吟唱的召唤。

看起来这个召唤魔法应该是事先存储在他那柄法杖中的，单是从这一点来看，就足以证明他那柄法杖极为不俗，起码也是灵魔级装备。

青鸟腾空，朝着采儿的方向急速飞去，淡淡的青光也随之从它身上亮了起来。

在裁判宣布比赛开始的那一刻，采儿手持青竹杖朝着对手的方向走了过去。她的速度不快，甚至和平时走路没什么区别。青竹杖轻轻点地，她缓步前行，气息完全内敛，看上去就像是一个普通的盲女在散步。

青竹杖点在黄土地上并不会发出声音，只是留下一个个小小的凹陷。

方竹一放出青鸟就开始用急促的声音吟唱咒语。

在咒语的吟唱上，召唤师和魔法师是有区别的。召唤师的咒语往往语速更快，要求的是频率，而魔法师对节奏的要求更多。

低沉有力的咒语急切地响着，他手中棕红色法杖也变得越来越亮，一股野兽般的强大气息正从那法杖中不断释放出来。

采儿才走出十米，那青鸟就到了她头顶上方，然后它展开双翼，瞬间朝着采儿的方向俯冲而下。刺耳的呼啸声中，两道宽达一米的风刃直奔采儿交叉斩去。

采儿依旧在缓慢地走着，前进的步伐并没有停顿，龙皓晨在休息区却险些惊呼出声。

眼看着那两道风刃即将命中采儿的身体，诡异的情况出现了。

采儿看似什么动作都没有做，但在那一瞬间，她的身体变得虚幻了。紧接着，那两道风刃居然穿过她的身体，"噗噗"两声之后，砸在她身后的地面上，留下两道深深的凹陷痕迹。

也就在这时，采儿手中的青竹杖闪电般向上扬起，森寒、凌厉到极致的杀意一闪而没。

在采儿出手的一瞬间，那青鸟已经感觉到了危机。它迅速地拍动翅膀，做出了一个灵巧的规避动作。

但是，采儿上撩的青竹杖瞬间爆发出三道光影，光影居然长达三丈。

"噗！"

青竹杖点地，采儿依旧在缓步前行，她和那位召唤师之间的距离一步步拉近。她的气息也没有因为青鸟的袭击而出现任何变化，仿佛那一切都只是幻影。

可是，那真的是幻影吗？

青鸟砸落在地上，溅起一片尘埃。众人一看，它已经被均匀分成了八块。采儿刚刚发出的三道光影，它一下都没避开。

在眼看着风刃命中采儿时龙皓晨差一点惊呼出声，此时，他的声音在嗓子中骤然停止。而在采儿对面二十多米外正在迅疾吟唱咒语的方竹觉得很不可思议，瞳孔瞬间收缩成针尖大小，他那急促的咒语险些因为刚刚发生的一幕被打断。

疾风鸟竟然被秒杀了？

那可是一只真正的四级魔兽，就算无法伤敌，至少也能起到骚扰作用吧？可是，它从始至终都没能对采儿前进的步伐产生半分影响。而采儿青竹杖甩出的光影分割青鸟，简直比厨师分割食物还要整齐。

那一瞬间，感受到凌厉到极致的杀气时，方竹背心处瞬间冷汗淋漓。

此时此刻，他已经意识到自己面对的是怎样一个对手了。

哪怕她目不能视，可是，她的强大依旧让方竹感受到了前所未有的恐怖压力。

采儿的速度依旧很慢，但就像初赛时那样，她每一步踏出，都会让方竹的心理压力增加几分。

不过，这方竹也确实优秀，在这样的情况下，他竟然还是将自己的咒语完成了。

他手中法杖前指，一道棕红色的光芒喷吐而出，化为一扇光门。紧接着，一声嘶吼响起，一个巨大、粗壮的身影就从那光门中钻了出来。

这是六级魔兽，金刚巨熊。

对于一名四阶的大召唤师来说，能够召唤出一头六级魔兽已经是越阶召唤了，这和他自身的精神力以及装备有密切关系。

可就算如此，在完成了这次召唤后，方竹的脸色也已经变得一片苍白。不过，他脸上还有几分释然。

对付刺客的好办法就是强大的防御以及刺客不可力敌的强大力量，方竹的选择可以说十分正确。

金刚巨熊伸出两只熊掌，抄起方竹的身体放在自己肩膀上坐下，然后它那巨大的身体才直立而起。

这家伙的身材极为粗壮，直立而起后足足四米高，壮硕的身躯宛如一座小山，与不远处正向它缓缓走来的采儿形成了鲜明对比。

金刚巨熊身为六级魔兽，天赋技能只有一个——大地咆哮，能够产生与地震波一般的全方位的地面无差别攻击。此外，它最大的特点就是皮糙肉厚，防御力和力量极强。

金刚巨熊迈开巨大的脚步，朝着采儿狂奔过去。

方竹手上法杖又是光芒一闪，一团柔和的黄色光芒笼罩在他和金刚巨熊身上，令他的身体就像粘在了金刚巨熊肩膀上似的，无论巨熊如何行动，都不会将他甩下去。

就在这时，采儿突然动了。

正所谓静若处子，动若脱兔，在采儿行动的一瞬间，因为速度太快，甚至带起一片残影。本来她和巨熊之间的距离就只有十余米了，几乎只是一闪身，她就到了那巨熊身前。

金刚巨熊是在方竹控制下的，巨大的脚掌瞬间跺地，轰然巨响中，大地咆哮发动，黄色的地震波全方位爆发。

但是，采儿再次向所有人展现出了她的强大。

她没有闪躲，没有跳跃，更没有后退，手中青竹杖由下向上做出一个挑斩的动作。

一道暗影瞬间闪过，令人瞠目结舌的一幕出现了——那全方位的地震波竟然就那么在采儿身前裂开，仿佛被利刃从中劈开了一般，根本没能影响她的前冲之势。

下一刻，方竹就看不到采儿的身影了。

休息区的参赛者们只是隐约看到两抹金色光芒一闪而逝，紧接着，那防御力极其惊人的金刚巨熊竟然"扑通"一声跪倒在地，口中更是发出一声凄厉的狂吼。

两道血箭从它膝盖后的关节处射出，紧接着，一道娇小的身影就已经从后方飘起，宛如青烟。

她单脚点在金刚巨熊头顶，青竹杖的末端压迫在方竹颈部大动脉之上，谁都不会怀疑,她只需要轻轻地一点,就能瞬间结束方竹的生命。

呆滞,方竹已经完全呆滞了。

他从未想过自己竟然会败得如此干脆,六级金刚巨熊甚至没有任何与对手正面对抗的机会。

金刚巨熊不甘地挥舞着熊掌向自己头顶拍去,而采儿回应它的,只有脚尖轻颤。

刹那间,所有人都只看到采儿身上亮起了一抹金色的光彩,然后,金刚巨熊的身体瞬间僵住了,那一双粗大的熊掌无力地下垂,口鼻之处有鲜血流出,分明是受了重创。

"我……我认输。"方竹颓然地放下了手中法杖。他败了,而且败得很惨,从始至终,他根本没有半点反抗之力。

主席台上,灵帝三水有些呆滞,道:"那是什么灵力,为什么是暗金色的?"

影随风瞥了她一眼,淡然一笑,道:"我也不知道。"

采儿飘然落地,甚至连一句话都没说,青竹杖点地,缓缓地朝着休息区方向走去。

"采儿胜。"裁判略微有些艰难地吞咽了一口唾液。

这一战看上去如此简单、直接,因为在采儿面前,无论是方竹还是他的召唤兽,都显得那么笨拙。

采儿用行动向所有人诠释了刺客的风采。

休息区陷入了短暂的静默之中。

目送着采儿徐徐走回休息区后,几乎每个人都感觉到自己的颈部有些发凉,而参赛的青年才俊们都感觉到自己的呼吸有些粗重。

速度、攻击力还有那森寒凌厉的杀机,无不带给他们巨大的压迫力,哪怕他们并没有参与到刚才这一战之中,此时此刻的心情也很难平静。

太强大了,刺客圣殿竟然还有这么一位强大的参赛者。

杨文昭的颈部同样在发凉,胸口似乎又隐隐作痛起来。他现在已经开始怀疑，自己骑上坐骑，是否能够与这姑娘相抗衡。

龙皓晨呆呆地看着回到自己身边再缓缓坐下的采儿，他虽然没有颈部发凉的感觉，但看着采儿的目光变了许多。

之后，他缓缓地低下头，默默地想着什么。

采儿也没有说话，柔嫩的小手悄悄地钻入他的手中，一根灵巧的食指在他的掌心中划动了几下。

龙皓晨原本有些低沉的心顿时被拨动得颤动起来。

她在写字。

"你怎么了？"痒痒的感觉之后，龙皓晨知道，采儿写的是这四个字，这也令龙皓晨的心情舒缓了几分。

龙皓晨拉过她的小手，在她白皙柔嫩的掌心中写道："你这么厉害，还需要我的守护吗？"

采儿的手掌轻微地颤抖了一下，反手在他掌心中写着："你后悔了？"

"不。"龙皓晨几乎将这个字脱口而出。

他拉过她的手，郑重地写着："永远不悔。"

采儿沉默了，握紧他的手，半晌之后，才再次在他手掌上写道："你守护的不只是我的人，还有我的心。"

龙皓晨心头一颤，在心中重复着她写的字：你守护的不只是我的人，还有我的心。

刹那间，他只觉得自己心中有一层东西被捅破了似的，心境顿时豁然开朗。

"是啊！我要守护她，与她自身的强弱又有什么关系呢？我要做的是守护，难道因为她自身实力强大，就不去做了吗？"

采儿只是默默地握住他的手，略微迟疑了一下后，缓缓将头靠在了他的肩膀上。

接触的那一瞬，两人的心都轻轻地颤动了一下，龙皓晨清楚地感觉到，采儿的手变热了。

李馨就坐在龙皓晨另一边，一直关注着他们这边的动静，当采儿靠在龙皓晨肩膀上那一刻，她仿佛听到了背后有一片眼珠子落地摔碎的声音。

要知道，他们这些进入十六强的参赛者是坐在第一排的，几乎所有人都能看到前面发生的一切。

这时候，甚至没有人去关注场中正在进行的第八场比赛了，所有的目光都集中在龙皓晨和采儿身上。

那就是刚才在场中几乎是以连续秒杀之势战胜对手的强大女刺客吗？她竟然如此小鸟依人。

这模样，不知道颠覆了多少人心中她那冷厉无双、刺客女王的形象。

十六进八，比赛落幕。

虽说骑士圣殿抽到的签不怎么好，但依旧有三人进入前八。刺客圣殿两人，魔法圣殿、召唤圣殿、战士圣殿各一人。明天将是更加紧张激烈的八进四决战，而且，明天的比赛依旧随机抽签，还少了今天小组排名的限制，强强对战必将上演。

这一次，龙皓晨和采儿没有提前离去，反而是最后走的。李馨也没有去打扰他们，而是独自悄悄地离开了。

"我想请你吃饭，可以吗？"龙皓晨低声向倚靠在自己身边的采儿说道。

采儿缓缓抬起头，坐直身体，隐藏在面纱下的脸烫得吓人，她轻轻地摇摇头，道："不了。你早点回去，后面的比赛很重要，你要好好保持状态。"

"哦。"龙皓晨心中虽然略微有些失望，但还是答应一声。

采儿小巧的耳朵轻轻动了一下，用很细微的声音喃喃道："以后还有的是时间呢。"

龙皓晨一向耳聪目明，闻言顿时转过身，直视着她的双眸，道："采儿，我、我……"

采儿有些疑惑地抬头，把脸转向他，道："怎么了？"

龙皓晨吞咽了一口唾液，鼓足勇气道："我想说的是，如果、如果我获得了第一，你能不能让我抱抱？"

"啊？"采儿的声音瞬间提高了八度。

她这样的音量，吓得龙皓晨站了起来，连连摆手道："对不起，我只是太喜欢你了。你就当我没说，别生气啊！"

采儿虽然看不见，却能清晰地感觉到他此时的诚惶诚恐，"扑哧"一笑，向他轻轻地点了点头，"嗯"了一声。

她站起身，青竹杖点地，翩若惊鸿地飞身而去。

"采儿，你慢点。"龙皓晨唯恐她因为看不到而摔倒，赶忙追了出去。

主席台，某个阴暗的角落中。

韩芡用力地挥了挥拳头，道："好样的。年纪不大，本事真不小。影子，看到没？刚才那小姑娘都依偎在他身边了。哈哈，看来，这事儿是成了啊！"

影随风有些郁闷地说道："这发展得确实快了点。"

韩芡一脸笑意地拍拍影随风肩膀，道："兄弟，谢谢啊！谢谢你们刺客圣殿培养出了这么一位优秀的人才，我心甚慰。"

"可是，我心里很不舒服。小韩，你卡在八阶九级瓶颈也有不少年了，本座来帮你激发一下你的潜能，相信杨老头也不会有意见。"

第42章
为了采儿而战

　　一个有些扭曲的身影在韩芡面前渐渐清晰，如果龙皓晨在这里，一定能够认得出来，这仿佛从虚空中走出的瘦老者，正是那天圣盟藏宝阁门前的那位。

　　韩芡顿时脸色大变，苦着脸说道："圣老，我错了。您大人不记小人过，别跟我一般见识啊！"

　　瘦老者冷哼一声，道："少废话，跟我去刺客试炼场。你要不去，我就去找你那徒孙带他去。"

　　韩芡长叹一声，大有几分要慷慨赴义的模样，道："我……我去还不行吗？您可要手下留情啊！"

　　瘦老者一步跨入虚空，瞬间消失，空气中只留下他的又一声冷哼。

　　韩芡看看影随风，影随风一脸无奈，道："下次管住你这张破嘴吧，兄弟会为你祈祷的。"

　　韩芡哭丧着脸道："圣老都这么大年纪了，依旧是性如烈火，兄弟，我去了……"

　　龙皓晨终究还是没有追上采儿，心中有些无奈，便独自向住处走去。

　　走着走着，他突然反应过来，漂亮的大眼睛微微瞪大："采儿最后'嗯'的那一声，难道、难道是答应了我的请求？她……她肯让我抱抱了？"

　　"是，一定是的！我太笨了，竟然这个时候才想到。如果不是这样，采儿又为什么要跑呢？"

龙皓晨只觉得一股烈焰瞬间从体内腾起，他心头火热，左手动了动，忍不住又回忆起了和采儿在一起的美好感觉。

"回去继续努力修炼，我一定要夺得第一名。"这个强烈的信念使得少年动力十足，而后，他大步流星地直奔自己的住处而去。

街道旁，某个不起眼的角落处，采儿聆听着他脚步声的变化，小脸微红，嘴角处泛起一丝动人的微笑。

淘汰赛进入第二天，气氛变得更加热烈了。今日将举行八进四的比赛，今天获胜的选手有百分之七十五的机会可以获得灵炉。毫无疑问，今天的任何一名参赛者都会全力以赴比赛。

龙皓晨和李馨早早地来到了骑士试炼场，采儿依旧坐在昨天的地方，龙皓晨凑过去，悄悄地握住她的手，她微微低下了头，没有吭声。

李馨因为昨天认输，已经被淘汰，只能坐在后面的休息区了。

龙皓晨特别喜欢这种只有他们两个人才能感受到的动人气氛，仅仅握住她的手，他的脸上就带着满足的微笑。

"八进四，抽签开始，前八名的参赛者入场。"

龙皓晨拉着采儿站起身，令他惊喜的是，这一次，采儿竟然没有将手抽回去，而是反握住他的手，就么么被他牵着走入比赛场地之中。

采儿是个十分聪明而且极有主见的姑娘，当她昨天倚靠在龙皓晨肩头上的时候，她就已经不怕任何人的议论了，那一刻，她摆正了自己与龙皓晨之间的关系。

其他六名参赛者看着他们这对小情侣，神色多少都有些变化。龙皓晨的实力，并不是每个人都感受过，但采儿昨天展现出的强大实力这些人都有目共睹。

很快，前八名选手都来到了比赛场地中央。抽签的方式和昨天没有什么不同，只是人数变少了而已。

龙皓晨有些惊讶地发现，师祖今天的脸色有些难看，准确地说，是有种不健康的苍白，他双目无神，脸部肌肉还不时抽搐一下，不知道是怎么回事。

"抽签开始。"韩苂有气无力地说道。

他在心中暗自哀叹，老夫都这么大岁数了，还被揍一顿，这也太可怜了。

龙皓晨一只手拉着采儿的手，另一只手抬起，按在光环之上，同时他也抬起头，向竞争对手们看去。

进入八强的其他六人龙皓晨认识的只有两个——杨文昭和黄毅，剩余四人中他只对那位五阶骑士略有印象。

随着一道道金光闪耀，抽签瞬间完成。

在进行抽签的过程中，龙皓晨的目光一直都落在采儿身上，他最不希望抽中的人自然就是她了。

运气似乎不错，两人身上金色的浓淡程度明显不一样，很显然今天不会碰到一起。龙皓晨这才抬起头，向其他人看去。

八强对阵形势已现，正所谓有人欢喜有人愁。最郁闷的是黄毅，因为他八进四的对手正是采儿。当看到采儿身上的金光浓淡程度与自己一样时，黄毅只觉得嘴里一阵发苦，他知道，自己前进的道路就此终结了。

黄毅的心态倒还好，他也知道，今天这些人里面，无论自己对上谁，胜率都不会太大。只不过，今天抽中的这位，是自己最不可能战胜的那一位。

龙皓晨也看到了自己的对手，他今天要面对的是那位灵魂圣殿的五阶控兽使。很显然，他要面对的困难也不小。

杨文昭与另一名五阶骑士抽在一组，他终究没能避免骑士内战。不过，杨文昭的神色却很释然，他反而觉得自己运气很好，因为没碰到采儿就是最大的幸运。

最后一对自然就是刺客圣殿另一名四阶巅峰刺客对抗战士圣殿唯一的晋级者了。两个人都是面带喜色，毫无疑问，八强中他们二人的实力最弱，黄毅稍稍好过他们，现在的局势对他们非常有利，他们只要全力一拼，就有进入四强的机会。

韩苂脸部肌肉抽搐得更加厉害了。这运气也太差了，又抽到了自己人。

不过今天没有人来取笑他。

对于六大圣殿来说，今日一战非常重要，能否进入前四名在此一举。而进入前四名，就相当于一只脚已经跨入前三名的门槛之内，这不只是能获得灵炉，更是六大圣殿的荣耀象征。

影随风还好一些，他对采儿有绝对的信心，而且刺客圣殿本身就有两人进入前八，机会总是大一些的。其他三大圣殿副殿主们都盯着本殿弟子，用眼神向他们传达着什么。

"颜色最浅的留下，其他人退回休息区等待比赛。"韩芡仍旧有气无力地说道。

龙皓晨双眸微微一亮，今天身上金光颜色最浅的，赫然是他与那位控兽使二人。

"采儿，你的对手是黄毅，土系魔法师，五阶，拥有土元素精灵，擅长以土浪术辅助自己变换方位。你会在第四场出战，我是第一场。你先回去休息吧。"

昨天的错误他今天可不会再犯，他不但将采儿的对手告诉了她，而且还将黄毅的特点简明扼要地说了出来。

龙皓晨并没有降低自己的声量，黄毅的脸色顿时变得更苦了。同样苦涩的还有魔法圣殿那位圣魔导师林辰，他看看采儿再看看黄毅，脸上尽是无奈之色。

其他人徐徐退去，场中只剩下龙皓晨和那位控兽使。裁判已经进入场地，试炼场外圈的防护罩徐徐升起。

"骑士圣殿龙皓晨，对阵灵魂圣殿廖宇，双方距离拉开五十米。"

龙皓晨缓缓后退，同时仔细观察着对手。

廖宇是一名身材纤瘦的青年，身高和十四岁的龙皓晨差不多，不过年纪肯定超过二十岁。他的相貌中等偏上，脸色略显苍白，却有一双格外明亮的眼睛。在他徐徐后退的过程中，他始终盯着龙皓晨。

双方距离渐渐拉开，但二人之间已经形成了相互对抗的气势。

廖宇手中拿着一柄白色法杖，这种颜色的法杖十分少见，看不出是什么材质，顶端镶嵌着的宝石也是白色的，洁白如玉，晶莹如雪，宝石呈六边形，散发着淡淡的寒意。

"比赛开始。"

五十米距离达到的一瞬间，裁判高声宣布，同时身形一闪，快速后退，将试炼场留给二人。

廖宇早已做好了准备，在这一声"比赛开始"响起的瞬间，他的咒语就像是潮水一般瞬间涌出，与此同时，一层白色的光泽也从他身上散发出来。

他的咒语吟唱似乎不如白晓沫和方竹那么快，但是吐字更加清晰，而且似乎有着一种奇异的韵律。

更为奇特的是，伴随着咒语的吟唱，他手中法杖也在不停地挥动着，节奏和咒语的节奏相似。

随后，一枚枚奇异的乳白色符文快速在他身前成形。

只是三秒的时间，他身前便亮起了一个巨大的白色光门，一只魔兽闪电般蹿出。

那是一只通体雪白，带有一些暗蓝色金币状斑纹的豹子。它身长两米左右，看上去也不算健壮，却给人一种力与美完美结合的感觉。

廖宇向前跨出一步，身上的白色光芒瞬间与这只雪豹融为一体，下一刻，他已经出现在雪豹背上。

这是雪影豹，其速如电，其快如风，擅长冰系魔法，是五级魔兽中最擅长速度的几种之一。

不同的雪影豹天赋魔法也不相同。

在看到对方召唤出的魔兽时，龙皓晨立刻就做出了判断。他的父亲和老师都曾教导他认识过绝大多数魔兽，雪影豹自然也在其中。毫无疑问，廖宇并不是要用雪影豹来攻击他，而是要作为代步的坐骑，凭借雪影豹的速度与他进行周旋。

在廖宇进行召唤的时候，龙皓晨并没有向他发起冲锋。

只见他的额头上紫色符文闪亮，化为一道紫光照耀在他身前的地面上，随着九条紫色纹路一闪而没，皓月巨大的身影已经出现在他面前。论召唤速度，着实比廖宇还要快上几分。

坐骑？

他有坐骑了？

坐在休息区第一排的杨文昭吃了一惊，他不禁目不转睛地盯着龙皓晨身前的皓月。

此时的皓月，早已不是当初被龙皓晨召唤出时那可怜兮兮的地火蜥模样了。它长达四米的身躯堪比地龙，虽然身躯不像地龙那么高，但坚实有力的四肢，宽阔的背脊，无不给人厚重、坚实之感。

皓月的三颗大头高高扬起，六只眼睛精光闪烁，从头部一直向下延伸的背刺，隐隐泛起紫色光泽，背部两个越来越大的骨凸就像是骑士的靠背。

乍一看去，拥有三颗大头的它着实凶狠，但多看几眼，就能从它身上感受到一种王者的威严，绝对霸气十足。

龙皓晨身形一闪，就已经落在了皓月背上。奇异的一幕出现了，皓月背上的棘刺竟然自行分开，将他的身体容纳在内，背后凸起略微前耸，顶住他的身体，棘刺向内合扣，将他的身体牢牢固定住。

一人一兽竟然能契合到如此完美的程度。

在踏入试炼场之前，龙皓晨就已经全身披挂，银色的圣灵铠泛起淡淡光辉，脸隐藏在头盔之内。此时，他的双手分别握住圣灵剑与圣灵盾，圣灵套装齐备。

一道淡淡的银色光芒从他身上释放开来，将自己与皓月笼罩在内，使得他们身上都蒙上了一层淡淡的银色光泽，正是套装附带技能圣灵护体。

单论看相，一身银甲、银剑、银盾牌的龙皓晨骑着三头皓月，就要比对面的廖宇强势得多。

皓月三颗大头同时发出一声嘶吼，四爪翻飞，悍然朝着对手的方向冲了过去，三颗大头上闪耀不同的光芒。

坐在它背上的龙皓晨显得极为沉静，一团金色雾气从他身体周围呈环形升腾,正是蓄势。

没错,端坐在皓月背上,他自己是不需要任何动作的,使用蓄势技能恰到好处。

如果说之前龙皓晨所参加的所有比赛都是为了磨炼自己的实力,增加实战经验以及刺激自身潜能的话,那么,从今天这一战开始,他将完全为了胜利而战。原因只有一个:为了采儿。

休息区的杨文昭的脸色渐渐变得凝重起来,他曾经与龙皓晨战过一次,那一战中,他赢了。虽然还是在有所保留的情况下赢得了比赛,但此时他再看龙皓晨,赫然发现这个年纪比自己小了许多的少年像是变了个人一样。

龙皓晨突破到了五阶,召唤了坐骑。不到一个月的时间里,他身上发生了天翻地覆的变化,杨文昭原本的优势在迅速减少。

杨文昭并不吃惊于他此时所展现出的实力,而是吃惊于他提升的速度。

"嗷、嗷、嗷!"

皓月的三颗头再次怒吼,三种不同颜色的光芒同时闪亮,大战一触即发。

第43章
为了骑士的荣耀

龙皓晨骑着皓月朝廖宇发起了冲锋，廖宇胯下的雪影豹也动了起来。

他只是一名召唤师，一旦被骑士近身，就宣布了他的失败结局。

廖宇的吃惊程度一点都不亚于观战中的杨文昭。身为一名召唤师，他自问在同级别的职业者中应该没有人比自己对魔兽更加熟悉，可是，龙皓晨的坐骑他并不认识。这种拥有三颗头，看上去和地龙类似的魔兽究竟是什么？

尤其是当他看到皓月三颗头上亮起不同颜色的光芒时，他的脸色变得更加难看，心中惊呼：三属性？

魔法有属性相克，而拥有三属性的皓月，可以说几乎不会受到任何来自属性层面的克制了。

雪影豹的速度确实惊人，全力发动起来就像一道白色闪电，朝着龙皓晨的侧面掠去。廖宇口中的咒语不停，始终在飞速吟唱着，与此同时，他不知道从什么地方取出了一条项链戴在自己脖子上。

这条项链是银色的，上面悬挂着一颗足有鸽卵大小的粉红色宝石。

这种颜色的挂坠显然更适合女孩子，被廖宇这么一个男青年戴上，着实显得有些怪异，但是，他已经顾不得这么多了。因为，无论是正在蓄势的龙皓晨，还是那闪耀着三色光芒的皓月，都带给他巨大的压力。

皓月的速度和雪影豹相比还是有明显差距的，但它极为聪明，没有非要追上雪影豹的意思，只是从中央位置远远地跟随着雪影豹，也没有率先释放魔法的迹象。

骑士试炼场的直径足有三百米，哪怕是皓月身在试炼场中央不断紧跟着雪影豹，双方的距离也始终保持在一百米以上。这样的距离，以皓月目前的魔法修为来说，是根本不可能攻击到对手的。

廖宇的吟唱声始终没有停止过，而且还保持着极高的频率在试炼场内回荡。项链上那颗粉红色宝石开始散发出一道粉红色光芒，与他手中白色法杖上散发出的光芒结合在一起，一个接一个的奇异符号浮现在廖宇身体周围，组成一幅奇异的图案。

龙皓晨的蓄势也没有停止，灵力转化为液态后，他的蓄势速度有所降低，但是，液态灵力在蓄势时的效果明显大增。此时，他的身体正在朝着金色变化，圣灵铠已经完全被染成了金色，无与伦比的神圣气息不断从他身上升腾，爆发出的压迫力也正在变得越来越强。

雪影豹的体力终究是有限的，当它围绕着骑士试炼场以最高速度狂奔三周之后，爆发力渐渐降低，速度也随之慢了下来。

也就在这个时候，廖宇的咒语终于完成了。

此时，能够清楚地看到，围绕在廖宇身体周围的，一共有三十六个奇异符号，这些符号都是粉红色的，就像是一层粉红色的纱帘将他笼罩在内。

一股恐怖的蛮荒之气在这些奇异符号完成的一瞬间骤然爆发，恐怖的威压令整个试炼场周围的防护罩都颤抖起来。

主席台上，一众强者们面面相觑，圣魔导师林辰吃惊地说道："现在的年轻人都这么厉害了？这是什么？难道是蛮荒魔兽召唤？"

所谓蛮荒魔兽，是上古存活下来的异种，比普通魔兽要强大得多，最弱小的蛮荒魔兽也是七级层次，往往只在深山大泽中或者一些特殊的地方才有它们存在的痕迹。

三十六个粉红色符号升腾而起，向外扩散，化为一个巨大的粉红色光环，缓缓消失在空气中。但是，伴随着它们的消失，一片蒸腾着的红色雾气也随之出现在廖宇头顶上方。

就在这个时候，皓月突然动了。

在之前的周旋中，它展现出的速度都很普通，只是一般六级魔兽的速度。但在这一刹那，炽烈的青色光芒瞬间出现在它的身上，令它那庞大的身体都微微浮起，与此同时，小青发出一道灿烂的青光，瞬间从皓月的背后迸发而出，推动着它那庞大的身体，朝着廖宇的方向冲去。

有了动作的自然不只是小青。

一道惊人的红光冲天而起，在空中化为一圈赤红色光环，光环从天而降，落在身体已经完全变成金色的龙皓晨身上。

这是辅助版的火舞耀扬，五阶巅峰火系辅助魔法。

"轰！"

炽烈的金红色火焰骤然爆发，端坐在皓月背上的龙皓晨就像是战神一般光彩夺目。

小光使出的技能虽然没有小青和小火的看上去那么绚丽，但是，从它头上竟接连爆发出三个金色光环。

正是强击光环、辉耀光环、信念光环。其中的辉耀光环就算是龙皓晨都不会，这个光环能够瞬间将一切光属性技能的攻击力提高百分之二十，并且对光元素产生压缩作用。

吟唱咒语的不只是廖宇，皓月的三颗头也早已准备好了它们的咒语，等的就是这一刻的爆发。小光、小火、小青在刹那间爆发出了六个技能，四个辅助的两个提速的，几乎是在一瞬间，就将龙皓晨的战斗力提升到了巅峰。

廖宇的脸色有些变了，他这个凭借媒介越阶召唤的强大召唤物只能发动一击，因为威能之强，所以他有绝对信心战胜龙皓晨。

但是，就在这召唤魔法完成的同时，受到蛮荒威压的影响，廖宇身下的雪影豹速度大减，再加上雪影豹的体力本身就有了不小的消耗，速度已经没法比皓月快了。

更加关键的是，他的召唤魔法需要三息的释放过程，而也就在这个时候，皓月联合发动了风系魔法飘浮术和风柱术，推动身体疾速扑来。

皓月发动的这个时间，并不是龙皓晨决定的，而是皓月自己掌控的时机，连龙皓晨都不清楚，为什么它能如此敏锐地给出判断。就算以龙皓晨的感知，都是在下一刻才有明确判断的。

只是两息的时间，皓月就已经载着龙皓晨横跨百米，在这个时候，廖宇所能做的，就只有尽可能地催动雪影豹狂奔，为自己争取这最后的一丝时间。

白光在这一刹那从龙皓晨胸口处喷薄而出。隐约能够看到，他的胸前悬浮着一个小小的白色三脚鼎炉，柔和的白色光芒悄然落在雪影豹身上，令狂奔中的雪影豹下意识地回过头来。紧接着，一股强烈的吸力骤然将它横拉而出，身形不稳之下，雪影豹险些跌倒。

灿烂的金光宛如惊天长虹般从圣灵剑上横空出世，夺目的光与火融为最耀眼的光刃。

一柄长达三米的巨大金剑带着阳光特有的味道和空气被火燃烧后的焦煳，带着绚丽的尾焰，破空而去。

这是光斩剑。凭借蓄势的威能，以及皓月对技能的增强，龙皓晨发出了他有生以来最强大的一击。

这一击，就算是六阶强者也不敢撄其锋；这一击，几乎凝聚了龙皓晨全部的灵力。

这是压缩后的爆发啊！

几乎只是一瞬间，那金色光剑就已破入粉红色雾气之中，那不断波动的雾气猛然一震，紧接着，万千道金光就从中爆发而出。

隐约中，龙皓晨听到了一声鸣叫。虽然传来的仅是一丝细微的声音，但在那一瞬间，无论是他还是皓月，都有种如中雷击般的感觉，浩瀚的威压夹杂着浓浓的怒意一闪而逝。

他召唤的究竟是什么？龙皓晨心中顿时生出这样一个疑问。

尽管他破坏了对方的召唤，可是此时的他并不轻松。隐约中，龙皓晨感觉到自己太过大意了，这样的战斗方式虽然简单直接，但是，自己还是小看了对手。如果让廖宇完成了刚才的召唤魔法，或许自己已经败了。

廖宇的眼中充满了不甘，但他那苍白的脸色出卖了他此时的状态。

龙皓晨的蓄势是全力以赴，廖宇完成这个召唤魔法又何尝不是全力以赴呢？

没有灵力的透支，没有胸前那媒介之物，廖宇根本就不可能完成这个魔法。而且，他的灵力透支得很严重，那程度几乎相当于龙皓晨曾经使用过的牺牲技能。以他的身体素质和自身恢复能力，没有十天是不可能缓过来的。也就是说，这一战，他即便赢了龙皓晨，恐怕也很难参加接下来的比赛了。

廖宇之所以这样选择，是因为他敏锐的感知力。

龙皓晨不知道的是，他眼前的这个对手和他有相似的地方，先天精神力异常强大，否则，廖宇也不可能在二十岁时就将六大圣殿中最难修炼的召唤师职业突破到五阶。

在龙皓晨召唤出皓月的时候，廖宇就敏锐地感觉到自己和对手的差距。他自问破不了龙皓晨的蓄势，他所能召唤出的魔兽，也没有比皓月实力强大的，所以，他只能行险一搏，希望能跻身前四。

可惜，他终究还是输了，虽然输得很不甘心，可是，胜负已分，他还能有什么办法呢？

小光朝龙皓晨使出光耀天地和灵力反馈两个技能。龙皓晨得到小光的支持，近乎耗尽的灵力缓缓恢复，但此时，皓月已经冲到了对手近前。

雪影豹还想反抗，却被小火喷吐出的一口烈焰压制得动弹不得，小青更是毫不客气地咬住了它的脖子。

看着龙皓晨，几欲摔倒的廖宇叹息一声，道："我输了。"

龙皓晨问道："我很好奇，你刚才要召唤的是什么魔兽？威力竟然如此强大。"

廖宇没有隐瞒，他虽然输得不甘心，但对龙皓晨的实力也是相当佩服。因为，最后那一剑可不只是时机把握得准，如果没有足够强大的威能，也不可能破掉召唤之云。

"是蛮荒朱雀，十级神兽凤凰的变种。虽然我只能召唤它发动一击，但这一击的威能足以媲美八级魔兽了,也就相当于七阶职业者的攻击。如果我真的召唤成功,恐怕胜负即将颠倒。"

龙皓晨心头一震,他暗暗想到,能够在选拔赛上走到这一步的,果然没有一个是弱小之辈。如果真的让他完成了召唤,自己不但要输,恐怕还会受到重创吧,毕竟,八级魔兽的攻击又岂是那么容易抵挡的。

"龙皓晨胜。"

就在他们说话的工夫,雪影豹已经颓然倒地,四级魔兽对上六级魔兽,又能有什么能力抵抗。

龙皓晨纵身跃下,扶住已经有些支撑不住的廖宇,道:"看来,我的战术选择有问题,我不该用蓄势对付你。"

廖宇坦然道:"没想到你拥有圣引灵炉。我没猜错的话,你的圣引灵炉应该已经进化过一次。如果可能的话,真心希望在后天猎魔团分组时,我能和你分在一组。"

龙皓晨呵呵一笑,道:"我也希望。"

毫无疑问,廖宇是本次猎魔团选拔赛灵魂圣殿的第一人,如果能和他在一个团队,自然是一件大好事。想到这里,龙皓晨不禁想起今天早上还质疑自己的陈樱儿,和那个不靠谱的姑娘相比,廖宇显然要优秀多了。

工作人员快速进场,将廖宇搀扶了出去,有牧师圣殿的人正等着为他诊治。

龙皓晨将皓月传送回去后,他便大步向休息区走去,双拳也随之攥紧。他终于进入四强了,他只剩下两场战斗。

第二场进行的比赛就是刺客圣殿和战士圣殿这两位抽签幸运的参赛者。

但是,抽签幸运并不代表他们的战斗就轻松。正相反,这是迄今为止,淘汰赛中最惨烈的一战。

修为上,战士圣殿这位晋级者已经突破到了五阶,实力更强一些,而刺客圣殿那位却是四阶巅峰,两者之间本来有着质的差距。

但是,刺客圣殿这位能够进入前八的刺客实力相当强大,而且拥有三个秘技,凭借着场中升起的巨柱进行掩护,双方展开了一场艰苦卓绝的战斗。

整场战斗足足持续了半个时辰。最终，那位刺客凭借着惊人的意志力，以身为饵，在被对手重剑劈入肩胛骨的同时瞬间反击，刺破了对手咽喉处的甲胄。

当然，他没有真的杀掉对手，而是以自己受重伤为代价，最终获得了这一战的胜利。

如果总结他获胜的秘诀的话，毫无疑问就是"隐忍"二字。

从始至终被压制，到最后以反攻一击获得胜利。他以弱胜强，战胜了五阶对手，悍然挺进四强。

这场比赛令主席台上的影随风连连点头，决定在本次选拔赛之后，好好培养一下这个刺客。

接下来的第三场比赛就是骑士圣殿的内战了。

杨文昭在站起身走向试炼场内之前，刻意看了龙皓晨一眼，此时的他，脸上的表情显得十分平静，心态也非常平和。

在龙皓晨出现之前，他一直被誉为骑士圣殿年轻一代中最具天赋者，这天赋不只是表现在实力上，同时也表现在心态上。

龙皓晨和采儿的强大也完全激发了杨文昭的斗志。他在心中暗自决定，无论接下来四强战的对手是谁，他都必将全力以赴与之拼搏。

杨文昭的对手是一位很低调的骑士，相貌普通，神色异常沉稳，年龄看起来要比杨文昭还要大上一些，好像没有什么出奇之处。

"骑士圣殿杨文昭，对阵骑士圣殿断忆，双方准备。比赛开始。"

骑士圣殿初赛阶段时，龙皓晨被杨文昭击败，杨文昭则被采儿重创未能继续比赛，这断忆就是骑士圣殿初赛第一名，他的实力自然非同一般。

伴随着裁判一声令下，两人都毫不迟疑地召唤出了自己的坐骑。双方都是五阶，除了比拼自身实力，坐骑的强弱也在比拼之列。就像龙皓晨全力以赴一样，杨文昭也不再有任何保留。

今天，杨文昭身上的银白色甲胄和龙皓晨的略有不同，但他手中持的依旧是那一对金色重剑。

断忆的甲胄是黑色的，他的盾牌和重剑也同样是黑色，这在骑士中非常少

见。此外，无论断忆的哪一件武器装备都要比正常装备厚重许多。

龙皓晨此时已经坐回采儿身边，聚精会神地看着眼前这一战。

他还未曾见过杨文昭的坐骑，此时正好能够通过此战来观察观察。或许是因为杨文昭曾经击败过他，所以他反而希望杨文昭能够战胜对手。

杨文昭双手持金色重剑，在身前划出一道道奇异的光芒，六芒星金色法阵在他面前绽放。

"希律律！"

伴随着一声长嘶，在休息区传来的一片惊呼声中，一匹独角兽赫然呈现在众人面前。

它通体雪白，颈上的鬃毛是金色的，一根螺纹状金色独角傲立于头顶。它有一双巨大的羽翼，洁白的翅膀最外圈翎毛是金色的，身上还散发着一圈圈金色光环。

竟然是星耀独角兽。

龙皓晨曾亲眼看到过这种独角兽，更被星耀独角兽之王拒绝过，对这种号称"最高贵的独角兽"记忆十分深刻。他真是没有想到，杨文昭的坐骑竟然会是一匹星耀独角兽。

眼前这匹星耀独角兽身长一丈，高约八尺，背后一双洁白的羽翼缓缓张开。虽然它还未成年，却依旧是那么神骏。

要知道，星耀独角兽可是被誉为骑士最理想的坐骑。

成年的星耀独角兽虽然是八级魔兽，但是，因为它与骑士的契合度极高，故而就算是一些九级魔兽坐骑也未必能够与它相比。这也意味着，杨文昭是一名天空骑士。

"轰隆！"

就在龙皓晨为星耀独角兽而赞叹的时候，另一边，断忆也完成了他的坐骑召唤。

断忆的坐骑远没有星耀独角兽这么俊美、炫目，但是，体积要恐怖得多。

它巨大的身躯高达两丈，身长更是三丈有余，粗壮的四肢就像是四根巨柱一般,棕红色的长毛垂下,口部有两根巨大的獠牙伸出,最为奇特的是,在它头顶上方有一根金色的独角。

这是……金角猛犸,光、火双系八级巅峰魔兽。不过断忆的这只金角猛犸同样还未成年。

成年的金角猛犸身形恐怕还要大上一倍之多。可就算是现在这样,这只恐怖的魔兽的实力恐怕也在六级巅峰或者是七级左右,气势甚至还要凌驾于对面的星耀独角兽之上。

无论是龙皓晨、杨文昭还是断忆,在昨天的淘汰赛上都没有释放过自己的坐骑。今天,当他们将各自的坐骑释放出来进行比赛后,主席台那边已然鸦雀无声。

尽管其他五大圣殿内心都有些不愿意承认,可是,他们都明白,骑士圣殿排名第一确实当之无愧。

年轻一届的骑士不仅仅是个人实力强大啊!

无论是龙皓晨、杨文昭还是断忆,都可以说是天才骑士,还有那在初赛中就因为骄傲而被龙皓晨淘汰的韩羽,也是五阶骑士,甚至还有另一名五阶骑士在昨天的比赛中被淘汰了。此外,哪怕是李馨这个拥有玫瑰独角兽的女骑士,也进入了本届比赛的前十六名。

如果不是抽签的运气太差,明天的四强赛极有可能会成为骑士圣殿的独角戏。

杨文昭一下子跃上星耀独角兽的背部。

另一边,金角猛犸实在是高了点,断忆要跳上去有些不现实。不过,断忆也有他的办法,金角猛犸抬起一只前蹄,断忆跃起后,第一下先踩在它这只前蹄上,借力再次上跃,也顺利地骑在金角猛犸粗壮的脖子处。

星耀独角兽助跑几步,展开双翼滑翔,淡淡的金色光晕不断从它脚下扩散,给人一种高贵的感觉,那样子,极其神骏。

看到星耀独角兽腾空的样子,龙皓晨只听身后响起一片赞叹之声,而骑在星耀独角兽背上的杨文昭,更是充满了白马王子的气质。

不过，也并不是所有人都为之赞叹的，至少有一个例外。

陈樱儿坐在王原原身边，看着腾空的杨文昭，撇了撇嘴，道："烧包。"

王原原有些疑惑地看向她，道："樱儿，你认识他？"

陈樱儿漂亮的小脸蛋上流露出几分嫌恶的神色，别过头去，道："不认识。"

空中，杨文昭一双重剑在身体两侧徐徐扬起，柔和的金光弥散而出，与独角兽身上散发出的金光在短时间内融为一体。

在这一刻，杨文昭身上散发出的气息不只是充满了光属性的光明气息，更有着强烈的神圣气息，独角兽脚下的金色光晕也变成了六芒星形状。

星耀独角兽双翼平伸，一双晶莹的眼眸中没有丝毫戾气，身体滑翔而下，直奔金角猛犸头顶方向而去。

"轰！"

金角猛犸这边，炽烈的金色火焰瞬间升腾，乍看之下，就像是一个巨大的金色火球。此时，断忆手中加大版重剑徐徐举起，金色火焰也瞬间升腾，从重剑的剑尖处冒出的火光足有丈许长。

眼看着星耀独角兽已经接近，在它距离金角猛犸还有五丈距离的时候，杨文昭发起了他的第一次攻击，光斩剑交叉十字斩。

一双金色重剑同时爆发出光斩剑的威能，交叉十字斩横空出世，直奔金角猛犸脖子处的断忆劈去。

就在光斩剑劈出的一刹那，星耀独角兽头顶处的独角飘出两点金光与光斩剑相融，顿时，光斩剑发生了质的变化，两道光刃上闪耀着璀璨星光，浓郁的神圣之气和威压，令这原本威能不是很强的攻击完全变了个样子。

断忆脸色凝重，手中重剑直劈而出，金色火焰化为一柄巨大的火焰刀，与交叉十字斩狠狠地撞击在一起。

顿时，无数绚丽的光芒在空中绽放，四散纷飞。星耀独角兽再次凌空而起。此时，杨文昭忍不住想，如果自己也会龙皓晨那个蓄势技能就好了，这样的话，就能将天空骑士的优势完全发挥出来。

杨文昭暗暗下定决心，等到这次大赛结束后，一定要凭借奖励去学会这个技能。蓄势真的很鸡肋吗？现在看来，未必。龙皓晨都已经用这个技能赢了好几场比赛了，而且，蓄势这个技能最大的好处，就是能够帮助骑士爆发出越阶的攻击威能。之前龙皓晨在比赛中那一剑又岂是五阶那么简单？起码达到了六阶辉耀骑士的层次。

一上一下，双方交错而过。明眼人都能看得出刚才的碰撞是谁占了便宜。星耀独角兽身上金光闪闪，没有任何变化。而断忆虽然挡下了交叉十字斩，但是，金角猛犸身上升腾的金色火焰却明显往后飘，就像是遭遇了狂风吹拂。

星耀独角兽盘旋一周。半空中，杨文昭的双剑已经闪亮起来，神圣的白光升腾，正是凝聚圣剑之势，而且是双剑共同凝聚圣剑。

在这个时候，星耀独角兽的威能进一步显现出来，一个个六芒星形状的光晕从它身上向上升腾，杨文昭凝聚圣剑的速度至少快了一倍。在星耀独角兽再次发起滑翔冲锋的时候，他的一双重剑已经散发出刺目的白色剑芒。

断忆目光闪烁，出奇的是，看着滑翔而下的杨文昭，他并没有再使用什么技能。

"我认输了。"浑厚的声音在灵力催动下响彻全场。

"嗯？"杨文昭一愣，赶忙将准备斩出的圣剑高举，星耀独角兽从金角猛犸头顶滑翔而过，盘旋一周后，才再次来到断忆面前。

"断兄，你认输？"杨文昭不解地看着他。双方只不过进行了试探性进攻，可以说比赛还没有真正开始。

断忆的眼神显得有些复杂，但还是向杨文昭点了点头，道："论综合实力，我自信不弱于你。但我也同样清楚，你的星耀独角兽有翱翔在空中的能力，你已经立于不败之地。或许，在我全力以赴的情况下，你想要战胜我，也必将付出巨大的代价，但是，这场比赛我想赢的话，实在是太难了。你我修为不相上下，但惩戒骑士和星耀独角兽的空中优势，令我胜利的希望极其渺茫。如果你来自于别的圣殿，我一定会全力一拼，但我们都是骑士。"

说到这里，他停顿了一下，之后沉声喝道："为了骑士的荣耀！"

断忆一边说着，一边提起左手中的盾牌，护住身体左侧，右手重剑则横于盾牌前方一下，然后贴在左胸处，行了一个标准的守护骑士礼。

这句"为了骑士的荣耀"，已经告诉了杨文昭一切。

杨文昭的脸色瞬间变得肃然起来，眼神中流露着浓浓的敬意，双剑横摆在胸前交叉挥动，然后翻腕反握，右手剑柄贴在左胸，行了一个惩戒骑士礼。

杨文昭也高声道："为了骑士的荣耀！"

杨文昭对断忆是由衷的敬佩。

毫无疑问，断忆的认输并不代表他没有一拼之力，只是因为他觉得自己获胜的可能性太小，所以才将出线的机会让给了比他更强一些的杨文昭，而不是用尽全力相拼。因为后面还有比赛，如果他们两败俱伤，那意味着骑士圣殿将失去一个在四强之战中拥有竞争力的选手。

在试探性攻击之后，断忆选择直接认输，就是为了保留杨文昭的竞争力。再加上已经晋级的龙皓晨，就算在四强赛中他们抽到同一组，只要不出意外，前三名中骑士圣殿能占据两席，之前那一场勉强进入前四的刺客必将垫底。

杨文昭自问，如果换了自己处于这样的情况下，恐怕都很难做到像断忆这样大度和当机立断。

他们各自喊出的那句"为了骑士的荣耀"，已经解释了这场比赛为什么会如此之快地结束。杨文昭刻意高声喊出，就是在告诉所有人，断忆并不比他差。

主席台上，韩芡微微颔首，脸上流露出一丝欣慰，其他几大圣殿的首脑们却都沉默了。在他们的眼神中，都充满了羡慕。杨文昭和断忆，一天空一大地，这两名年轻骑士的光辉，似乎令所有人都看到了他们的未来，再加上之前更加年轻的龙皓晨，这三个人，未来必将成为骑士圣殿的中流砥柱。至少在他们这一代，骑士圣殿那六大圣殿之首的地位依旧不会动摇。

杨文昭和断忆各自收回坐骑和武器，二人彼此对视一眼，便在惺惺相惜中返回了休息区。

"采儿，一切小心。"龙皓晨低声叮嘱着。采儿微微颔首，青竹杖点地，在那"嗒嗒嗒"的声音中缓缓走入场地。

八进四最后一场比赛，采儿对黄毅。

黄毅苦着脸缓缓走入场地，魔法师和牧师最怕的就是刺客，更何况，他面对的还是这么一位强大的对手。无论是谁，都没有看到过采儿的底牌，也就是说，她还没有展露出全部的实力。不过，黄毅自然不会像断忆那样认输，总要拼一拼再说。

"刺客圣殿采儿，对阵魔法圣殿黄毅。因双方职业原因，距离拉开四十米，准备。"

刺客对魔法师，自然不会有升起巨柱的优待。

双方距离缓缓拉开。

黄毅有些紧张地握紧他手中的短柄法杖，尽量让自己的呼吸变得均匀一些，他已经做好了随时吟唱咒语的准备。

"比赛开始！"

裁判喊出这四个字后，黄毅反应极其迅速，在采儿带来的强大压力下，他完全爆发出了自己的全部潜能。

他吟唱咒语，召唤土元素精灵一气呵成。

他一上来就用上了联法交替吟唱。急促的咒语从他与土元素精灵口中交替响起，声音的密集程度已经快要追上之前那位控兽使了。

采儿也动了，青竹杖点地，她的身体就像是一朵云，飘起后朝着黄毅的方向冲去。每掠过三丈，青竹杖才会再次点地借力，速度也随之陡增。

只见黄光冲天，紧接着，一块巨大的石头从天而降。

令观战者们有些意外的是，这落石术却并不是砸向采儿的，而是砸向一旁的地面。

"咚！"

一声巨响在地面上响起，而黄毅和他的土元素精灵吟唱依旧，却不再出声。

无声吟唱？

这可是一门高级技巧，对于魔法师来说已经不只是秘技那么简单了。很显然，这才是黄毅的底牌。